PICKWICK

MARY HIGGINS CLARK

MENTRE IL TEMPO BRUCIA

Traduzione di Annalisa Garavaglia

Sperling & Kupfer

Questo libro è un'opera di fantasia. Riferimenti a eventi storici, persone e luoghi autentici sono usati in chiave fittizia e gli altri nomi, personaggi, luoghi e avvenimenti sono frutto dell'immaginazione dell'autrice. Ogni rassomiglianza con fatti e località reali o persone, realmente esistenti o esistite, è puramente casuale.

www.pickwicklibri.it
www.sperling.it

Mentre il tempo brucia
di Mary Higgins Clark
Titolo originale dell'opera: *As Time Goes By*

ISBN 978-88-6836-436-6

I edizione Pickwick aprile 2018

Anno 2018-2019-2020 - Edizione 2 3 4 5 6 7 8 9 10

Ai novelli sposi
James e Courtney Clark Morrison,
con affetto.

Prologo

Il primo vagito fu così forte che le due coppie fuori dalla sala parto sussultarono.

Gli occhi di James e Jennifer Wright si illuminarono di gioia, mentre un'espressione di sollievo e rassegnazione si disegnò sui volti di Rose e Martin Ryan, la cui figlia diciassettenne aveva appena partorito.

Le coppie erano state presentate con i cognomi fittizi di Smith e Jones, e nessuna delle due aveva alcun desiderio di conoscere la vera identità dell'altra. Dopo un buon quarto d'ora, stavano ancora aspettando con ansia di vedere il neonato.

Era una bambina sonnacchiosa di poco più di tre chili, con ciocche di riccioli neri che contrastavano con la carnagione chiara. Gli occhi, quando li aprì, erano grandi, di un marrone scuro. Appena Jennifer Wright fece per prenderla, l'ostetrica Cora Banks sorrise. «Credo che ci sia ancora qualche piccola formalità da sbrigare», accennò.

James Wright aprì la valigetta che portava con sé. «Sono sessantamila dollari», disse. «Li conti.»

La madre della bambina gli era stata descritta come una studentessa all'ultimo anno delle superiori, rimasta incinta la sera del ballo del diploma. La cosa era stata tenuta nascosta a tutti, i genitori avevano detto ad amici e parenti che la ragazza era troppo giovane per trasferirsi al college e sarebbe invece andata a Milwaukee a lavorare nel negozio della zia. Il padre della bambina, diciottenne, era partito per il campus senza sapere nulla della gravidanza.

«Quarantamila dollari per mandare la madre al college», calcolò Cora contando i soldi e passandoli ai genitori della ragazza, con la neonata ancora ben stretta tra le grosse braccia. Ovviamente, tralasciò di dire che i restanti ventimila erano per lei.

I nonni presero il denaro in silenzio. Jennifer Wright tese di nuovo le braccia, impaziente, e sussurrò: «Sono tanto felice».

Cora disse: «Registrerò la nascita con i vostri nomi». Il sorriso freddo rendeva ancora più insignificante il suo volto rotondo. Aveva solo quarant'anni, ma l'espressione la faceva apparire più vecchia di dieci.

Si rivolse ai genitori della giovane. «Lasciatela riposare ancora per qualche ora, poi portatela a casa.»

In sala parto, la ragazza cercava faticosamente di risvegliarsi dagli effetti del sedativo che le era stato somministrato. I seni parevano essersi gonfiati solo per aver tenuto in braccio la sua bambina pochi istanti dopo la nascita. La voglio, la voglio, gridava la sua anima. Non date via la mia bambina. Troverò il modo di prendermi cura di lei...

Due ore più tardi, rannicchiata sul sedile posteriore dell'auto dei genitori, raggiunse un motel lì vicino.

Il mattino seguente un aereo la riportava a Milwaukee. Sola.

1

«E ORA la pubblicità», sussurrò Delaney Wright al collega del telegiornale pomeridiano sul canale WRL. «Sempre così interessante.»

«Però ci paga lo stipendio», le ricordò Don Brown con un sorriso.

«Lo so, che sia benedetta», rispose Delaney allegramente dandosi una controllatina allo specchio.

Forse la camicetta viola scelta dalla costumista era troppo scura sulla sua pelle chiara, ma perfetta con i lunghi capelli neri. E Iris, la sua truccatrice preferita, aveva fatto un bel lavoro mettendo in risalto gli occhi marrone scuro e le lunghe ciglia.

Il regista cominciò il conto alla rovescia. «Dieci, nove... tre, due...» Appena disse «uno», Delaney si mise a leggere: «Domattina, presso il tribunale della contea di Bergen ad Hackensack, nel New Jersey, avrà inizio la scelta dei giurati per il processo alla quarantatreenne Betsy Grant, ex insegnante delle superiori. La Grant è accusata di aver ucciso il ricco marito, il dottor

Edward Grant, che aveva cinquantotto anni e soffriva di una precoce forma di Alzheimer. La donna si è sempre dichiarata innocente. L'accusa sostiene che fosse stanca di aspettare la sua morte. Lei e il figlio del dottor Grant sono gli eredi di un patrimonio valutato in oltre quindici milioni di dollari».

«E ora passiamo a una vicenda decisamente meno triste», proseguì Don Brown. «Queste sono le storie che ci piace raccontare.» Sullo schermo partì il video. Si trattava di un uomo di trent'anni che incontrava per la prima volta la madre biologica. «Ci siamo cercati per dieci anni», diceva Matthew Trainor sorridendo. «Io avevo quasi la sensazione che lei mi stesse chiamando. Avevo *bisogno* di trovarla.»

Circondava con il braccio una donna robusta, sulla cinquantina, i capelli ondulati a incorniciare il volto grazioso, gli occhi nocciola lucidi di lacrime.

«Avevo diciannove anni quando ho dato alla luce Charles.» Si interruppe e guardò il figlio. «Dentro di me l'ho sempre chiamato Charles. Per il suo compleanno compravo dei giocattoli e li regalavo a un ente di beneficienza per i bambini.» Con la voce tremante aggiunse: «Mi piace il nome che gli hanno dato i suoi genitori adottivi. Matthew significa 'dono di Dio'».

Alla fine del video Matthew disse: «Ho sempre sentito, da che mi ricordo, un bisogno dentro di me. Avevo bisogno di sapere chi erano i miei genitori naturali, soprattutto mia madre».

La abbracciò forte, e Doris Murray si mise a piangere. «È impossibile spiegare quanto mi è mancato mio figlio.»

«Molto commovente, vero, Delaney?» domandò Don Brown.

Delaney riuscì soltanto ad annuire. Sapeva che il groppo in gola stava per sciogliersi in un fiume di lacrime.

Don attese la sua risposta per qualche secondo ma poi, dal momento che non arrivava, continuò con aria sorpresa: «E adesso sentiamo che cosa ha da dirci il nostro meteorologo Ben Stevens».

Finito il programma, Delaney disse: «Don, scusami. Mi sono commossa così tanto per quella storia che non mi fidavo di me stessa. Avevo paura di mettermi a piangere anch'io».

«Be', staremo a vedere se fra sei mesi si rivolgeranno ancora la parola», commentò lui sarcastico. Spinse indietro la sedia. «E per stasera abbiamo finito.»

Attraverso la parete di vetro si vedeva, nello studio accanto, il conduttore del telegiornale nazionale Richard Kramer, in onda in quel momento. Delaney sapeva che Don era in fila per prendere il suo posto quando fosse andato in pensione. Si alzò, uscì dallo studio, passò dal suo ufficio e si tolse la camicetta viola per mettersi un top sportivo. Aveva sostituito la conduttrice abituale, Stephanie Lewis, che si era data malata. Delaney era molto contenta di occuparsi del processo di Betsy Grant. Sarà interessantissimo, pensò.

Afferrò la borsa e, rispondendo a una serie di «Ciao, Delaney», percorse molti lunghi corridoi e uscì in Columbus Circle.

Per quanto amasse l'estate, si rese conto che era pronta per l'autunno. Dopo il Labor Day, Manhattan diventa più vivace, pensò. E poi capì che stava cercando di distrarsi da ciò che la tormentava. Il servizio sull'adozione aveva aperto una breccia nel muro che si era costruita intorno per evitare che l'argomento la ossessionasse.

Doveva trovare la propria madre biologica. James e Jennifer l'avevano adottata a poche ore dalla nascita, e sul certificato, registrato a Filadelfia, c'erano i loro nomi. Era stata data alla luce con l'aiuto di un'ostetrica di cui non c'era traccia, e la donna che aveva organizzato l'adozione era morta.

Sembrava un vicolo cieco, ma Delaney sapeva di dover prendere una decisione. Aveva sentito parlare di un investigatore in pensione specializzato nel rintracciare l'irrintracciabile in casi come il suo. Era così persa nei suoi pensieri, mentre camminava verso casa, che superò la Quinta Avenue quasi senza accorgersene.

Alla Cinquantaquattresima Strada girò verso est. Il suo appartamento era accanto a quello dove aveva abitato Greta Garbo, la leggendaria attrice degli anni Trenta. Spesso, al termine di una giornata particolarmente frenetica, le veniva in mente la sua famosa battuta «Voglio restare sola».

Danny, l'usciere dall'eterno sorriso, le aprì il portone.

Nonostante l'appartamento avesse tre ampie stanze, era ben diverso dall'enorme e bella abitazione di Oyster Bay, a Long Island, dove era cresciuta. Posò la borsa, prese una Perrier dal frigorifero e si accomodò in poltrona appoggiando i piedi su un cuscino.

Sul tavolo dall'altra parte della stanza c'era una grande fotografia di famiglia, di quando lei aveva tre anni. Era seduta in braccio alla madre, accanto al padre, e i tre fratelli erano tutti alle loro spalle. I capelli e gli occhi scuri di Delaney spiccavano tra tutti quei biondi di varie sfumature, con gli occhi dall'azzurro al nocciola.

Era un ricordo molto nitido. La prima volta che aveva visto la foto si era messa a piangere. «Perché non vi assomiglio?» E allora le avevano detto che era stata adottata. Non con quelle parole, ovviamente. Facendo del loro meglio, i genitori le avevano spiegato, a quella tenera età, che avevano desiderato tanto una bambina, e che lei, appena nata, era entrata a far parte della famiglia.

Il mese precedente, a Oyster Bay, c'era stata una grande riunione in occasione del settantacinquesimo compleanno della madre. Jim era venuto da Cleveland, Larry da San Francisco e Richard da Chicago, con le mogli e i figli. Era stato un momento di vera felicità. I loro genitori stavano per trasferirsi in Florida, e avevano dato via i mobili di cui non avevano bisogno dicendo a Delaney e ai fratelli di prendersi quello che volevano. Lei aveva scelto poche cose che potevano stare bene nel suo appartamento.

Guardò di nuovo la fotografia, immaginando la madre mai conosciuta. Ti somiglio? si domandò.

Squillò il telefono. Delaney ebbe un moto di impazienza ma poi vide chi era: Carl Ferro, il produttore del telegiornale delle sei. Il tono era esultante. «Stephanie ha accettato il lavoro a *NOW News*. Siamo tutti entusiasti, stava cominciando a diventare una colossale...» si interruppe un attimo, «seccatura. Si illudeva di saperne più di Kathleen.» Kathleen Gerard era il produttore esecutivo del settore notizie. «Consegnerà le dimissioni domattina. Sei la nuova conduttrice insieme a Don Brown. Congratulazioni!»

Delaney rimase senza fiato. «Carl, è meraviglioso! Non so cosa dire!» Poi aggiunse: «Mi dispiace solo di perdere il processo Grant».

«Niente affatto! Vogliamo che tu lo segua ugualmente. Organizzeremo turni a rotazione per i conduttori. Sei un'ottima giornalista e questo processo è quello che fa per te.»

«Non potrei chiedere di più, Carl. Grazie mille», concluse Delaney.

Ma appena posato il telefono si sentì inquieta. La sua vecchia governante, Bridget O'Keefe, diceva sempre: «Quando le cose vanno troppo bene, c'è qualche guaio in arrivo».

2

«WILLY, ho proprio bisogno di dedicarmi a qualcosa di nuovo», disse Alvirah. Stavano facendo colazione nel loro appartamento in Central Park Sud ed erano alla seconda tazza di caffè, cioè il momento in cui Alvirah amava fare due chiacchiere. Era anche il momento in cui Willy, finito di leggere il resto del *Post*, era arrivato alle pagine sportive, che era ansioso di divorare.

Con la sua criniera di capelli bianchi, il volto segnato e i profondi occhi blu, Willy somigliava secondo i vecchi amici a Tip O'Neill, il leggendario presidente della Camera dei Rappresentanti. Con un sospiro di rassegnazione, mise da parte il giornale e guardò quella che da quarantatré anni era la sua adorata moglie. «Lo so che stai cominciando a essere impaziente, tesoro», disse soavemente.

«È così», ammise Alvirah servendosi una seconda fetta di torta al caffè. «È che non c'è stato molto da fare, ultimamente. Cioè, mi è piaciuta tantissimo la crociera sulla Senna, a chi non piacerebbe? E anche visitare il luogo dove Van Gogh ha trascorso gli ultimi mesi della sua vita. Meraviglioso. Ma adesso è bello essere a casa.»

Guardò fuori ammirando la veduta di Central Park. «Willy, non siamo fortunati a stare qui? Pensa solo alla differenza rispetto al nostro appartamento di Astoria. La cucina non aveva nemmeno la finestra.»

Willy se lo ricordava fin troppo bene. Sei anni prima lui era un idraulico e Alvirah una donna delle pulizie, e se ne stavano seduti davanti alla TV nel vecchio appartamento, lei con i piedi così affaticati da doverli tenere a bagno in acqua tiepida e sali di Epsom. E poi era stato annunciato il biglietto vincente della lotteria. Willy aveva dovuto controllare due volte il numero prima di rendersi conto che avevano vinto quaranta milioni di dollari.

Incassavano il denaro in rate annuali e ne mettevano sempre via una metà. Si erano comprati l'appartamento in Central Park Sud ma avevano tenuto anche quello di Astoria, nel caso il governo fosse rimasto senza soldi e non avesse potuto continuare i versamenti.

Poi il caporedattore del *Daily Standard* aveva intervistato Alvirah. Lei gli aveva detto di aver sempre desiderato andare alle terme di Cypress Point in California e lui le aveva chiesto di scrivere un pezzo su quello che le sarebbe capitato laggiù. Le aveva dato una spilla a forma di sole con dentro un microfono per registrare le conversazioni, dicendo che le sarebbe stato utile per scrivere l'articolo. Invece le era stato utile per scoprire l'identità di un assassino che si trovava alle terme. Da allora Alvirah, con il suo microfono, aveva risolto un certo numero di casi.

«E non vedo l'ora di incontrare Delaney domani sera», disse ora. «Che fortuna occuparsi del processo di Betsy Grant.»

«Non è quella che ha ucciso il marito?» domandò Willy.

«No, Willy. È quella che è *accusata* di aver ucciso il marito», lo corresse Alvirah.

«Be', da quel poco che ho letto direi che è un caso già risolto in partenza», osservò Willy.

«Sono d'accordo», rispose subito lei. «Ma come sempre cerco di essere aperta a tutte le possibilità...»

Willy sorrise. «È meglio che tu sia aperta alla possibilità che sia colpevole.»

3

A VENTIDUE chilometri da lì, nella sua enorme villa ad Alpine nel New Jersey, Betsy Grant si stava preparando una seconda tazza di caffè e guardava pensierosa fuori dalla finestra. Distrattamente notò la tonalità dorata delle foglie degli olmi, segno che settembre era iniziato.

Le grandi finestre panoramiche davano la «sensazione di essere un tutt'uno con la natura», come aveva detto con esagerato entusiasmo l'agente immobiliare che li aveva portati a visitare quella casa dodici anni prima.

Dopo l'ennesima notte insonne, quel ricordo era vivido nella sua mente, e anche il ricordo dello sguardo intenso di Ted mentre aspettava la sua reazione. Si vedeva benissimo che voleva comprarla. Del resto, come poteva non piacermi? si domandò ora. Ero così innamorata di lui che qualunque casa volesse a me sarebbe andata benissimo. Mi dava fastidio che il proprietario fosse disponibile a vendere a un prezzo ribassato perché la sua impresa stava andando in bancarotta, non mi piaceva l'idea di approfittare della sfortuna altrui. Ma questa è davvero una bellissima dimora, pensò.

Con la tazza di caffè in mano, salì le scale. Dopo la morte di Ted era tornata a dormire nella camera padronale. Passò dal salotto dove avevano passato tante ore felici insieme. In autunno e in inverno spesso accendevano il camino e guardavano in televisione qualcosa che piaceva a entrambi, o semplicemente stavano lì seduti a leggere.

A cinquantun anni Ted aveva avuto i primi sintomi di un Alzheimer precoce, ed era stata una tragedia inattesa. Alla fine aveva sbarrato le scale per evitare che il marito si sporgesse pericolosamente dalla balaustra, e aveva trasformato la biblioteca del pianoterra in una camera da letto per lui. Inizialmente era andata a dormire nella stanzetta accanto, ma poi l'aveva ceduta alla badante a tempo pieno che aveva assunto per aiutarla con Ted, e si era spostata nella vicina camera degli ospiti.

Questo frullava per la testa di Betsy quando appoggiò la tazza di caffè sulla mensola del bagno e aprì l'acqua della doccia.

Il suo avvocato, Robert Maynard, sarebbe arrivato tra un'ora. Non so nemmeno perché venga, pensò Betsy con un'ombra di risentimento, ma so già cosa dirà. So già cosa aspettarmi. Si tolse la vestaglia e la camicia da notte e pensò al terribile momento in cui Maynard le aveva detto che il gran giurì l'aveva accusata di omicidio. La foto segnaletica, le impronte digitali, la formulazione delle accuse, la definizione della cauzione: erano tutti frammenti di ricordi che la tormentavano ogni giorno, per quanto lei cercasse di scacciarli.

Si fece la doccia, raccolse in una coda i lunghi capelli castano chiaro, mise un tocco di mascara e di rossetto. Le previsioni dicevano che l'aria sarebbe decisamente rinfrescata. Dall'armadio prese una maglia di cashmere verde militare a maniche lunghe e un paio di pantaloni marrone, e li indossò sul corpo snello. Aveva smesso di vestirsi di nero quattro mesi prima, quando un giornalista aveva commentato che la presunta assassina di Edward Grant si faceva vedere in giro vestita a lutto. Però portava solo colori scuri, anche a casa.

Prima di uscire dalla camera si guardò intorno. Era diventata un'abitudine. Era capitato che durante la notte Ted fosse riuscito chissà come a scavalcare il cancelletto chiuso a chiave in fondo alle scale e fosse salito fino lì.

Era facile accorgersene, quando succedeva: tutti i cassetti venivano svuotati. Sembrava che cercasse qualcosa, pensò Betsy. Rimettere tutto a posto non era un problema per lei e per la domestica, Carmen. L'unico grande dispiacere era che in qualche modo Ted doveva essersi ricordato la combinazione della cassaforte nel guardaroba, e aveva preso il bel braccialetto di smeraldi e diamanti che le aveva regalato per il loro primo anniversario. Betsy sperava ancora che un giorno lei o Carmen l'avrebbero ritrovato, ma c'era sempre la possibilità che Ted l'avesse gettato nel tritarifiuti.

Ebbe la tentazione di rifare il letto, ma sapeva che Carmen sarebbe arrivata di lì a poco. «Lasci fare a me, signora Betsy. È per questo che sono qui», diceva sempre. Ma lei aveva vissuto troppi anni con la madre e con quel suo continuo pulire e lucidare e spolverare, e adesso le era impossibile anche solo lasciare un piatto nel lavello o la vestaglia su una sedia.

Con un sospiro involontario Betsy scese di sotto proprio mentre Carmen arrivava. Mezz'ora dopo il campanello annunciò che l'egregio avvocato Robert Maynard era arrivato.

4

ALAN Grant, figlio del defunto Edward Grant detto Ted, guardò l'ex moglie Carly cercando di non lasciar trapelare la rabbia bruciante che provava. Il figlioletto di quattro anni e la bambina di due avevano in qualche modo percepito il conflitto nell'aria e se ne erano andati subito nella loro camera.

Carly puntò il dito nella loro direzione. «Vuoi per favore dirmi come dovrei fare a garantire che abbiano un tetto sopra la testa se mi cacciano da qui?» domandò furiosa.

Era una ballerina, la sua carriera a Broadway si era bruscamente interrotta quando era rimasta ferita gravemente da un pirata della strada. Ora il suo viso delizioso portava i segni della tensione per i dolori alla schiena causati dall'incidente e per le preoccupazioni economiche che doveva affrontare ogni giorno.

L'ex marito non aveva risposte da darle. Si difese con rabbia, e alzando la voce le rispose secco. «Senti, lo sai che quando il processo sarà finito l'eredità di mio padre verrà sbloccata. E io prenderò un bel po' di soldi. Betsy finirà sicuramente in galera, il che vuol dire che anche la metà del patrimonio lasciato a lei diventerà mia. Hai degli amici ricchi, fatti prestare dei soldi. Li restituirai con gli interessi.»

Si mise una mano in tasca, tirò fuori il portafogli e gettò una carta di credito sul tavolo. «Questa è coperta, grazie alle fotografie di case che ho fatto per lavoro ad Atlanta. Usala per comprare da mangiare, e io pagherò l'affitto entro fine mese.»

Senza preoccuparsi di salutare i figli, uscì altezzoso dall'appartamento sulla Ottantanovesima Ovest di Manhattan, e a passo veloce si diresse in centro.

A trentacinque anni, Alan somigliava moltissimo al defunto padre, una cosa che i media sottolineavano spesso. Alto più di un metro e ottanta, con i capelli castano rossicci e gli occhi nocciola, era proprio il tipico laureato di buona famiglia cresciuto circondato dal lusso.

Era tutta colpa di Betsy, pensava. Lei e Alan erano molto legati, però era stata lei a insistere perché suo padre smettesse di staccargli assegni ogni volta che aveva un problema, e gli desse invece una ragionevole diaria fissa. «Alan è un ottimo fotografo», aveva sottolineato. «Se non dedicasse tante energie a fare il playboy e invece si sistemasse, potrebbe guadagnare bene.»

E allora suo padre aveva smesso di pagargli i conti e gli aveva concesso solo un assegno da centomila dollari ogni Natale. Questo non bastava a mantenere lui, una ex moglie con due figli, e un figlio di dieci anni avuto da una precedente fidanzata.

Camminando, la rabbia di Alan cominciò a sbollire. Era solo questione di tempo, si disse più tranquillo, non era assolutamente possibile che una giuria assolvesse Betsy. Le cose si erano messe ancora peggio per lei quando era venuto fuori che si vedeva di nascosto con un tizio già da due anni, prima che il padre di Alan morisse. Il dottor Peter Benson, direttore del Dipartimento di Studi Umanistici alla Franklin University di Filadelfia. Per quanto sfinito, Alan decise che tutto sarebbe andato per il verso giusto. Lui si sarebbe preso i soldi e Betsy non avrebbe ereditato un centesimo. Doveva solo avere pazienza.

Non avrebbe voluto accettare quel lavoro, fotografare la collezione primaverile per la nuova casa di moda fondata da una modesta celebrità. Ma era necessario.

Tagliando per Central Park Ovest verso Columbus Circle, Alan sorrise al gratificante ricordo di come suo padre aveva attaccato Betsy la sera che si erano riuniti tutti nell'inutile tentativo di celebrare il compleanno di un uomo ormai demente. Il grido angosciato della donna, «Non ce la faccio più», l'avevano sentito tutti. E quella stessa notte suo padre era stato assassinato, e c'era solo Betsy in casa con lui.

Quando la dichiareranno colpevole non potrà ereditare, pensò, quindi ogni centesimo che papà ha lasciato sarà mio.

Poi cercò di scacciare un pensiero sgradito: il cranio di suo padre era stato sfondato da un potente colpo dietro la testa.

5

Il dottor Scott Clifton era un omone atletico di cinquantasette anni, abbronzato e con folti capelli biondi. Uscì e raccolse i giornali del mattino davanti alla porta della sua casa di Ridgewood, nel New Jersey; sapeva benissimo che con l'avvicinarsi del processo avrebbero ricominciato ad apparire i titoloni a effetto.

Per vent'anni lui, Ted e il dottor Kent Adams avevano portato avanti uno studio medico ortopedico di grande successo. E poi Ted aveva dato i primi segni di Alzheimer, più di otto anni prima. Da allora lui e Kent avevano sciolto la società e se ne erano andati ciascuno per la propria strada. Senza Kent, la fortuna dello studio medico chirurgico di Scott era notevolmente precipitata.

Non succedeva spesso che Lisa scendesse a fare colazione con lui. Non era il tipo di donna che dorme fino a tardi, però lui usciva sempre di casa al massimo alle otto, quindi si preparava i cereali e il caffè da solo.

Ma quel giorno, contrariamente al solito, lei si presentò in cucina.

«Cosa c'è?» le domandò brusco.

Lei esitò. «Ti sei girato e rigirato di nuovo nel letto, stanotte. Continuavi a mormorare il nome di Ted. Lo so che sei preoccupato per il processo.»

«Certo che lo sono. Se ti ho disturbato, mi dispiace.»

«Non volevo dire questo. Ero solo preoccupata per te.» Batté le palpebre per ricacciare indietro le lacrime. «Qualunque cosa dica, mi aggredisci sempre», commentò a bassa voce.

Scott non rispose. Sapeva che quel matrimonio, celebrato tre anni prima, era un clamoroso errore.

L'inchiostro sulle carte del divorzio era ancora fresco quando aveva sposato Lisa, e adesso si ritrovava con tre figli al college e una ex moglie che non si faceva scrupoli a chiamarlo e chiedergli aiuto perché era un po' a corto di denaro. E certo che la aiutava, lo sapevano bene entrambi.

Lisa, vent'anni più giovane di lui, aveva lavorato come rappresentante di un'azienda farmaceutica. In studio lui di solito non aveva tempo di ricevere gli informatori, lasciava che se ne occupasse l'infermiera, però il tempo per Lisa lo aveva trovato: era stata cheerleader di una storica associazione sportiva universitaria del Midwest, grande sorriso e un corpo da favola.

Ciò che non aveva considerato era che, una volta svanita l'attrazione iniziale, non avrebbe più avuto bisogno di lei. Tuttavia ora liberarsene era l'ultima cosa da fare. Non poteva permettere che qualcuno si mettesse a esaminare le sue finanze. L'avrebbe sopportata fino alla fine del processo, quando le acque si sarebbero calmate. Chissà se lei sospettava qualcosa?

Lisa teneva tra le mani una tazza di caffè. Era quella che aveva fatto fare, con la foto di lui e le parole «Ti amo, Scott», scritte dappertutto. Era sufficiente a farlo andare in bestia.

«Scott», disse Lisa esitante.

Stava piangendo.

«Scott, lo sappiamo tutti e due che questo matrimonio non sta funzionando. Hai un'altra?»

Lui la guardò. «Che cosa dici, no!»

«Non so se crederti, ma penso comunque che dovremmo andare ognuno per la propria strada. Ho intenzione di vedere un avvocato la prossima settimana, e iniziare le pratiche per il divorzio.»

Non posso permetterlo, pensò Scott agitatissimo.

«Lisa, ascoltami. So di essere stato sgarbato e distratto negli ultimi tempi, ma questo non significa che io non ti ami. Non voglio perderti. È solo che la morte di Ted e il rinvio a giudizio di Betsy hanno gettato una bruttissima ombra sullo studio medico. Per favore.»

Lisa Clifton non guardò il marito negli occhi. Non gli credeva. Era sicura che avesse un'amante, però sperava ancora che magari sarebbero riusciti a sistemare le cose. «Verresti da un consulente matrimoniale con me?» chiese.

Santo cielo, un consulente matrimoniale, pensò Scott. Poi cercando di sembrare entusiasta: «Ma certo, cara, mi sembra una buona idea».

6

DELANEY e Alvirah non rimanevano mai a corto di argomenti. Erano diventate grandi amiche l'anno precedente, quando entrambe si erano occupate del processo a una madre biologica che era riuscita a trovare i genitori adottivi del figlio e glielo aveva portato via. Il giudice era stato comprensivo con lei, ma le aveva ricordato che aveva venticinque anni quando aveva rinunciato a tenersi il bambino, a quel tempo disponeva delle risorse economiche per occuparsene, e inoltre aveva causato una grandissima angoscia ai genitori nei due mesi in cui il bambino era mancato da casa.

Dato il tipo di processo, Delaney aveva confidato ad Alvirah di essere stata adottata, una cosa di cui parlava raramente. Sapeva che Jennifer e James Wright ci erano rimasti male le poche volte che aveva tirato fuori l'argomento. «Delaney, io ti ho stretta fra le braccia venti minuti dopo che eri nata», le aveva detto Jennifer in lacrime. «Prima di allora ti avevo desiderata per anni. Mi pareva di vederla questa bimbetta con tre fratelli grandi sempre pronti a coccolarla se io e tuo padre non c'eravamo.»

E lo avevano fatto. Tutti quanti. Era stata fortunata a crescere in una famiglia unita e affettuosa, ma adesso erano sparsi per il mondo. Forse per questo motivo la necessità di trovare la madre biologica si era fatta così intensa. Adesso che i genitori adottivi vivevano stabilmente a Naples, in Florida, non sembrava un vero e proprio tradimento mettersi attivamente a cercarla.

Durante la cena con Alvirah e Willy da *Patsy's*, sulla Cinquantaseiesima Ovest, la questione saltò di nuovo fuori.

Delaney esitò. Poi disse: «Alvirah, ho già confessato a te e a Willy che sono stata adottata».

Entrambi annuirono.

«Mi ricordo che anni fa ho letto un aneddoto su Bob Considine, il giornalista, che scrisse: 'Ho quattro figli. Due sono adottivi. Mi sono dimenticato quali'. I miei genitori dicevano scherzando che io avevo un aspetto tanto diverso perché ero il ritratto della nonna di mio padre, che era italiana.»

«Doveva essere una bellissima donna», osservò Willy mangiando un po' di insalata.

Delaney sorrise. «Willy, sei tanto dolce, ma il bisogno di conoscere le mie radici, la mia famiglia biologica, è così forte che quasi mi sono messa a piangere ieri sera quando abbiamo mandato un servizio su questo argomento al telegiornale.»

«L'ho visto», commentò Alvirah. «La madre biologica che incontrava il figlio.»

«Sì. Quando il figlio ha detto che aveva bisogno di trovare la madre, mi è venuto un groppo in gola e non sono riuscita a dire la mia battuta. Don ha dovuto rimediare lanciando il servizio successivo.»

«Che ne pensi di Facebook?» domandò Alvirah, poi si rispose da sola. «Ma ovviamente i tuoi lo scoprirebbero.»

«Di sicuro», confermò Delaney. «La moglie di mio fratello Jim è sempre su Facebook. Pubblica una foto dei figli almeno tre volte alla settimana.»

Alvirah si accorse che gli occhi della ragazza cominciavano a luccicare. «Che cosa sai esattamente delle circostanze della tua nascita?» le domandò.

«Pochissimo, in realtà. Un'ostetrica mi ha fatta nascere a Filadelfia. Venti minuti dopo sono stata consegnata ai Wright che aspettavano nella stanza accanto con i miei nonni biologici.

«Erano stati presentati con i cognomi fittizi di Smith e Jones. Ai miei genitori hanno detto che mia madre e mio padre erano due diciassettenni, che erano stati insieme la sera del ballo del diploma, e che entrambi erano ottimi studenti pronti per andare al college.»

Alvirah prese un pezzetto di pane croccante e lo intinse nell'olio d'oliva. «Sono una brava detective», disse. «Indagherò per te sulla faccenda.»

Mentre Delaney la osservava, Alvirah portò la mano al bavero della giacca e accese il microfono nascosto nella spilla a forma di girasole.

«Oh, Alvirah, non disturbarti a registrare. È molto carino da parte tua, ma non c'è speranza.»

«Vedremo», rispose lei molto schietta. «Delaney, sai

dove sei nata esattamente a Filadelfia? Come si chiamava l'ostetrica? Dove abitava? Chi l'aveva presentata ai tuoi genitori? L'ostetrica ha mai detto dove viveva la tua mamma biologica?»

«La mia madre adottiva...» La voce di Delaney si spense in un sussurro. Era difficile parlare in quei termini di Jennifer Wright, che era stata così amorevole con lei per tutto questo tempo.

Ricominciò. «Sei anni fa sono riuscita a farmi dire che sono nata a Filadelfia, cosa che naturalmente sapevo già dal certificato di nascita, che l'ostetrica si chiamava Cora Banks, e la mamma mi ha dato perfino il suo indirizzo. La donna che le aveva parlato di Cora era un'amica dei tempi del college, Victoria Carney, morta in un incidente d'auto quando io avevo dieci anni. L'avevo vista spesso, era molto dolce. Non si era mai sposata, e la nipote ha buttato via tutte le sue carte. La mamma era sconvolta quando le ho fatto quelle domande, così le ho detto che lei era l'unica madre che conoscevo e volevo conoscere.»

«La madre di Alice Roosevelt Longworth morì poco dopo averla data alla luce», osservò Alvirah. «Suo padre era il presidente Theodore Roosevelt, e si risposò quando Alice aveva due anni. Quando le domandavano della madre biologica, lei diceva la stessa identica cosa.»

Delaney sorrise malinconica. «Mi ricordo di averlo letto da qualche parte. Grazie al cielo mi è venuto in mente quel giorno. Però non ero sincera: io voglio davvero trovare la mia vera madre.»

Si corresse immediatamente. «Voglio dire, la mia madre biologica.»

Alvirah spense il microfono. «Dammi il tempo di rifletterci», disse decisa. «E comunque è arrivata la pasta.»

Erano tutti impazienti quando il cameriere servì due piatti fumanti di linguine alle vongole in bianco per Alvirah e Delaney e spaghetti al ragù di carne per Willy.

Willy sapeva che era ora di cambiare discorso. «E pensare che questo una volta era tra i ristoranti preferiti di Frank Sinatra», disse. «Adesso avrebbe cento anni, e le sue canzoni sono assai meglio della roba che va per la maggiore oggi.» Si guardò intorno. «E, a proposito di andare per la maggiore, a quanto pare questo locale se la cava bene.»

Cambiò argomento di nuovo. «Delaney, Alvirah mi ha detto che ti occuperai del processo a Betsy Grant. Quante possibilità pensi che abbia di essere giudicata non colpevole?»

«Poche», rispose Delaney. «In effetti non mi stupirei se le stessero facendo pressione per accettare un patteggiamento.»

«E credi che lo accetterebbe?» domandò Willy.

«Assolutamente no. Deve correre il rischio di andare a processo. Ho la sensazione che verranno fuori ancora un bel po' di cose sul figlio di Ted Grant, Alan, oltre a quello che sappiamo già. Si dice che sia molto, molto al verde.»

Delaney continuò. «Come tutti sanno, in un caso di omicidio la prima domanda da farsi è 'a chi giova?' La prematura dipartita del padre risolve tutti i problemi economici di Alan Grant. E ovviamente i soldi destinati in eredità alla matrigna finirebbero a lui se lei fosse giudicata colpevole.»

«Ci avevo pensato», concordò Alvirah.

«E c'è dell'altro», aggiunse Delaney. «Si dice che Robert Maynard potrà anche essere stato un grande avvocato difensore ai suoi tempi, ma i suoi tempi sono passati. Resiste ancora grazie alla sua reputazione, perché ha fatto scagionare qualche delinquente di alto livello, e ottiene ancora compensi enormi, ma ha delegato la preparazione della difesa a certi giovani avvocati inesperti del suo studio.»

«Lo scopriremo presto», disse Alvirah, cercando invano di avvolgere sulla forchetta le linguine, che finirono per ricadere nel piatto.

7

ANTHONY Sharkey, meglio noto in certi ambienti come «Tony lo Squalo», osservò il braccialetto di smeraldi e diamanti che teneva tra le dita. Si trovava nel suo appartamentino di Moonachie, nel New Jersey, nel seminterrato di una modesta casa a due piani dall'aria sporca e trascurata: la moquette era sudicia, le pareti avevano un disperato bisogno di essere ritinteggiate, l'odore di muffa era ovunque.

Tony era un grande bevitore e un giocatore incallito. Nessun genere di terapia era riuscita a contenere la sua voglia di alcol né il suo bisogno di sfidare la sorte. A volte, dopo un periodo in riabilitazione, era riuscito a rimanere pulito per un annetto. Ma poi ricominciava. Perdeva il lavoro, riusciva a farsi assumere come garzone o lavavetri, e finiva per ritrovarsi al verde. Il che significava andare in un ricovero, e non c'era niente di peggio. Allora riusciva a smettere di nuovo e rimediava un altro lavoretto da poco, affittava un tugurio come quello e a malapena aveva i soldi per mangiare.

Di solito la soluzione era dedicarsi a una serie di piccoli furti, quanto bastava a tenersi a galla, pagare l'affitto e andarsene al casinò ad Atlantic City un paio di volte al mese. In genere era bravo a blackjack, ma di recente aveva infilato un periodo sfortunato e aveva bisogno di soldi.

Per rubare aveva una tecnica tutta sua, che era una beffa per le sue vittime: non c'era cassaforte che non sapesse aprire, soprattutto quelle ridicole cassette di sicurezza che le persone tenevano nel guardaroba in camera da letto, ma non le ripuliva mai completamente, perché comprendeva a fondo la natura umana e il modo di pensare della gente. Se aprendo la cassaforte l'avessero trovata vuota, avrebbero capito subito cos'era successo e avrebbero chiamato la polizia. Ma se una persona guarda nella cassaforte e manca solo un gioiello, magari anche il migliore, crederà che sia colpa sua e cercherà di ricordare quando l'ha messo l'ultima volta, e dove può averlo lasciato. Dopotutto, nessun ladro sano di mente lascerebbe lì tutti gli altri gioielli, giusto? Sbagliato!

Quando faceva un colpo stava attento a non toccare niente nella cassaforte. Se doveva spostare qualcosa per prendere l'oggetto scelto, rimetteva tutto a posto. La maggioranza dei derubati non era mai andata alla polizia a denunciare la scomparsa di una collana di diamanti o di un paio di orecchini. Continuavano a credere di averli messi fuori posto e che sarebbero saltati fuori un giorno o l'altro.

I più fortunati erano assicurati per le «scomparse

misteriose». Quello che non sanno è che «il signor Scomparsa Misteriosa» sono io, pensava Tony.

Dimostrava dieci anni in più di quelli che aveva, cioè trentasette: i capelli castani erano già striati di grigio e stavano rapidamente abbandonando la fronte, le spalle erano curve, e gli occhi marroni erano appannati anche quando non aveva bevuto.

Contò di nuovo tutti gli smeraldi e i diamanti del braccialetto. Un ricettatore gli aveva detto che poteva ricavarne trentamila dollari. Ovviamente era probabile che valesse molto di più, ma trentamila non era una cifra da buttare via. Tony aveva risposto che ci avrebbe pensato, ma qualcosa gli aveva suggerito che era più prudente tenersi il gioiello. E le iniziali sul fermaglio non aiutavano: «BG e TG». Che teneri, pensò Tony.

Adesso che il processo a Betsy Grant stava per cominciare, poteva forse valere la pena di mettersi in contatto con lei e dirle quello che sapeva sulla notte in cui il marito era stato ucciso?

Il problema era che se avesse tirato fuori il braccialetto avrebbe dovuto spiegare come lo aveva avuto e, sicuro come l'oro, sarebbe finito in prigione.

8

Lo studio di Robert Maynard occupava tre piani di quella torre scintillante che era l'edificio più nuovo e costoso sulla Avenue of the Americas.

Quando era divenuto evidente che il pubblico ministero la stava trattando come una sospettata per la morte di Ted, Betsy aveva chiesto a Frank Bruno, il legale che si occupava del loro patrimonio, di consigliarle un avvocato penalista che la difendesse. Solo in seguito si era resa conto che Bruno era convinto della sua colpevolezza, e per questo l'aveva messa in contatto con un settantacinquenne noto come uno dei migliori difensori di criminali del Paese. E uno dei più costosi.

Betsy scese dall'ascensore al quarantanovesimo piano, dove un'impiegata in completo nero e perle la ricevette con un cortese sorriso. «Buongiorno, signora Grant. L'associato del signor Maynard scenderà subito per accompagnarla in sala riunioni.»

Betsy sapeva che l'associato del signor Maynard era un giovane avvocato la cui tariffa era di ottocento dollari all'ora. Sapeva anche che nella sala riunioni avrebbe trovato un secondo associato, e che una volta seduta Robert Maynard le avrebbe fatto l'onore della sua presenza.

Questa volta la lasciò aspettare dieci minuti. Nel frattempo il giovane avvocato che l'aveva accompagnata... come si chiamava? Oh, sì, Carl Canon... cercava di parlare del più e del meno.

«Come è andato il viaggio dal New Jersey?»

«Come al solito. Non c'è mai molto traffico a metà giornata.»

«Io sono del North Dakota. Ho frequentato la New York University sia per la laurea sia per la specializzazione. Nell'istante in cui l'aereo è atterrato all'aeroporto Kennedy la prima volta, ho capito di essere a casa.»

«Immagino che nel North Dakota faccia piuttosto freddo in inverno.» Altre chiacchiere inutili.

«Il North Dakota stava pensando a un sistema per attirare più turisti. Qualcuno se n'è uscito con la brillante idea di ribattezzare lo stato North Florida.»

È un simpatico giovanotto, pensò Betsy, anche se mi sta costando ottocento dollari all'ora e le lancette girano mentre noi parliamo del tempo.

Si voltò sentendo aprirsi la porta, e Robert Maynard, accompagnato dalla sua ombra Singh Patel, entrò.

Come al solito Maynard era vestito in modo impeccabile, stavolta con un completo grigio leggermente gessato. La camicia bianca, i gemelli ai polsini e la cravatta discreta sui toni del blu scuro trasmettevano l'immagine di un successo ben coltivato. Gli occhiali con la montatura a giorno facevano risaltare i gelidi occhi grigi, e l'espressione era severa, come se qualcuno gli avesse messo un carico esagerato sulle spalle.

«Betsy», iniziò, «mi dispiace di averti fatto venire qui, ma devo pregarti di prendere una decisione importante.»

Quale decisione? si domandò Betsy precipitosamente. Le sue labbra non riuscirono a formulare la domanda.

Maynard non la aiutò. «Conosci già Singh Patel?» le chiese accennando al giovanotto con lui.

Betsy annuì.

Maynard si sedette. Patel appoggiò l'incartamento sul tavolo, davanti a lui, poi si sedette a sua volta. Maynard guardò Betsy.

Il tono adesso era pacato, come per dare rilievo a ogni parola. «Betsy, so che ne abbiamo parlato molte volte, ma adesso, alla vigilia del processo, dobbiamo occuparci della cosa un'ultima volta. Hai sempre insistito per andare a processo, ma io ti chiedo di ascoltarmi. Le prove contro di te sono numerose e convincenti. Non c'è dubbio che la giuria comprenderà tutto quello che hai dovuto sopportare in questi anni, compreso il fatto che tuo marito ti abbia aggredita durante la cena la sera prima di morire. Ma non possiamo trascurare che sei persone presenti a quel tavolo, ti hanno sentita gridare e singhiozzare dichiarando: 'Non ce la faccio più'. Queste persone testimonieranno per l'accusa.»

«Mi ha colpita per via dell'Alzheimer», protestò Betsy. «Non succedeva spesso. Era solamente stata una gran brutta giornata.»

«Ma tu hai detto 'Non ce la faccio più'?» insistette Maynard.

«Ero sconvolta. Ted se la stava cavando relativamente bene, per questo ho pensato che gli avrebbe fatto piacere vedere i suoi amici e colleghi. Invece l'ha solo fatto infuriare.»

«Sia come sia, Betsy, dopo che gli ospiti sono andati via tu sei rimasta sola a casa con lui. Sostieni che potresti esserti dimenticata di inserire l'allarme, e questo potrebbe essere interpretato come un tentativo da parte tua di suggerire che un intruso può essere entrato in casa, ma la badante ha affermato che la mattina dopo, quando è arrivata, l'allarme era inserito. Inoltre, proprio quel giorno, si è improvvisamente sentita male ed è dovuta tornare a casa, mentre la mattina, quando è arrivata, stava benissimo. Che cosa ha causato quel malessere così opportuno? Economicamente parlando tu avresti avuto un grosso vantaggio dalla morte di tuo marito. E frequentavi anche un altro uomo mentre lui era ancora vivo.»

Maynard si sistemò gli occhiali. «Betsy, il pubblico ministero mi ha telefonato stamattina e ti ha offerto un patteggiamento molto generoso che io ti suggerisco caldamente di accettare.»

Betsy rimase senza parole. Il suo corpo si irrigidì. «Tu mi suggerisci *caldamente* di accettare?» ripeté in un rauco sussurro.

«Sì», rispose Maynard con fermezza. «Sono riuscito a convincere il pubblico ministero a concederti una condanna a quindici anni di prigione per omicidio colposo aggravato. Ne sconterai circa dodici e poi potrai ottenere la libertà condizionale per buona condotta. Capisco quanto possa essere difficile, ma se vieni giudicata colpevole di omicidio premeditato la condanna minima è trent'anni senza condizionale. E il giudice potrebbe anche darti l'ergastolo.»

Betsy si alzò in piedi. «Dodici anni in prigione per qualcosa che non ho fatto? Non ho ucciso io mio marito. Mi sarei presa cura di lui finché fosse morto di morte naturale.»

«Se sei davvero innocente, allora certo che devi andare a processo», disse Maynard. «Noi ti difenderemo meglio che potremo. Ma per favore tieni ben presente che correrai un serio rischio.»

Betsy si sforzò di parlare con calma. Lei e Robert Maynard si davano del tu, ma adesso non voleva dare quel tono di confidenza a ciò che stava per dire. «Signor Maynard», iniziò, «non ho la minima intenzione di confessare che ho ucciso mio marito. Lo amavo moltissimo. Ho passato con lui otto meravigliosi anni prima dell'Alzheimer, e ci sono state ancora molte belle giornate nei primi anni della malattia. Come forse saprà, più una persona è giovane quando si ammala e più è probabile che muoia nel giro di dieci anni. Da un punto di vista fisico e mentale, Ted se ne stava andando velocemente, e i medici pensavano che fosse ora di metterlo in una residenza assistita. Non l'ho fatto. L'ho tenuto a casa perché nei pochi momenti di lucidità era felice di stare con me.»

Le parole le si affollavano in gola. «Io credo di poter persuadere una giuria ragionevole di questo. Le ho già versato un'enorme quantità di denaro per difendermi.

Perciò lo faccia! E non trasmetta alla giuria la sua convinzione che mi giudicheranno colpevole.»

Avrebbe voluto andarsene sbattendo la porta, ma non lo fece. Lasciò l'ufficio con calma, invece, scese in ascensore fino all'atrio e poi uscì in strada, senza badare alle tante persone che le passavano accanto.

Solamente un'ora dopo si rese conto che quel suo camminare apparentemente senza meta l'aveva portata in centro. Era sulla Quinta Avenue, davanti alla cattedrale di San Patrizio. Esitò un attimo, poi salì i gradini. Poco dopo era inginocchiata all'ultimo banco, in silenziosa preghiera. «Ho tanta paura. Ti prego, aiutami», erano le sole parole che le venivano in mente.

9

La formazione della giuria richiese cinque giorni. Molti candidati erano stati esonerati perché non potevano dedicare al processo le tre o forse cinque settimane che si riteneva sarebbero state necessarie. Altri avevano detto al giudice che si erano già fatti un'opinione sull'innocenza o colpevolezza dell'imputata, e perlopiù la ritenevano colpevole, basandosi sull'ampio spazio che i media avevano dato alla vicenda. Alla fine i quattordici prescelti, sette uomini e sette donne, avevano tutti dichiarato che per quanto avessero letto del caso sarebbero stati in grado di ripartire dall'inizio senza preconcetti, con correttezza verso entrambe le parti. Durante la selezione il giudice aveva spiegato che al temine del processo, poco prima di deliberare, altri due nomi sarebbero stati estratti a sorte come sostituti giurati in caso di necessità.

Erano le otto e cinquanta di martedì mattina, e il processo stava per iniziare. Erano trascorsi diciotto mesi dalla morte del dottor Edward Grant. Delaney sedeva con gli altri giornalisti in prima fila, quella riservata alla stampa. La stenografa era già pronta alla sua postazione.

La porta si aprì e l'imputata Betsy Grant entrò in aula, la testa ben alta, accompagnata dai suoi tre avvocati. Il pubblico ministero Elliot Holmes, veterano del mestiere da ormai vent'anni, era già seduto al tavolo dell'accusa.

Di Betsy Grant, Delaney aveva visto filmati in televisione e fotografie su Internet, ma fu ugualmente sorpresa di come portasse bene i suoi quarantatré anni.

Indossava un completo blu con una camicetta azzurra. Gli unici gioielli erano un sottile girocollo di perle con gli orecchini coordinati. Delaney aveva sentito dire che Robert Maynard le aveva consigliato di vestirsi sobriamente, e in particolare di non indossare il solitario da quarantamila dollari che aveva ricevuto come anello di fidanzamento, ma solo la fede nuziale, per far capire alla giuria che era stata molto amata dal marito ed era in profondo lutto per lui.

Poi Delaney osservò Robert Maynard. Anche lui portava bene i suoi settantacinque anni, con quei capelli d'argento e l'atteggiamento marziale persino quando stava seduto. I suoi due associati parevano poco più che trentenni.

I banchi destinati al pubblico erano già gremiti, cosa non sorprendente visto il gran rumore che si era fatto attorno al caso. Due ufficiali giudiziari stavano in piedi alle due estremità dell'aula.

Alle nove esatte il cancelliere annunciò: «In piedi, entra la corte», e il giudice Glen Roth uscì dal suo ufficio e salì sulla pedana.

«Buongiorno avvocati. Oggi si dibatte la causa dello Stato del New Jersey contro Betsy Grant. Stiamo per dare inizio al processo. Siete pronti a procedere con le vostre dichiarazioni preliminari?»

«Sì, Vostro Onore», risposero entrambi.

Il giudice guardò gli ufficiali giudiziari di guardia alla stanza della giuria e disse: «Prego, fate entrare la giuria».

I quattordici giurati presero posto al loro banco. Il giudice Roth li salutò e spiegò loro che gli avvocati avrebbero presentato le dichiarazioni preliminari. Disse che qualunque cosa affermata dagli avvocati era un'ipotesi e non una prova, e che in un processo penale è il pubblico ministero che ha l'onere di dimostrare la colpevolezza dell'imputato, quindi toccava a lui iniziare. Poi guardò il pubblico ministero e disse: «Proceda pure».

«Grazie, Vostro Onore», rispose Elliot Holmes alzandosi e avvicinandosi al banco della giuria.

«Buongiorno, signore e signori. Mi chiamo Elliot Holmes e sono il procuratore incaricato della contea di Bergen. Nel corso di questo dibattimento, vi presenterò, affinché le esaminiate e le valutiate, testimonianze e prove che l'accusa ha raccolto nella causa dello Stato del New Jersey contro Betsy Grant. Il giudice Roth vi ha comunicato l'addebito a carico dell'imputata, lo scopo della mia esposizione è offrirvi una panoramica del caso così che comprendiate la tesi su cui si basa l'accusa.»

Per i successivi quaranta minuti Holmes descrisse nel dettaglio l'indagine e le circostanze che avevano portato all'incriminazione per omicidio di Betsy Grant.

Con fare colloquiale e rivolgendosi sempre alla giuria,

Holmes disse che Betsy Grant aveva sposato il dottor Edward Grant, allora vedovo, quasi diciassette anni prima. «Non si mette in dubbio che per un lungo periodo questo sia stato un matrimonio felice, come dimostreranno le testimonianze di amici e conoscenti. Il dottor Grant era un chirurgo ortopedico di successo e la coppia conduceva una vita agiata ad Alpine. L'imputata era insegnante alle scuole superiori e si era messa in aspettativa circa due anni prima della morte del dottor Grant, per poterlo seguire meglio.

«Purtroppo, otto anni fa, Edward Grant ha iniziato a mostrare sintomi di perdita della memoria e sbalzi d'umore, del tutto in contrasto con il suo modo di essere fino a quel momento. Una serie di esami e infine le analisi neurologiche hanno prodotto una diagnosi devastante: morbo di Alzheimer precoce.

«Era devastante per il dottor Grant perché la malattia progrediva rapidamente, e nel giro di pochi mesi non è stato più in grado di operare come chirurgo. Poi, con il passare degli anni, non ha potuto più fare niente in modo autonomo. Viveva nella sua casa di Alpine con la moglie ed era assistito da una badante che si occupava a tempo pieno di lui.

«Ovviamente, la diagnosi e l'inesorabile declino erano stati devastanti anche per Betsy Grant. Ripeto: non si mette in dubbio che il loro sia stato un matrimonio felice per molto tempo, tuttavia, le circostanze proveranno che le condizioni di Edward Grant hanno portato Betsy Grant a desiderarne la fine. E una volta giunta la fine, lei avrebbe ereditato metà del suo ingente patrimonio in quanto co-erede con Alan Grant, figlio trentacinquenne del primo matrimonio del dottore. E sarebbe anche stata libera di riprendere la sua vita, così cambiata da quando lui era malato. Inoltre, verrete a sapere, signore e signori, che nei due anni precedenti alla morte di Edward Grant l'imputata ha frequentato di nascosto, ma con regolarità, un altro uomo.

«La sera precedente la morte di Edward Grant, Betsy Grant ha invitato a cena il figlio di lui e i due ex soci dello studio ortopedico, con le loro mogli. Dalle loro testimonianze risulta che quella sera Edward Grant era agitato e arrabbiato, e non ha riconosciuto i suoi colleghi. Più tardi, mentre erano seduti a tavola, Edward Grant si è improvvisamente lanciato oltre il tavolo senza motivo, e mentre la signora Grant cercava di trattenerlo lui l'ha colpita in faccia. Quindi Edward Grant è stato accompagnato in camera dalla badante, dal figlio e da uno degli ex soci. La camera in questione si trovava al pianoterra, e quella della badante era proprio lì accanto. Negli ultimi mesi di forte declino, Betsy Grant si era anche lei trasferita al pianoterra, invece di continuare a dormire di sopra nella camera matrimoniale. Il dottor Grant si è tranquillizzato e gli è stato somministrato un sedativo. La badante lo ha poi preparato per la notte e lo ha messo a letto.

«Tutto questo accadeva mentre Betsy Grant, ferita e scossa per le violente percosse, singhiozzava 'Non ce la faccio più. Proprio non ce la faccio più'.

«La badante, che solitamente sarebbe rimasta per la notte, si è improvvisamente sentita male ed è tornata a casa sua verso le nove di sera in quanto Betsy Grant l'aveva rassicurata dicendo che non c'era nessun problema, lei si era ripresa e si sarebbe occupata personalmente del marito se avesse avuto bisogno. I due medici con le mogli e Alan Grant se ne sono andati poco dopo.

«La badante racconterà che la mattina dopo si sentiva meglio, e quando è tornata dai Grant, più o meno alle otto, l'allarme era regolarmente inserito. Si è subito recata a controllare Edward Grant e lo ha trovato sdraiato a letto come se dormisse, ma un esame più attento ha rivelato che era privo di vita e freddo. Ha chiamato subito il 9-1-1 ed è corsa da Betsy Grant per dirglielo.»

Elliot Holmes si interruppe un attimo. «Signore e signori, i fatti di quella mattina e dei due giorni seguenti hanno rivelato che Edward Grant non è morto per cause naturali. Sentirete la testimonianza dell'agente di polizia che ha risposto alla chiamata di soccorso, il quale vi dirà che non ha notato alcuna ferita evidente sul corpo di Edward Grant, e al quale Betsy Grant e la badante hanno detto che le condizioni mentali e fisiche del dottore erano gravemente peggiorate di recente. L'agente ha quindi contattato il medico curante, che lo ha confermato.

«Poi, il corpo di Edward Grant è stato portato alle Pompe Funebri Hecker da Paul Hecker, il direttore. Lui vi dirà che nel preparare il corpo per la sepoltura ha notato come la parte posteriore del cranio apparisse estremamente morbida ma non insanguinata, cosa che l'ha fatto pensare a un probabile trauma grave in quel punto, causato da un forte colpo. Questo, signore e signori, è stato il primo indizio del fatto che il dottor Edward Grant non fosse morto per il morbo di Alzheimer né per cause naturali.

«Il medico legale testimonierà di aver ricevuto il corpo dalle pompe funebri e di aver eseguito un'autopsia che ha dimostrato, senza alcun dubbio, che Edward Grant è morto in seguito al trauma causato da un forte colpo alla parte posteriore della testa, colpo che ha causato un'emorragia cerebrale interna fatale. Vi spiegherà che a volte questo tipo di trauma non provoca sanguinamento esterno, motivo per cui non è stato notato subito.

«Signore e signori, Edward Grant è morto nel lasso di tempo tra il momento in cui gli ospiti se ne sono andati e quello in cui la sua badante lo ha trovato il mattino dopo. Durante la notte, fatta eccezione per il dottor Grant c'era una sola e unica persona in quella casa. E questa persona, signori della giuria», disse con enfasi voltandosi e indicando l'imputata, «era Betsy Grant.

«Siamo a conoscenza del fatto che il sistema di allarme era attivo e funzionante all'arrivo della signora Watts, e che non c'erano tracce di effrazione. Nessuna finestra rotta, nessuna serratura forzata.

«Quello che vi ho appena fatto è un riassunto, per sommi capi, del caso. Io ritengo che quando avrete sentito tutte le testimonianze sarete convinti oltre ogni ragionevole dubbio che l'imputata Betsy Grant abbia brutalmente ucciso Edward Grant. Lo ha ucciso per sottrarsi alla condizione causata dalla malattia del marito, e per rifarsi una vita nuova e migliore.

«Avrò una seconda occasione di rivolgermi a voi nella

requisitoria finale, alla conclusione del processo. Auguro buon lavoro alla corte.»

Holmes tornò a sedersi.

Il giudice Roth guardò Robert Maynard e disse: «Avvocato, può prendere la parola».

Delaney osservò con attenzione l'avvocato difensore che si alzava e andava a posizionarsi di fronte al banco della giuria. La dichiarazione preliminare del pubblico ministero era stata molto convincente, dovette riconoscere malvolentieri.

Maynard cominciò: «Signore e signori, se le prove fossero così ovvie e decisive come il pubblico ministero le ha appena presentate, allora tanto varrebbe che voi formulaste subito il verdetto. Dichiaratela colpevole e possiamo andarcene tutti a casa.

«Quello che non avete sentito dire nella dichiarazione preliminare dell'accusa è che Betsy Grant era una moglie e compagna assolutamente devota, per Edward Grant. Certamente era aiutata dalla badante di cui il pubblico ministero vi ha parlato, ma l'innegabile verità è che per sette anni – anni durante i quali il dottor Grant ha conosciuto un inesorabile declino delle sue condizioni fisiche, mentali ed emotive – Betsy Grant è rimasta sempre al suo fianco.

«Medici e amici le avevano consigliato di ricoverarlo in una residenza assistita. In quanto sua custode legale ne aveva la facoltà, ma non ha voluto avvalersene. L'aggravarsi della malattia ha portato Edward Grant a essere fisicamente e psicologicamente violento nei suoi confronti molto tempo prima di quell'ultima sera, ma

Betsy ha continuato a prendersi cura di lui con amore, gentilezza e comprensione. Dopo che avrete sentito *tutte* le testimonianze, vi convincerete che quando Betsy Grant ha detto 'Non ce la faccio più', l'ultima cosa che aveva in mente era mettere fine alla vita del marito. Aveva un'alternativa nel caso il fardello fosse diventato troppo pesante, come forse è accaduto quella sera», affermò con tranquillità, «un'alternativa che avrebbe potuto scegliere già da anni, ma lo amava e sapeva che lui voleva rimanere a casa. E quell'alternativa di ricoverarlo in una residenza assistita era ancora assolutamente possibile per Betsy Grant quando ha detto 'Non ce la faccio più'. E nessuno avrebbe potuto biasimarla. Quindi perché mai avrebbe dovuto ucciderlo?

«Signore e signori, il pubblico ministero non può portare in aula un solo testimone in grado di dichiarare che ha visto cosa è successo a Edward Grant. Se è stato usato un oggetto contundente per colpirlo, l'accusa non è in possesso di quell'oggetto. Esistevano quattro chiavi del portone di casa Grant, ma solo tre sono state rintracciate. Non è possibile dire con certezza quante persone conoscevano il codice del sistema di allarme, perciò io ritengo decisamente plausibile che qualcun altro sia penetrato in casa quella notte, dopo aver disattivato l'allarme e più tardi sia uscito inserendolo nuovamente.

«Vi lascio con una considerazione che credo dovreste tenere a mente durante il processo. Betsy Grant non è l'unica erede del patrimonio di Edward Grant. Alan Grant, figlio di primo letto del defunto, che ha molte pressanti pendenze economiche, erediterà metà del patrimonio valutato in quindici milioni di dollari. E, se Betsy Grant venisse condannata, erediterebbe tutto. In ogni caso la morte di Edward Grant fa di Alan Grant un uomo ricco. E come potrete constatare le indagini del pubblico ministero sul conto di Alan Grant sono state a dir poco irrilevanti.

«Signore e signori, attendo con impazienza di rivolgermi di nuovo a voi alla fine del processo. Vi ricordo che Betsy Grant non ha bisogno di provare la sua innocenza, anche se noi contesteremo decisamente le accuse del pubblico ministero. Come in qualunque causa penale, l'onere della prova è a carico dello Stato e deve essere oltre ogni ragionevole dubbio, il che significa che la giuria deve essere fermamente e unanimemente convinta della colpevolezza dell'imputata. E al momento, le prove che vi verranno sottoposte non sono nemmeno lontanamente sufficienti a dimostrarla».

10

Quando Robert Maynard, terminata la sua dichiarazione, tornò a sedersi, il giudice Roth disse: «Avvocato Holmes, chiami il suo primo testimone».

Nicholas Dowling, l'agente di polizia di Alpine che per primo era arrivato sul posto, salì sul banco dei testimoni. Trent'anni, in polizia da cinque, era un po' nervoso trattandosi della sua prima testimonianza in tribunale. Di altezza e corporatura media, con i capelli castani e un viso da ragazzo, era impeccabile nella sua uniforme. Prestò giuramento e si sedette. Rispondendo alle domande del pubblico ministero, spiegò che il 22 marzo dell'anno precedente era di pattuglia in auto, quando, poco dopo le otto del mattino, la centrale lo aveva mandato a casa del dottor Edward Grant. L'agente di servizio gli aveva riferito la telefonata della badante, secondo cui il dottor Grant era morto nel sonno.

Qualche minuto dopo era alla residenza dei Grant.

«Era mai stato in quella casa in precedenza?» domandò il pubblico ministero.

«Sì. Un paio di mesi prima ero stato inviato lì più o meno alle quattro del mattino. Quella volta è venuta ad aprirmi una donna che si è presentata come sua moglie, Betsy Grant.»

«Com'era vestita?»

«Indossava un accappatoio.»

«E come si comportava?»

«Era calma ma evidentemente sconvolta. Ha detto che il marito era caduto cercando di scavalcare il cancelletto sulle scale per andare al piano di sopra. La signora Grant e la badante non riuscivano a sollevarlo.»

«Le ha detto in quali condizioni fisiche e mentali si trovava Edward Grant?»

«Mi ha detto che era a uno stadio avanzato del morbo di Alzheimer, e che la sua salute era gravemente compromessa.»

«E lei che cosa ha fatto?»

«La signora Grant mi ha accompagnato nel punto in cui giaceva sulla moquette, lamentandosi. La badante, Angela Watts, era accovacciata per terra accanto a lui, gli teneva la mano e cercava di confortarlo.

«La signora Watts mi ha detto che lo aveva sentito cadere, ma che era più scosso che ferito. Ho domandato a lei e alla signora Grant se volevano che chiamassi un'ambulanza. Hanno detto entrambe di no, perché non ritenevano fosse necessario. Allora le ho aiutate ad alzarlo e a metterlo a letto. Ho aspettato qualche minuto per assicurarmi che tutto fosse a posto e poi me ne sono andato.»

«Ricorda qualcos'altro del comportamento della signora Grant in quell'occasione?»

«Be', mentre andavo via mi ha ringraziato. Era tranquilla, ma sembrava triste e stanca. Ha detto che era doloroso per lei vedere il marito in quelle condizioni, specialmente pensando a come era un tempo.»

«Tornando al 22 marzo, che cosa è successo quando è arrivato a casa Grant?»

«È venuta ad aprirmi la badante, la stessa signora che avevo conosciuto un paio di mesi prima. Mi ha detto che il dottor Grant era morto, e che la signora Grant era in camera con lui.»

«Poi cos'è successo?»

«Mi ha accompagnato in una camera da letto al pianoterra.»

«Era la stessa camera in cui le aveva aiutate a ricondurlo due mesi prima?»

«Sì, la stessa.»

«Che cosa ha visto quando è entrato?»

«Il dottor Grant era a letto, sdraiato, la testa sul cuscino. Aveva la coperta tirata fino al petto e le braccia fuori. Indossava un pigiama a maniche lunghe. La signora Grant era seduta sul bordo del letto e gli accarezzava i capelli e il viso. Quando sono entrato mi ha guardato e ha solamente scosso la testa. Le ho chiesto di spostarsi per poter controllare i segni vitali, e lei lo ha fatto.»

«E che cosa ha potuto stabilire?»

«Non respirava ed era freddo perciò ho constatato che era deceduto.»

«Ha notato ferite sul viso o sulle mani?»

«No.»

«Ha notato tracce di sangue o altri segni di lesioni?»

«No.»

«Ha notato segni di colluttazione o di altri atti di forza?»

«No.»

«Ha esaminato la parte posteriore della testa?»

«No.»

«Aveva qualche motivo per ritenere che ci fossero lesioni alla parte posteriore della testa?»

«No. Come ho detto non c'era sangue né altri indizi che avesse subito un trauma.»

«Ed era stato lì un paio di mesi prima, giusto?»

«Sì.»

«E sapeva che Edward Grant era molto malato, giusto?»

«Sì.»

«E considerate tutte queste circostanze, lei ha ritenuto che fosse morto per cause naturali nel sonno?»

«Sì. Non avevo nessuna ragione di sospettare qualcosa di diverso.»

«E poi che cosa ha fatto?»

«Ho seguito la procedura. Ho chiesto alla signora Grant il nome del suo medico curante per poterlo contattare. Lei me lo ha dato e ho telefonato al dottor Mark Bevilacqua.»

«E gli ha parlato?»

«Sì. Gli ho spiegato quello che era successo e poi il medico ha voluto parlare con la signora Grant. Lei gli ha detto che il marito era molto agitato prima di andare a letto la sera precedente, più o meno verso le nove, e che avevano dovuto dargli un sedativo.»

«E poi cos'è successo?»

«La signora mi ha ripassato il medico e lui mi ha detto di ritenere che fosse deceduto per cause naturali, e che avrebbe firmato il certificato di morte. Quindi ho parlato con la signora Grant per sapere quali pompe funebri voleva contattare, in modo che il corpo potesse essere trasferito. Mi ha risposto che avrebbe chiamato le Pompe Funebri Hecker di Closter.»

«Dopodiché cos'è successo?»

«Sono rimasto a casa Grant per un'ora in attesa dell'arrivo delle pompe funebri.»

«Dov'era la signora Grant durante quell'ora?»

«È rimasta in camera da letto con il dottor Grant. Per gran parte del tempo è stata al telefono. Mi ricordo che ha chiamato il figlio del dottor Grant e un paio di altre persone.»

«E lei dove si trovava durante quell'ora?»

«Io sono rimasto fuori dalla porta della camera da letto, in modo da lasciarle un po' di privacy.»

«È venuto nessun altro a casa Grant in quell'ora?»

«Sì, una signora che si è presentata come la governante. Ha detto di chiamarsi Carmen Sanchez.»

«Che reazione ha avuto quando ha saputo che il dottor Grant era morto?»

«Mi è sembrata molto dispiaciuta. Ha detto 'Che Dio gli conceda il riposo. Le sue sofferenze sono finite'.»

«Come si è comportata Betsy Grant in quel lasso di tempo?»

«È rimasta calma. Non piangeva, ma era taciturna.»

«E lei che cosa ha fatto quando è arrivato il direttore delle pompe funebri?»

«Gli ho parlato brevemente. Poi, lui ha detto che si sarebbe preso cura del cadavere. L'ho sentito spiegare alla signora Grant e alla badante che sarebbe stato meglio per loro aspettare da qualche altra parte della casa mentre lui e il suo assistente preparavano il corpo per il trasferimento.»

«Non ho altre domande», disse Elliot Holmes.

Il giudice Roth si rivolse al tavolo della difesa. «Vuole controinterrogare, signor Maynard?»

Dopo un'ultima occhiata al suo blocco per appunti, Maynard si alzò e si avvicinò al banco dei testimoni.

«Agente, lei ha dichiarato di essere stato in quella casa un paio di mesi prima della morte del dottor Grant, è giusto?»

«Sì, signore.»

«E sarebbe corretto affermare che la signora Grant era molto preoccupata per il marito quella sera?»

«Lo sembrava.»

«E sembrava che il dottor Grant fosse ben accudito?»

«Sì.»

«E la signora Grant le ha detto, mentre lei stava andando via, che la rattristava vederlo soffrire così?»

«Sì.»

«In quella circostanza ha affermato di essere arrabbiata per il fatto di trovarsi in quella situazione?»

«No.»

«Le è sembrata stanca nel senso di sfinita, consumata?»

«Sì, direi di sì.»

«Ma non ha manifestato rabbia o risentimento, vero?»

«No.»

«E ha aiutato lei e la badante a sollevarlo dal pavimento e riportarlo a letto, vero?»

«Sì.»

«E lo rassicurava mentre lo aiutava a rimettersi a letto, non è così?»

«Sì, è così.»

«Ora ritorniamo alla mattina in cui lei è stato chiamato nuovamente in quella casa. Le ha aperto la badante, è giusto?»

«Sì.»

«Mentre lei si trovava in quella casa, la badante ha mai espresso qualche sospetto sulla signora Grant, o qualche dubbio sul fatto che la morte del dottore fosse dovuta a cause naturali?»

«No.»

«Lei ha osservato come si comportavano tra loro la badante e la signora Grant?»

«Sì.»

«Ha notato qualche tensione fra loro?»

«No.»

«Sarebbe corretto dire che si facevano coraggio l'una con l'altra?»

«Sì, è così.»

«Ha notato qualche tipo di tensione tra la signora Grant e la governante?»

«No.»

«Sarebbe corretto dire che si facevano coraggio l'una con l'altra?»
«Sì.»
«Lei ha detto che la signora Grant era calma. È corretto?»
«Sì.»
«Direbbe anche che sembrava molto triste?»
«Sì, direi di sì.»
«È vero che appariva sfinita?»
«Sì.»
«C'era un qualsiasi indizio del fatto che potesse essersi trovata ad affrontare una sorta di lotta o di scontro?»
«No, non ho visto niente che potesse farlo pensare.»
«C'era un qualsiasi indizio nell'aspetto del dottor Grant del fatto che potesse essere stato ferito o comunque coinvolto in uno scontro?»
«Assolutamente nessuno.»
«Un'ultima domanda. Agente, se lei avesse notato qualcosa di insolito, che cosa avrebbe fatto?»
«Se avessi sospettato un crimine, avrei chiamato l'ispettore di turno alla stazione di polizia, e lui avrebbe contattato quello reperibile alla sezione omicidi dell'ufficio del procuratore.»
«Ma nulla di tutto ciò è accaduto perché lei non ha avuto ragione di sospettare reati. Non è così, agente?»
«È così, signore.»
«Vostro Onore, non ho altre domande.»

11

Il testimone successivo per l'accusa era Paul Hecker, il direttore delle pompe funebri. Dichiarò di essere stato chiamato dalla signora Betsy Grant, la quale lo aveva informato del fatto che il marito era mancato nel sonno.

Disse di aver subito contattato il suo assistente, che aveva preso il carro funebre e lo aveva raggiunto a casa Grant poco dopo.

Hecker dichiarò che Betsy Grant lo aveva ricevuto e accompagnato nella camera del dottor Grant. Un giovane agente della polizia di Alpine stava fuori dalla porta e gli si era rivolto brevemente quando era entrato.

«La persona che ha conosciuto quella sera e che si è presentata come Betsy Grant è presente in quest'aula oggi?»

«Sì.»

«Vuole per favore indicarla?»

«È seduta al tavolo alla mia destra.»

«Vuole descrivere il comportamento di Betsy Grant quella mattina?»

«Era gentile, molto alla mano.»

«Ci descriva cosa ha visto nella camera da letto.»

«Ho visto il defunto sdraiato a letto. Indossava un pigiama.»

«Ha inizialmente notato qualche segno o indizio di lesioni?»

«No.»

«E poi che cosa ha fatto?»

«Ho spiegato alla signora Grant che sarebbe stato meglio se lei e la badante fossero uscite dalla stanza per permettere al mio assistente e a me di portare il corpo nel carro funebre.»

«E loro lo hanno fatto?»

«Sì.»

«Può descrivere il comportamento delle due donne mentre uscivano dalla camera?»

«La signora Grant se n'è andata in silenzio. La badante singhiozzava forte.»

«Avete portato il corpo alle pompe funebri?»

«Sì.»

«Fino a quel momento lei aveva qualche sospetto che il dottor Grant potesse essere stato vittima di percosse?»

«No, sembrava che fosse morto nel sonno.»

«Nella sua camera aveva notato qualcosa di insolito?»

«Non lo definirei 'insolito', però ho notato qualcosa fuori posto, non saprei dirlo meglio.»

«Che cosa intende?»

«Be', io naturalmente sapevo che Edward Grant era un medico. Sul comodino c'era un mortaio vecchio stile appoggiato su una base di granito, sembrava parte di una coppia mortaio-pestello. Sulla base c'era una targhetta con un'iscrizione che diceva: 'Ospedale Hackensack, dr. Edward Grant, primo premio'.»

«E che cosa ha notato di questo oggetto?»

«Mancava il pestello.»

«Non sono sicuro che qui tutti sappiano che cos'è un pestello o che aspetto ha. Può spiegarcelo, per favore?»

«Gli speziali, i farmacisti di una volta, usavano mortaio e pestello per macinare le droghe di cui si servivano. In parole povere il pestello ha una forma simile a quella di una mazza da baseball, ma è lungo solo una ventina di centimetri. È un oggetto abbastanza pesante, arrotondato alle estremità ma più pesante e spesso da una parte.»

«Di che materiale erano fatti il mortaio e la base che ha visto?»

«Marmo nero.»

Il pubblico ministero sollevò allora con entrambe le mani un oggetto che si trovava sul tavolo dietro a quello dell'accusa. Lo portò al testimone e disse: «Le mostro quella che è stata catalogata come 'Prova a carico N. 25' perché lei la identifichi. Ha mai visto questo oggetto prima d'ora?»

«Sì, signore.»

«E che cos'è?»

«Mi sembra che sia il mortaio, ma senza il pestello. Vedo che la targhetta incisa fa riferimento al dottor Grant.»

«Ed è nelle stesse condizioni in cui era quando l'ha visto quella mattina?»

«Esattamente le stesse, signore. Il pestello che mancava è ancora mancante.»

«È ragionevole ritenere che il pestello mancante fosse fatto dello stesso materiale?»

«Sì, suppongo di sì.»

«E abbastanza pesante da essere usato come arma?»

Robert Maynard si alzò in piedi. «Obiezione, Vostro Onore. L'accusa sta chiedendo un'opinione al teste.»

«Obiezione accolta», disse il giudice.

«D'accordo, riformulo la domanda. Quanto pesa, di solito, un pestello per questo tipo di mortaio?»

«È un oggetto di marmo pieno, probabilmente pesa circa mezzo chilo.»

«Quindi il pestello normalmente si troverebbe con la parte più grossa dentro l'incavo del mortaio?»

«Esatto. Come ripeto, il fatto che non ci fosse ha attirato la mia attenzione.»

«Signor Hecker», continuò il pubblico ministero, «ha trasferito il corpo del dottor Grant dalla camera da letto alle pompe funebri?»

«Sì.»

«Quando?»

«Poco dopo essere arrivato.»

«Ha affermato che c'era una badante sul posto.»

«Sì, mi è stato detto che appena arrivata era andata nella camera del signor Grant e avvicinandosi si era resa conto che non respirava. Allora aveva chiamato il 9-1-1.»

«Le è stato detto che l'agente della polizia di Alpine presente sul posto aveva contattato il medico curante del dottor Grant, il quale aveva accettato di firmare il certificato di morte?»

«Sì.»

«Secondo lei, fino a quel momento c'era stato qualche indizio di un possibile reato?»

«No.»

«Cos'è successo quando il dottor Grant è arrivato nel suo laboratorio?»

«Abbiamo iniziato le consuete procedure per preparare il corpo per la veglia e la sepoltura.»

«Ha eseguito queste procedure personalmente?»

«Sì, con l'aiuto di uno dei miei assistenti.»

«E nel farlo ha notato qualcosa di insolito?»

«Sì.»

«Che cosa?»

«La parte posteriore della testa del dottor Grant era molto molle al tatto. Era evidente che aveva subito un qualche trauma in quel punto.»

«In quel momento lei aveva idea di che tipo di trauma potesse essere?»

«Ho pensato immediatamente al pestello mancante.»

«Considerata la parte anatomica e la natura del trauma, sarebbe stato possibile per il dottor Grant infliggersi il colpo da solo?»

«Assolutamente no.»

«E quindi lei cos'ha fatto?»

«Ho smesso di lavorare sul corpo del dottor Grant e ho telefonato al medico legale. Lui ha detto che avrebbe chiamato la polizia e mandato un'ambulanza per portare il dottor Grant nel suo ambulatorio, all'obitorio della contea.»

«Poi cos'è successo?»

«Da quel che so è stata eseguita un'autopsia e due giorni dopo il corpo è stato riportato nel mio laboratorio per la sepoltura.»

«Grazie, signor Hecker. Non ho altre domande.»

Delaney ascoltò Robert Maynard porre un'unica domanda al testimone.

«Lei ha l'abitudine di osservare gli oggetti presenti in una stanza quando viene chiamato per un lavoro?»

«È una cosa che ho sempre fatto istintivamente. Fa parte della natura del mio lavoro. Quando porto via il defunto, osservo sempre attentamente la scena circostante.»

Sapendo di non poter ottenere assolutamente niente da quel testimone, Maynard disse: «Non ho altre domande, Vostro Onore».

Il pubblico ministero chiamò allora il dottor Martin Caruso, il medico legale della contea. Dopo aver riassunto la sua vasta preparazione clinica e aver spiegato che in vent'anni di professione aveva eseguito migliaia di autopsie, riferì ciò che aveva osservato esaminando il corpo del dottor Grant. Dichiarò che il cranio del defunto era stato fratturato in quattro punti, provocando un edema cerebrale e un principio di emorragia.

«È in qualche modo possibile che il dottor Grant sia caduto procurandosi quel trauma alla testa?»

«Direi che è quasi impossibile riportare quel tipo di lesione in seguito a una caduta.»

«Per quale motivo?» domandò il pubblico ministero.

«Perché se fosse caduto battendo la testa, l'impatto del trauma sarebbe stato così grave che quasi certamente avrebbe perso conoscenza. E non sarebbe stato in grado di tornare a letto da solo.»

«Dottor Caruso, la informo che durante questo processo è emerso che un pestello di marmo, del peso approssimativo di mezzo chilo, risultava mancare nella camera del dottor Grant. Secondo la sua opinione clinica, il trauma che ha rilevato sarebbe compatibile con un colpo alla parte posteriore della testa sferrato con questo tipo di oggetto?»

«Sì. La lesione che ho riscontrato potrebbe essere stata causata da un pestello di quelle dimensioni o da un oggetto simile. Mi permetta di spiegare. Se la vittima fosse stata colpita da un oggetto più grande e più pesante, come un martello o una mazza da baseball, ci sarebbero state lesioni esterne molto più gravi e un notevole sanguinamento. Un trauma prodotto da un oggetto più piccolo, come un pestello, può causare lesioni interne al cervello ma spesso senza sanguinamento esterno.»

«E in questo caso c'era sanguinamento esterno?»

«No.»

Mentre l'interrogatorio andava avanti, Delaney cercò di analizzare la reazione dei giurati al testimone che stavano ascoltando. Notò che molti rivolgevano lo sguardo a Betsy Grant. Lei aveva le guance rigate da lacrime silenziose mentre cercava di assimilare la realtà del colpo alla testa del marito.

Robert Maynard pose solo qualche domanda al medico legale. A Delaney parve chiaro che il testimone aveva senza alcun dubbio deciso che Edward Grant era morto in seguito al colpo alla testa, e di certo non in conseguenza di un incidente.

Terminato l'interrogatorio a quel testimone, era quasi l'una del pomeriggio. Il giudice Roth si rivolse alla giuria e disse che era ora di fare la pausa pranzo. «Signore e signori, ci aggiorniamo alle due e un quarto. Durante la pausa non discutete delle testimonianze tra di voi né con nessun altro. Buon appetito a tutti.»

Quando il processo riprese, il pubblico ministero chiamò a testimoniare Frank Bruno, l'avvocato che gestiva il patrimonio del dottor Grant. Circa sessant'anni, con un atteggiamento riservato e serio, Bruno spiegò che dopo la morte della prima moglie del dottor Grant, il loro figlio Alan Grant era rimasto unico erede del patrimonio del padre. Il dottor Grant aveva modificato il testamento dopo aver sposato Betsy Ryan, indicando moglie e figlio come coeredi alla pari, fatta eccezione per la casa e ciò che essa conteneva, che sarebbe rimasta esclusivamente a Betsy. Aveva anche predisposto che, nel caso lui fosse divenuto inabile, Betsy Grant aveva la procura per prendere decisioni legali, economiche e mediche in sua vece.

In seguito ad altre domande del pubblico ministero, Bruno dichiarò che l'attuale ammontare del patrimonio, fatta eccezione per la casa e il suo contenuto, si aggirava attorno ai quindici milioni di dollari. Disse inoltre che due persone esterne alla famiglia, Angela Watts e Carmen Sanchez, erano destinatarie di lasciti personali per un ammontare di venticinquemila dollari ciascuna. Bruno non sapeva se ne fossero al corrente prima che il dottor Grant morisse.

Robert Maynard cominciò poi il controinterrogatorio.

«Signor Bruno, quanti anni ha Alan Grant adesso?»

«Trentacinque.»

«E sarebbe corretto dire che per varie ragioni ha avuto, finora e per molti anni, gravi preoccupazioni economiche?»

«Direi che è una affermazione corretta.»

«Ed è corretto dire che il padre gli ha dato un notevole supporto finanziario?»

«Sì.»

«È anche corretto dire che poco più di dieci anni fa il padre ha manifestato molta insofferenza per il suo stile di vita?»

«Sì. Lavorava soltanto come fotografo, e non era un impiego molto stabile.»

«Sa se Betsy Grant abbia espresso un'opinione al riguardo?»

«Sì. Era assolutamente convinta che la somma che percepiva ogni anno dovesse essere limitata a centomila dollari, ossia la metà di quanto abitualmente riceveva.»

«E il dottore ha fatto questa modifica?»

«Sì.»

«E lei sa quale sia stata la reazione di Alan Grant?»

«Era furioso, e per mesi ha a malapena rivolto la parola al padre.»

«E come si poneva nei confronti di Betsy?»

«La riteneva responsabile per la decisione del padre e le portava un immenso rancore.»

«Signor Bruno, lei è un esperto in diritto patrimoniale, è giusto?»

«Vorrei proprio sperare di sì, dopo trentacinque anni di professione.»

«Se una persona viene condannata per omicidio volontario, può ereditare dalla vittima?»

«No, quella persona non può trarre alcun profitto dall'omicidio.»

«Quindi, se Betsy Grant fosse condannata per omicidio volontario, Alan Grant sarebbe l'unico erede. È corretto, signor Bruno?»

«Sì.»

Robert Maynard allora guardò i giurati e fece un mezzo sorriso. «Signor Bruno, vuole ricordarci ancora una volta che cosa otterrebbe Alan Grant se Betsy Grant fosse condannata?»

«Erediterebbe l'intero patrimonio, che fatta eccezione per l'abitazione è stimato in quindici milioni di dollari e, in quel caso, anche la villa di Alpine, che attualmente ha un valore approssimativo di tre milioni di dollari. Inoltre tutte le proprietà personali del padre, quali gioielli e abiti.»

«Grazie mille, signore», disse Maynard.

Il pubblico ministero Elliot Holmes si alzò in piedi. «Vostro Onore, sono ormai le tre passate. So che ci sarà una sospensione a metà pomeriggio. Chiedo che all'accusa sia permesso di chiamare il prossimo testimone domattina.»

«Va bene», rispose il giudice Roth.

Quindi, raccomandando ancora una volta ai giurati di non discutere il caso con nessuno e di non leggere giornali o seguire i notiziari, per quel giorno sospese il procedimento.

12

Robert Maynard aveva fatto venire un'auto che portasse a casa Betsy. «Vengo a prenderti domattina alle otto», disse, «ma ho pensato che volessi startene un po' tranquilla questa sera, andando a casa.»

«Sì, è così, grazie», rispose piano Betsy. Mentre lo sportello si chiudeva, sentiva le macchine fotografiche che le scattavano istantanee, e continuarono finché l'auto non si fu allontanata. Si appoggiò allo schienale e chiuse gli occhi. La giornata in aula le sembrava irreale. Come era possibile che qualcuno credesse davvero che lei avrebbe fatto del male a Ted? Si accorse di avere la mente sempre affollata di ricordi dei primi giorni passati con lui: quello in cui si erano conosciuti, quando lei era diventata sua paziente dopo essersi rotta una gamba pattinando sul ghiaccio. Era una brutta frattura, e al pronto soccorso dell'ospedale Hackensack avevano mandato a chiamare lui per sistemarla.

Rammentava che bastava la sua presenza a riempire la stanza. Teneva le radiografie davanti a sé. «Be', ti sei fatta proprio un bel danno, Betsy», aveva detto allegro. «Ma ti faremo tornare come nuova.»

All'epoca lei aveva venticinque anni, insegnava storia al liceo Pascack Valley di Hillsdale e viveva lì vicino, ad Hackensack. Scoprì ben presto che Ted era vedovo e abitava a Ridgewood, poco distante. L'attrazione era stata reciproca e intensa. Un anno dopo si erano sposati.

Alan stava frequentando il primo anno alla Cornell University e l'aveva accolta a braccia aperte. Per quanto sentisse la mancanza della madre, sapeva che stavo rendendo di nuovo felice suo padre, pensò amaramente Betsy. Ma dal momento in cui ho convinto Ted a ridurre la quantità di soldi che gli dava, la verità è che mi ha odiata. Lui lo sa perfettamente che io non avrei mai fatto del male a suo padre.

Senza volere scosse la testa. Sentì improvvisamente la bocca secca e prese una bottiglietta d'acqua. Stava di nuovo pensando al giorno in cui Ted l'aveva portata a vedere la casa di Alpine. Quando aveva presentato l'offerta di acquisto, l'agente aveva detto che il proprietario sarebbe stato felice di chiudere l'affare nel giro di due settimane. In una bella mattina di primavera appena due giorni dopo, quella divenne la loro nuova casa.

Per otto anni siamo stati così felici lì, pensò. E poi è iniziata. Piccoli sintomi. Si erano manifestati quando Ted aveva cinquantun anni.

Prima di tutto la perdita di memoria. Poi, improvvisi cambiamenti di umore e di personalità: poteva essere confuso, sospettoso, depresso, spaventato o ansioso. Era facilmente suscettibile a casa, e al lavoro si arrabbiava per delle sciocchezze, come, per esempio, un paziente che spostava un appuntamento fissato. Ma il giorno in cui, guidando l'auto, non era riuscito a ricordare la strada di casa nonostante si trovassero semplicemente nella cittadina vicina, Betsy aveva capito che qualcosa proprio non andava.

L'auto svoltò sulla Palisades Parkway, erano ormai quasi ad Alpine. Betsy sapeva che Carmen le avrebbe preparato la cena. Pensò che non vedeva l'ora di stare da sola, ma quando arrivò trovò tre ex colleghi del Pascack Valley ad aspettarla. Mentre uno dopo l'altro la abbracciavano, Jeanne Cohen, che adesso era preside, disse con trasporto: «Betsy, questa storia finirà presto nel dimenticatoio. È terribile che tu debba affrontarla. Chiunque ti conosca sa perfettamente come ti sei presa cura di Ted».

«Lo spero», disse piano Betsy. «In quell'aula cominciavo a sembrare un mostro.»

Erano in salotto. Betsy pensò a tutti i bei momenti passati insieme in quella stanza. Fuori le ombre si stavano allungando, sembrava che la stessero assediando. Guardò la poltrona preferita di Ted. L'ultima volta che ci si era seduto era stata anche l'ultima sera della sua vita. Ma quando si erano radunati lì prima di cena, lui si era alzato, era andato da lei e le aveva preso la mano chiedendole: «Betsy, aiutami a trovarlo».

Un'ora dopo era diventato agitato e violento, ma in quell'unico momento di lucidità le era sembrato che stesse cercando di dirle qualcosa.

13

Alvirah e Willy seguirono rapiti il servizio di Delaney al telegiornale sul processo di Betsy Grant. Quando finì, si scambiarono un'occhiata. Willy fu il primo a parlare. «A quanto pare oggi non è andata benissimo per Betsy Grant.»

«È solo il primo giorno», ribatté Alvirah speranzosa. «Quel pubblico ministero sa davvero come gonfiare le cose.»

«Ti dispiace ancora di non potere seguire il processo?» domandò Willy.

«Oh, comincerò ad andarci da semplice spettatrice quando presenterà i suoi testimoni la difesa. Però, Willy, c'è un'altra cosa a cui vorrei proprio dedicarmi. Delaney ha un tale bisogno di trovare la madre biologica, e adesso che i genitori adottivi si sono trasferiti è convintissima che sia l'occasione giusta per farlo senza avere la sensazione di ferirli.»

«Non ha molto senso», disse Willy.

«Sì che ce l'ha», ribatté Alvirah. «Quando frequentava

continuamente la casa dei genitori, Delaney sapeva che anche solo tirando fuori l'argomento Jennifer Wright si sarebbe sentita rifiutata. Quando si sono fatti registrare come genitori biologici sul certificato di nascita hanno palesemente mentito, perciò vediamo che cosa riusciamo a scoprire. Lo sai che sono piuttosto brava come detective.»

Alvirah non era ancora riuscita ad abituarsi a usare il computer, aveva un talento naturale nel commettere errori cercando di fare una ricerca online. Ma era decisissima a vedere con i propri occhi cosa c'era scritto di preciso sul certificato di nascita di Delaney. Con l'aiuto di Willy trovò quello che cercava, però non era assolutamente sufficiente: diceva soltanto che ventisei anni prima, alle quattro e sei minuti del pomeriggio del 16 marzo, era nata una femminuccia a cui era stato imposto il nome di Delaney Nora Wright. Per il luogo di nascita c'era l'indirizzo di Oak Street 22 a Filadelfia, e come genitori erano indicati James Charles Wright, cinquant'anni, e Jennifer Olsen Wright, quarantanove, residenti a Oyster Bay, Long Island.

«Willy, l'unica informazione che i Wright hanno potuto dare a Delaney era il nome dell'ostetrica, Cora Banks. Delaney mi ha detto che a Filadelfia risultavano quattro persone con questo nome, e le ha chiamate tutte, ma erano molto più giovani di quanto quell'ostetrica dovrebbe essere oggi, e nessuna di loro faceva quel mestiere.»

Chiese a Willy di stamparle le informazioni prese dal certificato di nascita, le rilesse e rimase a fissarle, cupa. «Non è stato utile come credevo.»

«Magari posso cercare quell'indirizzo su internet e vedere che cosa si trova», cercò di consolarla Willy.

La fotografia satellitare di Oak Street mostrava un edificio industriale situato tra case più basse.

«A quanto pare l'abitazione che stava al numero 22 è stata abbattuta per far posto a qualcos'altro», disse Willy.

Alvirah sospirò delusa. «Be', questo rende solo più difficile il mio lavoro. Ma mettiamola così, Willy, ho sempre detto che prima di morire vorrei rivedere ancora Filadelfia. Andiamoci nei prossimi giorni.»

14

Alle nove e mezzo del mattino seguente il processo ricominciò.

«Vostro Onore», disse Elliot Holmes, «l'accusa chiama a testimoniare Alan Grant.»

La porta dell'aula si aprì e la giuria e il pubblico osservarono con attenzione il figlio del medico assassinato che lentamente raggiungeva il banco dei testimoni. Bello, in abiti evidentemente costosi ma non troppo formali, prestò giuramento e si sedette.

Il pubblico ministero gli fece una serie di domande sul suo passato. Si era laureato alla Cornell University, era un fotografo professionista, aveva divorziato dalla madre dei suoi due figli e ne aveva un altro di dieci anni da una precedente relazione.

Holmes indagò poi sui rapporti famigliari dei Grant.

«È stato contento del matrimonio di suo padre con Betsy Ryan?»

«Moltissimo», rispose Alan a bassa voce. «Mio padre aveva solo quarant'anni quando mia madre è morta, e nei due anni successivi capivo che si sentiva molto solo. Quando ha conosciuto Betsy l'ho visto di nuovo felice e quando l'anno dopo l'ha sposata, ne sono stato entusiasta.»

«Lei era presente alla cena la sera che suo padre è stato ucciso?»

«Sì.»

«Chi altri era presente?»

«Betsy, naturalmente. Era il compleanno di mio padre e lei aveva invitato i due ex soci dello studio ortopedico, con le mogli. Il dottor Kent Adams e la moglie Sarah, e il dottor Scott Clifton e la moglie Lisa.»

«Ci descriva il comportamento di suo padre quella sera.»

«All'inizio era molto tranquillo. Sembrava contento di vedere tutti, anche se non credo che in realtà ci riconoscesse. Forse per qualche breve istante riusciva vagamente a capire chi eravamo, è difficile dirlo.»

«La moglie di suo padre ha commentato questo comportamento?»

«Sì. Ha riferito che negli ultimi due giorni era più agitato del solito, aveva aperto i cassetti e buttato tutto il contenuto sul pavimento, e aveva tirato giù dei libri dagli scaffali in biblioteca. Ha detto che aveva quasi pensato di disdire la cena, ma poi quella mattina lui si era svegliato più tranquillo e perciò aveva deciso di farla ugualmente.»

«Quando lei è arrivato ha notato un livido sul viso della moglie di suo padre?»

«Sì. Aveva cercato di nasconderlo con il trucco, ma era ancora visibile.»

«Le ha domandato come se lo era fatto?»

«Sì.»

«Che cosa le ha risposto?»

«Che mio padre l'aveva colpita due giorni prima.»

«Le è sembrata arrabbiata?»

«No, più che altro rassegnata.»

«Il comportamento di suo padre è cambiato nel corso della serata?»

«Sì. All'inizio abbiamo bevuto un cocktail in soggiorno. Ovviamente lui no. Ma poco prima di andare a cena, a un tratto, senza apparenti motivi, ha cominciato ad agitarsi.»

«Che cosa ha fatto?»

«All'improvviso si è rattristato e si è messo a indicarci tutti quanti.»

«E poi cos'è successo?»

«Betsy è andata da lui e lo ha abbracciato cercando di calmarlo e lui si è tranquillizzato immediatamente.»

«Poi cos'è successo?»

«Abbiamo cenato ed è stato molto piacevole. Lui era sereno e ha mangiato con appetito, godendosi il pasto. Poi, proprio mentre stavamo per prendere il caffè e il dolce, papà si è alzato di scatto e si è letteralmente buttato al di là del tavolo verso il dottor Clifton e sua moglie Lisa.»

«E cos'è successo?»

«Betsy lo ha afferrato per un braccio per fermarlo, e lui si è voltato e l'ha colpita in faccia. Uno schiaffo molto forte. Lei è ricaduta sulla sedia e si è messa a piangere. Il dottor Clifton, la badante e io abbiamo riportato papà nella sua camera. Lui di botto si è come afflosciato, come se fosse improvvisamente esausto. La badante gli ha dato un sedativo, gli abbiamo infilato il pigiama e lo abbiamo messo a letto. Dopo pochi minuti lui ha chiuso gli occhi e il respiro è diventato lento e regolare. Si è addormentato.»

«A quel punto lei cos'ha fatto?»

«Ho notato che la badante, Angela, era molto pallida, e le ho domandato se c'era qualcosa che non andava. Lei mi ha detto che non stava affatto bene, e che aveva dei dolori terribili allo stomaco.»

«E lei come ha reagito?»

«Le ho consigliato di andare a casa.»

A Delaney pareva che il dolore sul viso di Alan Grant fosse troppo palese per essere finto.

«E la badante cos'ha fatto?»

«Ha detto che se non si fosse sentita meglio se ne sarebbe andata.»

«Signor Grant, lei conosceva bene l'arredamento della camera da letto di suo padre?»

«Sì.»

«Sul comodino c'era qualcosa? Un premio o una decorazione?»

«Sì, c'era un mortaio con il pestello. Era un premio che gli era stato assegnato dall'ospedale Hackensack. Ero con lui quando gliel'hanno consegnato.»

«Quella sera, mentre era in camera di suo padre, si ricorda se il pestello c'era?»

«Sì. Sono assolutamente certo che c'era. Il dottor Clifton, la badante e io stavamo parlando con papà, cercavamo di calmarlo. Mi ricordo benissimo di averlo indicato dicendo qualcosa del tipo: 'Papà, ti ricordi come ci siamo divertiti quella sera che siamo andati al ricevimento per il premio? Tu hai tenuto un bellissimo discorso di ringraziamento'. Chissà se ha capito qualcosa di quello che ho detto. Ma mentre parlavo guardavo un po' lui e un po' il premio.»

«E il pestello era nel mortaio.»

«Sì, certamente.»

«Andiamo avanti. Dopo aver consigliato alla signora Watts di andare a casa, che cosa ha fatto?»

«Sono tornato in sala da pranzo. Il dottor Adams aveva messo una pezza fredda sul viso di Betsy, e lei era ancora lì a tavola che piangeva e la teneva stretta.»

«Le ha detto qualcosa?»

«Ha detto 'Non posso più andare avanti così. Mi dispiace, non ce la faccio proprio più'.»

«E lei come ha reagito a quell'affermazione?»

«Mi rincresceva per Betsy. Mio padre l'aveva colpita duramente, e lei era stanca.»

«Ha in qualche modo considerato quella frase, 'Non ce la faccio più', come una minaccia nei confronti di suo padre?»

«In quel momento no, affatto. Successivamente, però, ho cominciato a domandarmi se non fosse una minaccia.»

«Quando ha saputo che suo padre era morto?»

«La mattina dopo.»

«Chi l'ha informata del decesso?»

«Mi ha telefonato Betsy.»

«Come descriverebbe la sua condizione emotiva, basandosi sul tono che aveva al telefono?»

«Molto pratico, concreto.»

«Ricorda le sue parole esatte?»

«Sì. Ha detto: 'Alan, papà se n'è andato stanotte. Sono sicura che anche tu, come me, pensi che sia una benedizione'.»

«Lei cos'ha risposto?»

«Ovviamente la mia prima reazione è stata una grande tristezza. Ma poi ho detto più o meno 'Il padre che conoscevo non esisteva più da parecchi anni. Lo sai come mi sento, Betsy. Sono contento che abbia smesso di soffrire'.»

«In quel momento lei sospettava che potesse esserci stato un delitto?»

«Assolutamente no.»

«Quale reazione ha avuto quando ha saputo che il corpo era stato mandato dal medico legale?»

«Non ci potevo credere, ho pensato che dovesse esserci un errore.»

«E quando ha saputo che suo padre era stato vittima di un colpo letale alla parte posteriore del cranio, come ha reagito?»

Alan Grant guardò il pubblico ministero dritto negli occhi. «Ho pensato che fosse stata Betsy a infliggergli quel colpo.»

Robert Maynard si alzò in piedi gridando. «Obiezione, Vostro Onore, l'osservazione è scorretta e faziosa.»

«Obiezione accolta», rispose subito il giudice Roth.

«La risposta venga cancellata dal verbale, e la giuria non ne tenga conto.»

«Riformulo la domanda. Può descriverci il comportamento di suo padre negli ultimi sei mesi di vita?»

«Era diventato via via più problematico con il progredire della malattia. La sera prima che morisse, le parole di Betsy, 'Non ce la faccio più', mi erano sembrate l'espressione della disperazione.»

«Come definirebbe i rapporti tra lei e Betsy Grant dopo la morte di suo padre?»

«Molto stretti nelle prime ventiquattro ore. Ci siamo consolati a vicenda e abbiamo preso accordi per il funerale.»

«Quando si sono interrotti i rapporti amichevoli con Betsy Grant?»

«Quando ho saputo che il cranio di mio padre era stato sfondato, e che quel pestello non era più al suo posto con il mortaio, sul comodino.»

«Ed era a conoscenza del fatto che la moglie di suo padre si vedeva con un altro uomo?»

«No, l'ho scoperto solo dopo la morte di mio padre.»

«E come ha reagito alla notizia?»

«Sono rimasto sconvolto. Indignato. Deluso.»

«Nei mesi precedenti la morte di suo padre, come si comportava Betsy Grant con lui?»

«Con molto affetto. Molta generosità. Il medico che lo seguiva le aveva suggerito di metterlo in una residenza assistita.»

«Per quale motivo lo aveva suggerito?»

«Gli sembrava che mio padre corresse il rischio di avere qualche grave incidente.»

«Può farci un esempio?»

«Papà, girava per casa e a volte saliva le scale e dal piano di sopra si sporgeva dalla balaustra. Oppure frugava nei cassetti in camera da letto e tirava fuori le cose.»

«Come ha reagito Betsy Grant al suggerimento del medico?»

«Ha sbarrato l'accesso al piano di sopra e si è trasferita nella camera da letto che il precedente proprietario usava come alloggio per la cameriera. In altre parole ha cercato di tenerlo sotto controllo.»

«Obiezione. Il teste sta esprimendo un giudizio», dichiarò Maynard.

«Vostro Onore, vorrei domandare al signor Grant che cosa intende per 'tenerlo sotto controllo'», disse Holmes.

«Il teste può farlo», affermò il giudice.

«Signor Grant, vuole per favore spiegare meglio la sua risposta?»

«Certo. Volevo dire che cercava di proteggerlo perché non si facesse male.»

«È stata una decisione della signora Grant tenere suo padre a casa anche dopo il suggerimento del medico?»

«Sì.»

«Ha motivato in qualche modo quella decisione?»

«Ha detto che mio padre aveva bisogno di lei. Ha detto che c'erano momenti in cui era lucido, e in quei momenti la implorava di rimanere con lui. Mi ha anche detto che le persone a cui viene diagnosticato, come a mio padre, un Alzheimer precoce, di solito non vivono molto più a lungo dei sette anni che lui aveva già sopportato.»

«Ma poi, la sera in cui a suo padre è stato inferto il colpo fatale, Betsy Grant non ha forse detto gemendo 'Non ce la faccio più'?»

«Obiezione. Sta influenzando il testimone.» Questa volta fu uno degli associati di Maynard a parlare.

«Obiezione accolta», disse ancora una volta il giudice.

Elliot Holmes si voltò verso i giurati. Delaney capì che aveva già chiarito quel che voleva chiarire. «Non ho altre domande, Vostro Onore», affermò tranquillamente.

«Signor Maynard», riprese il giudice Roth, «può iniziare il controinterrogatorio.»

«Grazie, Vostro Onore», rispose Maynard. «Signor Grant, quanti anni ha?»

«Trentacinque.»

«Finito il college ha frequentato qualche corso di laurea specialistica o è andato direttamente a lavorare?»

«Sono andato direttamente a lavorare.»

«Questo significa che lei lavora da tredici anni?»

«Sì.»

«Che genere di lavoro fa?»

«Sono sempre stato un fotografo libero professionista.»

«Intende dire che non ha uno stipendio fisso? Viene pagato a prestazione, è giusto?»

«Sì.»

«Mediamente, qual è stato il suo guadagno annuale in questi anni?»

«Tra i cinquanta e gli ottantamila dollari.»

«Ed è vero che fin dall'inizio della sua carriera è stato aiutato economicamente da suo padre?»

«Sì. Mi voleva bene. Ero il suo unico figlio e voleva aiutarmi.»

«E come la aiutava? Le dava dei soldi quando lei glieli chiedeva oppure c'era un qualche tipo di accordo?»

«Quando ho finito il college, per alcuni anni ho avuto spesso bisogno di comprare attrezzature per la macchina fotografica, lenti, filtri eccetera, per potermi procurare dei lavori. Di solito quando chiedevo dei soldi a mio padre lui diceva di sì.»

«E questo accordo è cambiato?»

«Tre o quattro anni dopo aver sposato Betsy, lei lo ha convinto a concedermi un assegno annuale. Perciò a Natale mio padre mi dava centomila dollari.»

«E lei ha ricevuto questo assegno natalizio da centomila dollari ogni anno fino allo scorso Natale, compreso.»

«Sì.»

«Bene, quindi centomila dollari a Natale e poi in un anno mediamente sessantacinquemila dollari di guadagni, il che significa che di solito lei disponeva di centosessantacinquemila dollari all'anno per far fronte alle sue spese. È corretto?»

«Sì.»

Delaney prese appunti mentre Maynard scavava a fondo nelle abitudini economiche di Alan Grant. Si ritrovò a desiderare di aver fatto più attenzione durante quell'unico corso di contabilità che aveva seguito al college: se Maynard stava cercando di dimostrare che la gestione finanziaria personale di Grant era un disastro, ci stava riuscendo benissimo.

Rispondendo alle domande di Maynard, Grant ammise di avere sostenuto un costoso divorzio e poi un altrettanto costoso accordo sugli alimenti con la madre dei suoi due figli, oltre a un sostegno finanziario per l'altro figlio. Alla fine del college il padre gli aveva comprato un appartamento, ma lui l'aveva dato in garanzia per ottenere un prestito ipotecario. Le rate di restituzione del prestito avevano scadenza mensile, come pure le rate condominiali, quelle dell'assicurazione sanitaria e quelle per pagare l'auto e il garage. Le sue spese abituali per uno stile di vita piuttosto alto comprendevano tre vacanze all'anno. Grant ammise controvoglia che diciottomila dollari al mese di uscite superavano notevolmente i centosessantacinquemila dollari che aveva a disposizione annualmente.

Maynard continuò.

«Suo padre le ha mai accennato alla possibilità di cambiare lavoro?»

«Mi ha detto che la fotografia non era abbastanza redditizia e il lavoro era troppo scarso e discontinuo. Voleva che mi trovassi un mestiere capace di garantirmi delle entrate regolari.»

«E lei ha seguito il suo consiglio e ha cercato un altro lavoro?»

«No.»

«Torniamo ai problemi finanziari. Per sbarcare il lunario ha chiesto altri prestiti?»

«Oltre a quello ipotecario sull'appartamento, anche gli amici mi hanno fatto dei prestiti.»

«Paga gli interessi su quei prestiti?»

«Pago gli interessi alla banca per il prestito ipotecario. Con gran parte dei miei amici l'accordo era che avrei restituito tutto con gli interessi una volta incassata l'eredità.»

«Lei prima ha dichiarato di aver ricevuto il dono annuale anche lo scorso Natale, dopo la morte di suo padre. È giusto?»

«Sì. Ho parlato con l'avvocato patrimonialista, il quale ha presentato richiesta in tribunale perché il versamento venisse approvato e confermato.»

«E Betsy Grant non ha fatto obiezioni. Vero?»

«Non ho parlato con lei. Lo ha fatto l'avvocato. Lui mi ha riferito che non ne aveva fatte.»

«Tre mesi fa lei ha presentato in tribunale un'altra richiesta di anticipo?»

«Sì. Dato che il patrimonio è bloccato in attesa dell'esito del processo, io non posso ricevere la mia eredità. Mi è stato consigliato di fare richiesta di un anticipo per via delle spese che devo sostenere.»

«E quale somma è stata approvata dal tribunale?»

«Centocinquantamila dollari.»

«Signor Grant, lei è destinato a ereditare metà di un patrimonio di quindici milioni di dollari se Betsy non sarà condannata, e tutti i quindici milioni di dollari se invece lo sarà. È così?»

«Direi di sì, signore.»

«Signor Grant, mi permetta di tornare indietro di

diciotto mesi, quando suo padre era ancora vivo. È corretto dire che lei era in gravi ristrettezze economiche ma era anche l'erede di un patrimonio multimilionario che una volta morto suo padre sarebbe stato spartito?»

«Sì, ma io volevo bene a mio padre e non ho niente a che fare con la sua morte.»

Delaney osservò Alan Grant che si agitava sulla sedia rispondendo alla domanda. Era palesemente a disagio.

«Signor Grant, dopo la cena di compleanno per suo padre, lei dov'è andato?»

«Sono tornato a New York. Avevo appuntamento con una persona in un bar vicino a casa mia.»

«A che ora è arrivato?»

«Più o meno alle dieci di sera.»

«E quanto si è trattenuto?»

«Un paio d'ore. Me ne sono andato a mezzanotte circa.»

«Aveva appuntamento con una sua ex fidanzata, è vero?»

«È vero.»

«Come si chiama?»

«Josie Mason.»

«Siete andati via insieme?»

«Sì.»

«Dove siete andati?»

«A casa sua, a un paio di isolati da lì.»

«Ha trascorso la notte nel suo appartamento?»

«Sì.» Alan si fece rosso e rabbioso in viso. «So dove vuole arrivare, signor Maynard. Io ho un alibi assolutamente confermato dal momento in cui sono uscito da casa di mio padre fino al mattino dopo, quando ho ricevuto la telefonata di Betsy e ho saputo che mio padre era morto. Il bar aveva una telecamera di sorveglianza, e così pure l'edificio dove abita la mia amica. Il pubblico ministero ha già verificato tutto.»

«Ma certamente», disse Maynard sarcastico. «Mi dica, signor Grant, lei conosceva il codice dell'impianto di allarme a casa di suo padre?»

«No.»

«C'è qualche ragione per cui non lo conosceva?»

«Semplicemente non è mai capitato che me lo desse.»

«Ha mai avuto le chiavi della casa di suo padre?»

«No. Anche in questo caso, non è mai capitato che me le desse.»

«Quindi in caso di un'emergenza in quella casa, lei non aveva le chiavi né il codice dell'allarme.»

«Come le ho già detto, non è mai capitato che me li desse. C'era sempre qualcuno a casa, la governante, la badante. Non c'era alcun bisogno che io avessi le chiavi o il codice.»

«Lei vedeva suo padre abbastanza spesso, vero?»

«Sì, almeno ogni due settimane, anche quando era malato.»

«Anche negli ultimi due anni circa suo padre aveva dei momenti di lucidità. È vero?»

«Sì, per me erano preziosissimi.»

«In quei momenti di lucidità, gli ha mai chiesto quale fosse il codice dell'allarme?»

«Assolutamente no.»

«È al corrente che una delle quattro chiavi della casa

non è stata rintracciata, e che si tratta di quella di suo padre?»

«Non so niente di quella chiave.»

«Vostro Onore», disse Maynard sarcastico, «non ho altre domande per il testimone.»

«Bene», rispose il giudice, «allora aggiorniamo la seduta al pomeriggio.»

15

DELANEY aveva passato tutta la mattina a prendere appunti in silenzio. Andava sempre a mangiare nella caffetteria del tribunale, dove c'era gran parte del pubblico del processo, e cercava di origliare le loro opinioni sul testimone appena ascoltato. Nella sala non c'erano né Betsy Grant e i suoi avvocati né il pubblico ministero e i suoi assistenti.

C'era molto rumore, ma Delaney scelse un tavolino vicino a cinque donne che aveva visto al processo e che stavano discutendo dei fatti di quella mattina. Avevano tutte i capelli grigi e sembravano aver ampiamente superato la settantina. A causa del rumore, parlavano tutte e voce alta, e ciò che Delaney sentì non la sorprese.

«Io credo che sia stata lei», stava dicendo una di loro. «Cioè io sono quasi sicura che sia stata lei. Mia nonna aveva l'Alzheimer, e per prendersene cura a mia madre è quasi venuto un esaurimento nervoso. La nonna era la persona più dolce, gentile e divertente che si possa immaginare, ma verso la fine era sospettosa con tutti, credeva che mia madre stesse cercando di uccidерla e sputava le medicine. È stata una benedizione quando è morta, perché poi abbiamo potuto ricordare che persona meravigliosa era stata, e farci quattro risate per quanto era divertente.»

«Tua madre ha mai avuto la tentazione di ucciderla, Louise?»

«Oh, certo che no», rispose Louise sconcertata.

«Però tu sei convinta che Betsy Grant abbia davvero ucciso il marito?

«Sì. Voglio dire: pensateci. Al marito è venuto l'Alzheimer a circa cinquant'anni, lei ne aveva solo trentatré. Si capisce che era arrivata al limite. Secondo me Betsy Grant è veramente una brava persona, solo che ha perso la testa.»

Una terza persona al tavolo intervenne: «E non dimentichiamoci che non solo avrebbe ereditato un sacco di soldi, ma si vedeva con un altro uomo. Ho letto da qualche parte che l'amore e il denaro sono i due principali motivi per cui la gente viene uccisa. E Betsy Grant li aveva tutti e due».

La quarta donna scuoteva la testa. «E il figlio? Il padre lo ha viziato in tutto e per tutto e poi arriva Betsy e lo convince a ridurgli le sovvenzioni. A quanto pare lui è pieno di debiti fino al collo, e ne uscirà solo quando erediterà il patrimonio del padre.»

«Ma hanno indagato, ed è rimasto sicuramente in città tutta la notte.»

«Non poteva farlo fare a qualcun altro?»

«Avrebbe dovuto comunque conoscere il codice dell'allarme e avere la chiave.»

«E prima di quella sera non poteva sapere che la badante si sarebbe sentita male all'improvviso e sarebbe andata a casa.»

«Lui non vale niente, ma non credo sia coinvolto.»

«Mettiamola ai voti. È stata lei o non è stata lei?»

Delaney trasalì sentendo che la votazione finiva quattro a uno contro Betsy.

I primi due testimoni del pomeriggio furono le mogli dei due ex soci che avevano partecipato alla cena la sera che Edward Grant era morto. In sostanza, riguardo all'andamento della serata si limitarono a ripetere quello che Alan Grant aveva già dichiarato al mattino.

Il terzo testimone fu Josie Mason, una ragazza di poco più di trent'anni che dichiarò di essere saltuariamente uscita con Alan Grant nel corso degli ultimi due anni. Il 21 marzo dell'anno precedente si erano visti in un bar di New York verso le dieci di sera. Lui le aveva raccontato di aver cenato a casa di suo padre. La Mason dichiarò che verso mezzanotte erano andati a piedi a casa di lei e lui si era fermato per la notte.

Disse di essere assolutamente certa che lui non era uscito di casa durante la notte, e che se n'era andato verso le otto del mattino. Dichiarò inoltre che gli investigatori dell'ufficio del pubblico ministero si erano fatti dare dal custode del palazzo i nastri delle telecamere di sorveglianza, dove si vedeva Alan Grant entrare nell'edificio quella sera e uscirne la mattina dopo.

Quando la corte si aggiornò, Delaney andò dritta in ufficio per prepararsi al telegiornale delle sei. Rivide le riprese video di Betsy Grant che entrava in aula e poi ne usciva: nelle immagini del tardo pomeriggio si notavano la tensione sul viso di Betsy e la postura curva.

Sembra troppo stanca per riuscire a stare dritta, pensò Delaney con un improvviso moto di compassione. Spero tanto che trovi degli amici ad aspettarla quando arriva a casa.

16

La governante di Betsy, Carmen Sanchez, fu il primo testimone del mattino successivo. Le mani sudate, la voce tremante, dichiarò il proprio nome e luogo di nascita e rispose alle prime domande su come era diventata governante a casa dei Grant.

«Ho iniziato a lavorare per il dottor Grant dopo la morte della sua prima moglie», rispose Carmen.

«Quanto tempo fa?»

«Diciannove anni.»

«E quanti anni dopo il dottor Grant si è risposato?»

«Due anni.» Senza che le fosse domandato, Carmen disse entusiasta: «Non può immaginare che cambiamento, nella sua vita. Era così felice. La prima moglie, molto amata, era stata malata di cancro per tanto tempo».

«Signora Sanchez, per favore, risponda solo alle domande che le vengono fatte», le spiegò il giudice.

«Oh, mi scusi», rispose Carmen pentita. «È che quando ripenso al dottor Grant e alla signora Betsy e a come si guardavano...»

Questa volta il tono del giudice fu un po' più deciso. «Signora Sanchez, le ripeto di non divagare con le risposte, per favore.»

«Oh, Vostro Onore, mi scusi tanto», replicò Carmen. Guardò il pubblico ministero e sospirò: «Lo sapevo che non sarei stata capace di fare questa cosa».

«Signora Sanchez, la sera prima della morte del dottor Grant, eravate tutti in quella casa?»

«Sì, la signora Betsy aveva voluto festeggiare il compleanno del dottore, e io ho cucinato e servito a tavola.»

«A un certo punto della serata, il dottor Grant si è molto agitato?»

«Sì, ma io ero in cucina quando è successo. Ho sentito la confusione e sono corsa in sala da pranzo. Ho visto che il dottore era molto scosso, e poi il dottor Clifton, il signorino Alan e Angela lo hanno accompagnato in camera sua.»

«E lei cos'ha fatto?»

«Be', il dottor Grant era caduto sul tavolo, e alcuni piatti e bicchieri si erano rotti. Ho ripulito tutto e ho detto che avrei servito il caffè e la torta, ma a quel punto nessuno li voleva più. Allora ho finito di sistemare e me ne sono andata. Ho sentito che gli ospiti stavano cominciando a salutarsi e credo che siano andati via subito dopo di me.»

«Lei sapeva che Angela Watts si era sentita male ed era andata a casa?»

«Sì, ero presente quando è successo.»

«La signora Grant le ha chiesto di fermarsi per la notte perché Angela Watts non avrebbe potuto?»

«Mi sono offerta io di rimanere, ma lei mi ha ringraziata e ha detto che non era necessario.»

«Signora Sanchez, a che ora è tornata a casa Grant la mattina dopo?

«Arrivo sempre puntuale alle otto e mezzo.»

«Ed erano le otto e mezzo quando è arrivata, la mattina in cui il dottore è stato trovato morto?»

«No, sono rimasta bloccata dietro a uno scuolabus, perciò erano circa le nove meno venti.»

Carmen guardò dalla parte di Betsy che, per tutta risposta, fece un sorriso incoraggiante al suo indirizzo.

Il pubblico ministero continuò. «Quindi è arrivata a casa Grant alle otto e quaranta, la mattina in cui il dottore è stato trovato morto?»

Rispondi alla domanda e basta, pensò Carmen: «Sì».

«Quando è entrata nell'abitazione, chi c'era?»

«C'era l'agente di polizia in camera da letto. E anche Angela Watts e la signora Betsy. È stato allora che Angela mi ha detto che il dottor Grant era morto.»

«E lei che cos'ha fatto?»

«Sono salita al piano di sopra, nella camera da letto matrimoniale.»

«Per quale motivo?»

«Volevo rendermi utile facendo il mio lavoro. È stata l'unica cosa che mi è venuta in mente. Ero sicura che la signora Betsy avrebbe voluto tornare a dormire nella camera matrimoniale, adesso che il dottor Grant se n'era andato. Sapevo che lì sarebbe stata più comoda.»

«Che cosa ha fatto in quella stanza?»

«Ho cambiato le lenzuola, mi sono assicurata che

il bagno fosse perfettamente in ordine, ho spolverato e passato l'aspirapolvere.»

«Prima della mattina in cui il dottor Grant è stato trovato morto, quando era stata in quella camera per l'ultima volta?»

«Oh, andavo di sopra all'incirca una volta alla settimana, per essere sicura che fosse sempre tutto a posto.»

«Quindi quando è stata l'ultima volta che si è effettivamente occupata di quella camera prima della morte del dottor Grant?»

«Avevo pulito la camera proprio il giorno precedente.»

Carmen si interruppe. Stava per dire di sua iniziativa che aveva trovato dello sporco sul tappeto, ma ricordava la raccomandazione del giudice di rispondere alle domande e basta. Non so come posso non aver visto quello sporco sul tappeto il giorno prima che il dottor Grant morisse, pensò. Però credo di sapere come ci fosse arrivato: gli addetti alla pulizia dei vetri erano venuti subito dopo che avevo passato l'aspirapolvere la settimana precedente.

«Dopo aver sistemato la camera, che cosa ha fatto?»

«Sono scesa a fare del caffè. Ho cercato di convincere la signora Betsy a mangiare qualcosa, ma ha preso solo il caffè. Angela e io siamo rimaste con lei mentre il direttore delle pompe funebri portava via il corpo del dottor Grant.»

«Che atteggiamento aveva la signora Grant?»

«Come?» domandò Carmen.

«Qual era lo stato emotivo della signora Grant in quel momento?»

«Era molto silenziosa. Se ne stava alla finestra a guardare il corpo del dottor Grant che veniva sistemato nel carro funebre.»

«Non ha detto niente?»

«Ha detto 'È finita. Grazie a Dio è finita'.»

Non ho detto così, ricordò Betsy. Ho detto «Grazie a Dio *per lui* è finita».

«Non ho altre domande», disse il pubblico ministero.

Robert Maynard si alzò. «Non ho domande, Vostro Onore.»

Il giudice Roth si rivolse alla giuria e disse: «Signore e signori, per questa settimana le testimonianze sono terminate. Ci aggiorniamo a martedì prossimo, alle nove del mattino».

17

ALLE otto del martedì mattina, una dei giurati chiamò l'ufficio del giudice e scusandosi molto comunicò di avere la bronchite. Disse che il giorno dopo pensava di stare già meglio. Dopo aver discusso con gli avvocati se esonerare la giurata e continuare oppure cancellare la seduta di quel giorno, il giudice decise controvoglia di rimandare il processo al giorno dopo.

18

Il telegiornale delle sei, quel pomeriggio, fu ampiamente dedicato a una notizia appena arrivata: Steven Harwin, figlio ventitreenne del famoso regista cinematografico Lucas Harwin, era stato trovato morto per overdose nel suo appartamento di SoHo. La cosa era ancora più tragica per via del fatto che Steven, da adolescente, era sopravvissuto alla leucemia, e si era poi dedicato con passione alla raccolta di fondi per la ricerca su quella malattia. Aveva creato un'associazione chiamata Cinque dollari al mese che adesso contava trecentomila sostenitori. Appena una settimana prima di morire, a un evento di beneficenza aveva detto: «La mia generazione deve farsi carico di questa responsabilità e impegnarsi per contribuire a trovare una cura per il cancro».

«Che terribile perdita», mormorò Delaney a Don mentre, seduti uno accanto all'altra ai loro posti, aspettavano di andare in onda.

«Ho saputo da poco che a un mio compagno del college è successa la stessa cosa», rispose piano Don.

«Trentasei anni e due figli. Quanto vorrei che si potesse prendere tutti gli spacciatori e spedirli su Marte.»

«Sono d'accordo.»

La pubblicità era finita. «E ora le notizie sportive», iniziò Don, voltandosi verso il commentatore sportivo Rick Johnson. «Che prospettive hanno i Giants per questa stagione, Rick?»

Terminata la trasmissione, Delaney si incamminò come al solito verso casa. Molte volte raggiungeva degli amici per cenare insieme in uno dei ristoranti lì vicino, ma non quella sera. Voleva starsene un po' tranquilla. Rimanere a casa le era sempre di conforto quando era in uno di quei periodi in cui voleva più che mai trovare la madre biologica.

Sapeva che stavolta tutto era partito da quel servizio sul figlio e la madre riuniti, e parlarne con Alvirah e Willy aveva aggravato la cosa. Chissà se Alvirah dice sul serio e vuole fare qualche ricerca, pensò superando la Sesta Avenue. Poi sorrise. Se Alvirah Meehan dice di voler fare una cosa, la fa davvero. Be', chissà, magari troverà il modo di rintracciare l'ostetrica.

Rallegrata all'idea, si mise a pensare al processo. L'accusa stava facendo un ottimo lavoro accumulando tutte le testimonianze che certamente sembravano indicare la colpevolezza di Betsy Grant. E la difesa aveva filo da torcere con Alan Grant, perché lui poteva dimostrare di aver trascorso la notte a New York.

Ma dov'era quel pestello? si domandava Delaney. Certo, Betsy aveva avuto tutto il tempo di sbarazzarsene, ma come? Stando a quello che i giornali avevano scritto, il medico legale, dopo essere stato contattato dal direttore delle pompe funebri, aveva chiamato la polizia e denunciato il trauma sospetto. La polizia aveva subito ottenuto un mandato ed era tornata a casa Grant, che era stata perquisita con cura, come pure il terreno intorno. Ma certamente erano passate almeno trenta ore fra il momento in cui il corpo del dottor Grant era arrivato alle pompe funebri, la scoperta del trauma cranico, l'autopsia del medico legale, la richiesta di un mandato di perquisizione e infine l'effettiva perquisizione.

E la governante? C'era qualcosa di strano in lei quando aveva testimoniato. Forse era solo molto nervosa? Il fatto che il giudice insistesse a ricordarle di limitarsi a rispondere alle domande l'aveva messa in agitazione.

Mentre aspettava che il semaforo pedonale diventasse verde, Delaney sentì una mano infilarsi sotto il suo braccio, e una voce familiare le domandò: «Posso invitarla a cena, signorina?»

Sorpresa, si voltò. Era Jonathan Cruise, che aveva conosciuto al matrimonio di un'amica a Boston due mesi prima. Faceva il giornalista investigativo per il *Washington Post*, e si erano accorti di avere molto in comune. Avevano cenato insieme quando era venuto a Manhattan a trovare la sorella un mese prima, poi lui l'aveva chiamata per dirle che era stato molto bene con lei, ma da allora non si erano più visti né sentiti. Delaney aveva pensato spesso a lui e più di una volta aveva preso in considerazione l'idea di telefonargli, senza poi fare niente.

Per tornare a casa a piedi Delaney si era messa le

scarpe da ginnastica, e si rese conto che Jonathan sembrava altissimo, poi le venne in mente che nelle altre due occasioni in cui erano stati insieme lei aveva i tacchi alti, e così Jon la superava solo di quattro o cinque centimetri. Tra i capelli nerissimi c'era qualche filo d'argento. Lui le aveva detto che probabilmente li avrebbe avuti tutti bianchi a quarant'anni, ricordò Delaney. «Come mio padre», aveva aggiunto. «Ma magari mi daranno un'aria distinta.»

Tutto questo passò per la testa di Delaney mentre alzava gli occhi per guardarlo.

«Jon. Lo fai spesso di presentarti così all'improvviso?»

Un sorriso sereno e affettuoso illuminò il viso di lui, altrimenti duro all'apparenza.

«In realtà no. Sono arrivato da Washington alle cinque del pomeriggio, ho visto che stavi per andare in onda e il mio grande piano era essere lì ad aspettarti fuori dagli studi quando uscivi, ma è andato in fumo a causa del traffico. Sarebbe proprio un colpo di sfortuna se tu avessi altri progetti per la serata. Ne hai?»

«Adesso sì, direi», rispose Delaney ridendo.

19

Alvirah e Willy inserirono nel navigatore l'indirizzo di Oak Street 22 a Filadelfia, e se ne andarono in Pennsylvania.

«Tesoro, non dimenticare che stando alle foto satellitari quella casa non esiste più», le ricordò di nuovo Willy quando sulla mappa vide che mancavano solo tre chilometri alla destinazione.

«Non importa», rispose Alvirah liquidando subito il problema. «Si trovano sempre informazioni se si comincia ad annusare in giro. E tieni presente che anche se gli edifici originari non ci sono più, alcuni di quelli che ci abitavano ventisei anni fa potrebbero ancora trovarsi in zona.»

Willy stava per ripetere che a quell'indirizzo non c'era più una casa ma un'azienda, poi ci ripensò. Semplicemente capiva che Alvirah si stava lanciando anima e corpo nella ricerca della madre biologica di Delaney, e sapeva quanto ci sarebbe rimasta male se non ci fosse riuscita.

Al civico 22 di Oak Street adesso c'era un edificio con

l'insegna che diceva: FABBRICA DI PIASTRELLE DA SAM. PREZZI SCONTATI. In vetrina c'erano piastrelle di ogni forma e colore. Videro che dentro al negozio c'erano almeno due impiegati e quattro clienti.

«Lascia fare a me», mormorò Alvirah aprendo la porta.

Un signore anziano con i capelli radi e una spilletta con scritto SAM li raggiunse subito.

«Benvenuti da Sam», disse con tono accogliente e un sorriso che pareva sincero. «In che modo posso aiutarvi?»

«Non le farò perdere del tempo fingendo di voler comprare qualcosa», disse Alvirah, «anche se vedendo quelle bellissime piastrelle in vetrina mi sono resa conto di quanto sia datata la nostra cucina.»

Oh, andiamo, Alvirah, pensò Willy. Non c'è nessun bisogno di rifare la cucina. Almeno spero.

Sam sorrise di nuovo. «Lo dicono tanti nostri clienti. Vengono perché hanno visto la pubblicità, pensano di voler solo curiosare ma poi decidono che vogliono veramente rifare la cucina o il bagno. Magari sarà così anche per voi.»

«Magari», fece Alvirah entusiasta. «Ma se lei avesse solo un paio di minuti...»

Di nuovo quel sorriso disponibile. «Ma certo.»

«Da quanto tempo siete qui?»

«Sedici anni.»

«Avete comprato questo edificio?»

«No, abbiamo comprato due case adiacenti che erano in vendita, le abbiamo abbattute e abbiamo costruito questo edificio.»

«Per caso si ricorda i nomi delle persone da cui ha acquistato le proprietà?»

«Me ne ricordo una, Cora Banks. Quello è stato un bel pasticcio.»

«Perché?» Alvirah riusciva a stento a trattenere l'entusiasmo.

«Ci aveva detto di essere un'infermiera professionista, ma subito dopo aver comprato la sua casa, e prima che la abbattessimo, è arrivato un poliziotto con un mandato di arresto per lei. A quanto pare era un'ostetrica che faceva nascere i bambini e li vendeva.»

«Sa se l'abbiano arrestata?»

«Non credo. Ha lasciato la città molto in fretta.»

Ed ecco tutto, pensò Willy.

Alvirah ringraziò Sam e gli disse che le avrebbe fatto piacere dare un'occhiata alle sue piastrelle.

Lo seguirono al piano superiore, dove erano esposti dei campioni e anche fotografie dimostrative di cucine e bagni.

Sam si dimostrò un gran chiacchierone. «Non tutti hanno apprezzato il cambiamento di questo quartiere», disse. «Alcuni hanno anche allestito dei picchetti quando hanno saputo che era stato riqualificato destinandolo anche a edifici commerciali. La signora della casa accanto si era veramente arrabbiata, diceva che era qui da trent'anni e non voleva avere una fabbrica di piastrelle come vicino. Io mi sono offerto di comprare anche la sua casa, ma ha detto che non se ne sarebbe mai andata se non da morta.»

Willy notò che ad Alvirah per poco non cadeva di mano la piastrella color crema che stava guardando.

«E abita ancora lì?» domandò lei.

«Oh, ci può scommettere. Si chiama Jane Mulligan. Adesso è vedova e abita da sola. Deve essere sull'ottantina, ma ogni volta che la incontro mi ripete ancora che il quartiere in cui lei è cresciuta si è rovinato.»

Alvirah era impaziente di controllare se la vicina era in casa. Si costrinse a indugiare ancora qualche minuto, osservando varie fantasie di piastrelle, poi ringraziò Sam e gli promise che avrebbe preso in considerazione i vari progetti di decorazione che lui le volle dare per forza.

Uscendo dal negozio, disse eccitata: «Willy, se questa Jane Mulligan ci fornisce una pista per trovare Cora Banks, torno qui, scelgo le piastrelle, e tu puoi rifare sia la cucina che i bagni».

Arrivati alla casa accanto, Alvirah si fermò un momento. «Willy, con i tempi che corrono, se Jane Mulligan è a casa potrebbe essere restia a far entrare qualcuno. È meglio se mi aspetti in macchina.»

Willy sapeva che aveva ragione, ma non gli piaceva che entrasse da sola in casa di qualcuno, anche se probabilmente lì dentro c'era soltanto una signora ottantenne. Però sapeva che se si fosse messo a discutere ne sarebbe comunque uscito sconfitto, quindi se ne tornò malvolentieri nella loro nuova Mercedes di seconda mano.

Alvirah suonò il campanello e dopo pochi istanti qualcuno guardò dallo spioncino della porta.

«Chi è e che cosa vuole?» chiese una voce piagnucolosa.

«Mi chiamo Alvirah Meehan. Sono una giornalista

del *Daily Standard* e sto scrivendo degli articoli su come cambiano i quartieri e quali sono le reazioni dei residenti storici», disse Alvirah, sollevando il tesserino da giornalista perché Jane Mulligan lo vedesse.

Sentì lo scatto della serratura che si apriva. Poi Jane Mulligan socchiuse la porta e la squadrò. Soddisfatta, aprì del tutto.

«Entri», esclamò. «Ho molto da dire sull'argomento.»

Condusse Alvirah in un salottino immacolato, con un divano esageratamente imbottito, poltrone coordinate, un pianoforte verticale e un tavolino rotondo pieno di fotografie.

Jane Mulligan la invitò ad accomodarsi, ma prima Alvirah diede un'occhiata alle foto. Nipoti, pensò immediatamente.

«Che belli», disse sincera. «Sono i suoi nipoti?»

«Tutti e dieci.» Ora la voce della Mulligan era piena di orgoglio. «Non ne troverebbe di più belli e intelligenti nemmeno se cercasse in tutto il mondo.»

«Si vede», disse Alvirah accomodandosi.

«Cosa vuole che le dica sui quartieri rovinati dagli edifici commerciali?»

Prima ancora che Alvirah potesse rispondere, lei partì con una filippica sul fatto che trent'anni prima non esisteva una strada più bella di quella. «Tutti si conoscevano, le porte non venivano mai chiuse a chiave.»

Alvirah riuscì a infilarci una domanda. «A quanto ho saputo, due case sono state abbattute per fare spazio a quella fabbrica di piastrelle. Lei conosceva le persone che ci abitavano?»

«Certo che sì. Quelli due case più in là erano miei amici. Hanno venduto perché volevano stare vicino alla figlia che ora vive nel Connecticut.»

«E nell'altra casa?»

«Il primo proprietario si è trasferito in una residenza assistita. La donna alla quale ha venduto era una disgraziata.»

«Che può dirmi di lei?»

«Era un'ostetrica.»

«Di quanto tempo fa parliamo?»

«Circa trent'anni fa.»

Alvirah fece un rapido calcolo. Quindi Cora Banks era ancora in quella casa quando Delaney era nata.

«Sapevo che c'era qualcosa di sospetto», disse la Mulligan. «Vedevo gente che andava e veniva, ed era sempre la stessa storia: una o due persone accompagnavano una ragazza incinta in quella casa, e diverse ore dopo, uscivano con la ragazza sorreggendola fino alla macchina.

«Mi ci è voluto poco per capire cosa stava succedendo. Le persone che se ne andavano con il bambino non erano le stesse che erano arrivate con la ragazza incinta. Ho pensato che Cora Banks gestisse un'agenzia per le adozioni. La cosa è andata avanti per quattordici anni, ma poi quando è arrivato quel poliziotto con il mandato di arresto per lei, sono venuta a sapere che i bambini li vendeva. A momenti morivo.»

«Sa dove sia andata?»

«No. E non lo voglio sapere.»

«Veniva qualche amico a trovarla?»

«Perlopiù se ne stava per conto suo.»

Cercando di non far trapelare la delusione, Alvirah insistette: «Quindi non le viene in mente nessuno di cui potrebbe essere stata amica?»

«E chi vorrebbe essere amico di una che vende i bambini?» domandò la Mulligan. «La vita sociale di Cora Banks, ammesso che ne avesse una, non si svolgeva in quella casa.»

Con ciò Alvirah salutò, uscì e salì in auto. «Andiamo a casa», disse a Willy.

Dal tono deluso, lui capì benissimo che la moglie non aveva fatto molti progressi parlando con Jane Mulligan. Ascoltò il riassunto della conversazione.

«Quindi non hai scoperto niente che possa aiutare Delaney a trovare la madre biologica.»

«No, però adesso so perché Jennifer Wright è così a disagio quando parla dell'adozione con Delaney, non vuole che sappia che l'hanno comprata.»

«Forse per loro era l'unico modo di avere un bambino», suggerì Willy. «Avevano quasi cinquant'anni quando è nata. Questo dimostra quanto la desideravano.»

«Immagino di sì», ammise Alvirah. «Però secondo me per una giovane donna un conto è rinunciare al suo bambino e un conto è venderlo al miglior offerente.» Si interruppe, poi disse: «Non lo dirò a Delaney. Le dirò semplicemente che questa pista non portava da nessuna parte».

«Hai deciso di rinunciare oppure hai intenzione di continuare a cercare la madre di Delaney?»

«Ovviamente continuerò a cercare», rispose lei di slancio. «So che la donna che ha indirizzato i Wright da Cora Banks è morta, ma se siamo fortunati potrebbe essere stata una chiacchierona, che si è lasciata sfuggire qualcosa con gli amici o i famigliari.»

«Chi sono i suoi amici o famigliari?»

«È quello che devo scoprire», disse Alvirah. «Darò un'occhiata al suo necrologio, deve per forza nominare qualcuno dei suoi parenti. Comincerò da lì.»

Attraversarono il ponte che divide la Pennsylvania dal New Jersey, e si trovavano sull'autostrada diretti a Manhattan quando Alvirah di punto in bianco disse: «Sai, Willy, alcune di quelle piastrelle mi sono piaciute veramente molto. Vedere le fotografie di come sarebbero state in una cucina o in un bagno è stata un'illuminazione. Mi sono fatta una promessa: se riusciamo a rintracciare la madre di Delaney, voglio risistemare un po' la casa. Ma solo se riusciamo a trovarla».

Willy sospirò. «Tesoro, vuoi dire che io risistemerò la casa e tu mi guarderai.»

Alvirah si voltò verso di lui e sorrise. «Willy, io l'ho sempre detto che sei un cervellone.»

20

DELANEY e Jon arrivarono a piedi fino alla Cinquantasettesima Strada, quindi anziché girare nella Prima Avenue entrarono nel ristorante *Neary's*.

«Da ragazzino venivo spesso in questo posto con mio nonno», disse Jon mentre li facevano accomodare al tavolo. Si guardò intorno. «Qui sembra che il tempo non sia passato, non è cambiato affatto.»

«Per me è la prima volta», confessò Delaney.

«Oh, ha avuto momenti di gloria, questo locale. Era il ristorante preferito del governatore Carey, famoso perché diceva sempre che se il Signore aveva trasformato l'acqua in vino, Jimmy Neary faceva l'opposto.»

Delaney rise e si rese conto che le pareva di conoscere Jon da sempre. Si rese conto anche di quanto le facesse immensamente piacere che dopo un mese di silenzio si fosse improvvisamente fatto vivo di persona.

Era una serata dedicata a conoscersi meglio. Lei gli aveva già detto di essere l'inviata in tribunale per il telegiornale e di adorare quel lavoro, ma adesso gli raccontò della promozione a conduttrice dell'edizione delle sei.

«È un avanzamento notevole», fece Jon. «A proposito, mi ricordo che ti piace lo Chardonnay, o sbaglio?»

«E a te il vodka Martini», ribatté Delaney. Era seduta dal lato della parete, sulla panca. Lui, di fronte, la guardava dritto negli occhi.

Dopo aver ordinato da bere, Jon disse: «Ho forse colto una punta di esitazione nella tua voce, riguardo al passaggio alla conduzione a tempo pieno?»

«Non proprio. È fantastico. Solo che adoravo fare l'inviata in tribunale. Mi domando quante persone riescano davvero a capire che effetto fa vedere qualcuno sotto processo, osservare e ascoltare i testimoni mentre gli scavano la fossa.»

«Ti stai occupando del processo a Betsy Grant. Ho letto qualcosa.»

«Sì.»

«Ai miei occhi sembra già cosa fatta. Lei da sola a casa con il marito. La badante improvvisamente malata che deve andare via.»

«Stai insinuando che Betsy avrebbe dato di nascosto qualcosa alla badante per farla stare male?» domandò Delaney, stupita dall'improvviso moto di rabbia che sentiva montarle dentro.

«Non voglio che ti arrabbi con me», protestò Jon. «Come si suol dire, 'so soltanto quello che ho letto sui giornali'.»

Ammansita, Delaney annuì. «Ma certo, scusami. Ho avuto una reazione eccessiva, ma stando lì a guardare quella donna che ascoltava quel suo figliastro e il direttore delle pompe funebri, mi sentivo a disagio per lei. Quando il medico legale ha parlato della forza del colpo che ha ucciso suo marito, lei continuava a scuotere la testa come se rifiutasse l'idea.»

Jon la guardò senza dire niente.

«Capisco cosa stai pensando», disse sulla difensiva. «La sua reazione sarebbe stata esattamente la stessa, che fosse colpevole o innocente.»

Jon annuì.

Delaney capì che era ora di cambiare argomento. Di solito sono bravissima a mantenere la totale obiettività durante un processo, pensò. Perché allora sto andando fuori dal seminato per proteggere una donna che potrebbe benissimo essere colpevole almeno di omicidio colposo ai danni di un impotente malato di Alzheimer? La domanda non aveva risposta. Il cameriere stava servendo da bere.

«Quando ti ho domandato che cosa ti aveva portato a New York, hai detto che ero stata io, che è una cosa molto dolce ma non è vera. Che cosa ti ha portato qui da Washington?»

Jon aspettò che il cameriere si fosse allontanato.

Con la voce così bassa che Delaney faticava a sentirlo, disse: «Da Washington fino a Boston, lungo la costa orientale, c'è una sofisticata organizzazione di farmacisti che ottiene ricette illegali dai medici e vende i farmaci a gente ricca, come le celebrità o quelli di Wall Street, ricavandone una fortuna. I medici visitano i pazienti per un minuto o non li visitano affatto, e poi prescrivono potenti antidolorifici oppiacei come l'ossicodone o simili. I farmacisti hanno l'obbligo per legge di avvisare le autorità quando vedono delle ricette sospette, ma alcuni si girano dall'altra parte per denaro. Tutta la faccenda crea e rifornisce migliaia di drogati».

«Cioè persone che fanno abitualmente uso di droga?»

«Sì, alcuni hanno cominciato per curiosità e poi non sono più riusciti a smettere. Altri prendevano farmaci regolarmente prescritti per alleviare dolori reali, ma quando i loro medici si sono rifiutati di fare altre ricette ne hanno trovati di più compiacenti. Sto facendo un'inchiesta per il *Washington Post*. So che la polizia sta tenendo d'occhio alcuni farmacisti e medici a Washington e a Boston.»

«Intendi dire che vendono a persone come Steven Harwin?» domandò Delaney.

«Proprio così. Lui probabilmente prendeva forti antidolorifici durante la terapia per la leucemia. E alla lunga ha sviluppato una dipendenza.»

«Hai qualche nome in questa zona?»

«Non molti, ma abbastanza per cominciare.»

Il cameriere portò il menu, e Jon disse subito: «Un altro cliente famoso del ristorante era Bloomberg, che quando era sindaco telefonava prima di venire qui e diceva a Jimmy di mettere su il pollo arrosto perché lui e Diana stavano arrivando».

«Esattamente quello che pensavo di prendere.»

Fecero le ordinazioni, poi Jon sorseggiò il suo Martini e Delaney il vino. Durante la loro prima cena insieme avevano parlato dei loro hobby. Delaney aveva detto che i suoi preferiti erano andare a cavallo, fare escursioni e sciare, e Jon aveva risposto: «Per gli ultimi due ci sono.

Ma da ragazzino io non ho mai avuto l'occasione di andare a cavallo. Più che altro andavo in metropolitana: mio padre e mio nonno erano ispettori di polizia del dipartimento di New York».

Stavolta scesero un po' più in profondità, parlando di loro stessi. Jon aveva due anni più di Delaney, e questo era già venuto fuori la volta prima, ma ora aggiunse: «Avevo un gemello identico che è morto alla nascita. So che mia madre lo ha sempre pianto. Vedo le lacrime nei suoi occhi alle cene per il mio compleanno».

Delaney gli aveva raccontato di essere stata adottata, ma ora aggiunse, con sua stessa sorpresa: «Mi domando se il giorno del mio compleanno la mia madre biologica piange per me».

«Sono sicuro di sì.»

Due ore dopo Jon pagò il conto e la accompagnò a casa a piedi. Di nuovo Delaney si accorse di quanto si sentiva a suo agio con lui. Mentre cenavano, la sera settembrina si era fatta decisamente più fredda.

«La stagione degli sci potrebbe arrivare in anticipo», disse Jon, con tono soddisfatto.

«Lo spero», fece Delaney entusiasta.

Arrivati al condominio lei lo invitò per il bicchiere della staffa, ma lui scosse la testa. «Magari la prossima volta.» La salutò con un bacio sulla guancia prima di allontanarsi, ma poi si voltò e tornò da lei.

«Delaney, tu credi all'amore a prima vista?»

Si rispose da solo prima che lei potesse farlo: «Io sì».

E se ne andò.

21

ANGELA Watts fu chiamata a testimoniare. A Delaney sembrò nervosa esattamente come Carmen Sanchez. Una volta verificati i suoi trascorsi e la sua esperienza di badante, il pubblico ministero le domandò dei suoi rapporti con la famiglia Grant.

A differenza di Carmen, lei rispose in modo sintetico senza aggiungere niente.

«Lei era la badante del dottor Grant?»

«Sì.»

«Per quanto tempo ha lavorato per lui?»

«Tre anni, due mesi e quattro giorni.»

«Quali erano i suoi orari quando si prendeva cura del dottor Grant?»

«Lavoravo sei giorni alla settimana, notte e giorno, poi avevo la domenica libera.»

«Chi si prendeva cura del dottor Grant la domenica?»

«La signora Grant.»

«Lei era a casa Grant la sera prima che il dottore morisse?»

«Sì, la signora aveva organizzato una piccola cena di compleanno per lui.»

«Chi c'era alla cena di compleanno?»

«Il dottor Grant e la signora, Alan Grant e i due medici con cui il dottore aveva lavorato, con le loro mogli.»

«Com'era il dottor Grant quella sera?»

«Mentre prendevano l'aperitivo in salotto, a un tratto si è agitato molto, si è alzato in piedi e ha iniziato a borbottare tra sé e sé, puntando il dito sugli ospiti con un atteggiamento aggressivo.»

«Poi cos'è successo?

«La signora Betsy lo ha abbracciato e lui si è calmato subito. Pochi minuti dopo siamo andati a cena.»

«Lei sedeva al tavolo?»

«Sì. Carmen Sanchez ha preparato e servito la cena.»

«Come si è comportato il dottor Grant durante la cena?»

«All'inizio benissimo. Silenzioso e tranquillo.»

«E poi cos'è successo?»

«A un tratto si è alzato in piedi. Dall'espressione sembrava arrabbiato e quasi sconvolto. Ha spinto indietro la sedia così forte che si è ribaltata, poi si è gettato al di là del tavolo e ha fatto cadere molti piatti e bicchieri.»

«Qual è stata la reazione della signora Grant?»

«Ha cercato di tirarlo indietro, ma lui si è voltato e l'ha colpita violentemente in faccia. Allora i suoi ex soci e il figlio lo hanno afferrato per le spalle e lo hanno trattenuto, cercando di calmarlo. Era molto, molto agitato e piangeva. Mentre lo consolavano, io ho suggerito di riportarlo in camera sua e prepararlo per la notte.»

«E poi cos'è successo?»

«Il dottor Clifton, Alan e io lo abbiamo accompagnato in camera.»

«E poi?»

«Stavo per aiutarlo a mettersi il pigiama quando tutto a un tratto mi sono sentita male.»

«Ci descriva questo improvviso malessere.»

«Avevo la nausea e mi girava la testa. Stavo davvero male.»

«Ha detto che è successo all'improvviso.»

«Sì, mi ha investita come una valanga.»

«E allora cosa ha fatto?»

«Tutti mi dicevano 'vada a casa e si riguardi. Pensiamo noi a lui'. Mi hanno chiesto se me la sentivo di guidare, io ho detto di sì e me ne sono andata. Quando sono arrivata a casa mi sono buttata subito a letto e mi sono addormentata quasi immediatamente. Mi sono svegliata il giorno dopo alla solita ora, le sei del mattino. Qualunque cosa avessi avuto, era passata. Mi sentivo benissimo.»

«Sa se qualcun altro oltre alla signora Grant è rimasto in quella casa per la notte?»

«La signora Grant mi ha detto che gli altri ospiti si sono fermati ancora per circa un'ora e se ne sono andati dopo che il dottor Grant si era addormentato.»

«E questo significa che la signora Grant è rimasta sola in casa con il marito per tutta la notte, giusto?»

«Sì.»

«È tornata a casa Grant la mattina dopo?»

«Sì.»

«A che ora?»

«Alle otto.»

«Lei aveva la chiave di casa Grant?»

«Sì.»

«E conosceva il codice a quattro cifre per attivare e disattivare il sistema d'allarme?»

«Sì.»

«Quando è arrivata, la mattina in cui il dottor Grant è stato trovato morto, la porta era chiusa a chiave o no?»

«Chiusa a chiave.»

«In che stato era il sistema d'allarme?»

«Era inserito. Ho digitato il codice per disattivarlo.»

«Cosa ha fatto quando è entrata in casa?»

«Ho messo via il cappotto e sono andata subito nella camera del dottor Grant. All'inizio ho pensato che stesse ancora dormendo, ma quando mi sono avvicinata al letto ho visto che non respirava. Gli ho toccato il collo e il viso. Erano gelati. Ho capito che era morto.»

«Cosa ha fatto quando se ne è resa conto?»

«Ho chiamato il 9-1-1, poi sono corsa nella camera della signora Grant per dirglielo.»

«La signora Grant era ancora a letto?»

«Era in bagno. Quando l'ho chiamata ha aperto la porta. Aveva in mano l'asciugacapelli. Le ho detto che il dottor Grant era morto nel sonno.»

«Qual è stata la sua reazione?»

«Non ha detto una parola. Mi ha guardata e basta. Ha posato l'asciugacapelli sul letto ed è corsa nella camera del dottor Grant, dove io l'ho seguita.»

«Che cosa ha fatto la signora Grant?»

«Ha poggiato le mani sul viso del marito e lo ha accarezzato.»

«Ha detto qualcosa?»

«Sì, ha detto 'Oh, mio povero caro, non dovrai più soffrire'.»

«Come si comportava?»

«Era calma, molto calma. Ha detto 'Angela, hai chiamato il 9-1-1?' Io ho risposto di sì, e lei ha detto 'Sarà meglio che mi vesta'. Ed è uscita dalla camera senza guardarsi indietro nemmeno per un momento.»

Mi fai sembrare una persona orribile, pensò Betsy agitatissima. Ero sotto choc. Per tanti anni avevo avuto la sensazione di una spada che mi dondolava sopra la testa. Vedevo quell'uomo meraviglioso, che amavo, peggiorare giorno dopo giorno. Avevo appena preso la decisione di farlo ricoverare in una residenza assistita per evitare che facesse del male a se stesso o a me o a qualcun altro. Ero sollevata che fosse morto prima, nel suo letto. Le venne un nodo in gola ripensando a quando Ted, nei suoi sempre più rari momenti di lucidità, la implorava di tenerlo a casa.

«E poi cos'è successo?»

«La signora Grant si è vestita in fretta ed è tornata nella camera del dottore proprio quando è arrivato il poliziotto.»

Elliot Holmes fece una pausa poi disse: «Signora Watts, torniamo a quello che è successo subito dopo la cena. Lei ha dichiarato che con Alan Grant e il dottor Scott Clifton avete aiutato il dottor Grant a tornare in camera sua dopo che si era agitato alla cena. C'era qualche oggetto o soprammobile accanto al suo letto?»

«Sì.»

«Vuole descriverlo?»

«Era un mortaio con il pestello, un riconoscimento che era stato conferito al dottor Grant dall'ospedale Hackensack.»

«E il pestello era un oggetto che poteva essere preso e tolto dal mortaio, è corretto?»

«Sì.»

«Signora Watts, si ricorda se il pestello era sul comodino quando ha aiutato il dottor Grant a mettersi a letto dopo quella cena di compleanno?»

«Sì, era nel mortaio.»

«Ed è certa di questo?»

«Sì.»

«Signora Watts. ora le farò alcune domande su un altro argomento. Ha mai conosciuto Peter Benson?»

«No.»

«Aveva già sentito questo nome?»

«Sì.»

«Sa se la signora Grant ha mai incontrato il signor Benson?»

«Sì. Cioè cenava con lui di tanto in tanto, e per questo motivo io avevo anche il numero del signor Benson nel caso dovessi contattarla e il cellulare della signora non prendesse.»

«Quando dice 'di tanto in tanto', che cosa intende?»

«Direi che succedeva un paio di volte al mese.»

«Quando era stata l'ultima volta che aveva cenato con lui?

«La sera prima della cena di compleanno.»

«La signora Grant le ha mai parlato di Peter Benson?»

«No, mi ha solo detto che era un suo vecchio amico del liceo. Non so altro di lui, però sembrava sempre contenta quando doveva vederlo.»

«Non ho altre domande», disse il pubblico ministero, con un evidente sorrisetto sulle labbra mentre scambiava un'occhiata con il portavoce dei giurati.

L'aula rimase in silenzio mentre il pubblico ministero tornava a sedere. Delaney si domandò come avrebbe fatto la difesa a contrastare la testimonianza della badante. Il giudice disse: «Signor Maynard, il testimone è suo».

«Signora Watts, lei ha dichiarato che viveva a casa Grant sei giorni alla settimana. Ha detto che era di turno giorno e notte. È corretto?»

«Sì.»

«Quando la signora Grant usciva con Peter Benson, a che ora andava via, di solito?»

Di solito verso le quattro e mezzo o le cinque.»

«E a che ora ritornava?»

«Alle dieci e mezzo o alle undici.»

«Ricorda che ci sia mai stata un'occasione in cui la signora non è tornata a casa o è rimasta fuori oltre quell'orario?»

«Be', per essere sincera io spesso alle dieci mi ero già addormentata. Ma ho il sonno molto leggero, e solitamente la sentivo rientrare quando il portone del garage si apriva. Però non potrei giurare che non sia mai tornata a casa più tardi di così.»

«Le ha mai detto che non sarebbe rientrata dopo una di queste cene?»

«No, tornava sempre.»

«E dormiva sempre al pianoterra in modo da essere vicina al dottor Grant se si alzava durante la notte?»

«Sì. Mi aiutava sempre ad accudirlo se si alzava durante la notte.»

«Signora Watts, lei ha dichiarato che possedeva la chiave della porta d'entrata e conosceva il codice del sistema di allarme. È corretto?»

«Sì.»

«Che lei sappia, qualcun altro aveva la chiave e conosceva il codice?»

«Be', naturalmente la signora Grant. E anche la governante.»

«Quindi sono tre chiavi. Qualcun altro l'aveva, o ce n'erano di scorta?»

«Quando ho iniziato a lavorare lì c'erano quattro chiavi, il dottor Grant ne aveva una. Ma molti anni fa l'ha persa o dimenticata da qualche parte e non l'abbiamo più ritrovata.»

«Signora Watts, molti sistemi d'allarme moderni hanno un registro elettronico in grado di dire quando l'allarme è stato attivato e disattivato, e persino quale chiave è stata usata. L'impianto di casa Grant era in grado di farlo?»

«No, era vecchio, non aveva niente del genere.»

«Si è mai parlato di aggiornarlo o sostituirlo con uno più recente?»

«L'ho chiesto alla signora Grant, ma lei ha detto che lasciare le cose come stavano rendeva l'esistenza più facile al dottor Grant. Quando ho iniziato a prendermi cura di lui, era in grado di usare la chiave da solo, e nelle giornate buone riusciva a digitare il codice. Ma negli ultimi due anni non ce la faceva più.»

«Ha mai visto il dottor Grant in una giornata buona mentre inseriva il codice dell'allarme?»

«Sì.»

«E mentre lo faceva, faceva anche qualcos'altro?»

«Sì, diceva i numeri ad alta voce.»

«Li diceva a voce abbastanza alta da permetterle di sentirli?»

«Sì.»

«Quindi lei sta dichiarando che nel periodo in cui ha lavorato a casa Grant c'erano in totale quattro chiavi e il codice dell'allarme era rimasto lo stesso per anni. E una delle quattro chiavi è sparita molti anni fa. E il dottor Grant aveva l'abitudine di dire il codice ad alta voce, cosicché chiunque fosse stato con lui in quel momento poteva sentirlo. È corretto?»

«Sì.»

Maynard si interruppe per qualche istante guardando la giuria. Poi si rivolse al giudice e disse: «Non ho altre domande».

22

Il padre di Steven Harwin organizzò una conferenza stampa due giorni dopo la morte del figlio.

«In questi ventitré anni, Steven ha combattuto e sconfitto la leucemia, si è diplomato al Bowdoin College con il massimo dei voti e ha fondato l'associazione Cinque dollari al mese per coinvolgere i giovani nel sostegno alla ricerca contro la leucemia. Ha cominciato a prendere antidolorifici durante la malattia e ha sviluppato una dipendenza, che ha coraggiosamente combattuto ma non è riuscito a sconfiggere. Le pillole trovate nel suo appartamento erano molto forti. Io troverò la persona o le persone che gliele hanno vendute e mostrerò che razza di incredibili porci sono.»

A quel punto, al regista di quattro film da Oscar si spezzò la voce, e si sottrasse alle telecamere.

Delaney era in studio con Don Brown a guardare il filmato.

«Non vorrei essere dei panni dello spacciatore», osservò.

«Mi sentirei così anch'io se si trattasse di mio figlio», disse Don con forza. «Sean ha sedici anni, l'età in cui i ragazzini si mettono nei guai. È una fortuna poterlo mandare in una scuola privata. Lo so, non ci sono garanzie che questo lo tenga lontano dalla droga, ma nell'istituto dove studiava prima, l'anno scorso hanno espulso un ragazzo dell'ultimo anno che vendeva droga negli spogliatoi.»

Vince Stacey, il direttore del telegiornale, iniziò il conto alla rovescia. All'«uno» tornarono in onda, e Delaney parlò del processo per omicidio di Betsy Grant.

«Oggi la testimonianza di Angela Watts, la badante del defunto Edward Grant, non è stata favorevole per Betsy Grant», iniziò, «soprattutto quando ha detto che Betsy era andata a cena fuori con un suo ex compagno di scuola, Peter Benson, la sera precedente alla festa di compleanno.»

Poi riassunse il resto della testimonianza. «Il sistema d'allarme era inserito quando la badante è arrivata a casa Grant quella mattina, un importante punto a favore dell'accusa. Ora per la difesa sarà molto più difficile far passare l'idea che un intruso si sia introdotto in casa.»

«Come si è comportata Betsy Grant ascoltando questa testimonianza?» domandò Don.

«Sembrava calmissima», disse Delaney, «ma ognuno reagisce a modo suo.»

«Ottimo lavoro, Delaney. Grazie.» Don si voltò verso la telecamera numero uno. «La polizia di New York sta dando la caccia a...»

Davvero ognuno reagisce a modo suo? si domandò

Delaney mentre partiva lo stacco pubblicitario. Si rese conto che nei suoi ventisei anni di vita non aveva mai perso un parente stretto o un amico. Quando avevano celebrato il settantacinquesimo compleanno della sua madre adottiva, lei si era detta che ora settantacinque anni valgono come i sessanta di una volta, ed entrambi i suoi genitori potevano tranquillamente vivere ancora quindici o vent'anni.

Terminata la trasmissione, Delaney lo disse a Don.

«Ti ricordi come ti sei commossa per quel servizio sul ricongiungimento tra madre e figlio? Quello che hai provato era dolore per la tua personale situazione», rispose lui con sincerità.

«Credo che tu abbia ragione», disse Delaney.

A un tratto le venne in mente una cosa. Si trattava di un servizio andato in onda sei mesi prima. Una bambina di due anni si era allontanata da casa nel cuore della notte. La madre, angosciata, era apparsa in televisione la mattina dopo molto presto per chiedere aiuto. La bambina era stata ritrovata illesa a più di un chilometro di distanza, addormentata su una panchina del parco. Delaney ricordava perfettamente la gioia della madre che stringeva la sua bimba tra le braccia e ringraziava calorosamente la donna che l'aveva trovata.

Si tirò su di morale sperando che Alvirah avrebbe forse, in qualche modo, reso possibile anche per lei quella riunione che desiderava tanto.

23

Alvirah era tra il pubblico presente al processo di Betsy Grant durante la testimonianza della badante, ma non ebbe modo di parlare con Delaney, che subito dopo si era precipitata allo studio televisivo.

Nel pomeriggio lei e Willy erano sul balcone a sorseggiare il loro drink delle cinque. Alvirah rifletteva, guardando il parco.

«Willy, come ti sentiresti se ti dicessero che i tuoi genitori ti hanno comprato?»

«Probabilmente mi sentirei lusingato del fatto che qualcuno abbia pagato per avermi.»

«Ma come ti sentiresti sapendo che la tua madre biologica – o i suoi genitori dato che era molto giovane – aveva già deciso di venderti mesi prima della tua nascita?»

«Non avrei una buona opinione di loro», rispose lui deciso.

«Nemmeno io. È questo che mi preoccupa. Cioè, immagina che io riesca a rintracciare la madre biologica di Delaney: Delaney sarebbe contenta di sapere che da neonata è stata venduta come una pezza di tessuto o un elettrodomestico?»

«È difficile dirlo. Ma se la madre biologica era praticamente una bambina, forse i suoi genitori hanno pensato che fosse troppo giovane per prendersi cura di un figlio.»

«E allora perché non rivolgersi a un'agenzia per le adozioni, che avrebbe selezionato con attenzione i genitori adottivi?»

«Tesoro, sono d'accordo con te. Ma d'altra parte i Wright erano piuttosto avanti con gli anni quando hanno adottato Delaney. Se ben ricordi dal certificato di nascita, la madre aveva quarantanove anni e il padre uno in più. Adesso le norme sono meno severe, ma scommetto che ventisei anni fa un'agenzia in regola li avrebbe scartati.»

Willy bevve un goccio di scotch con ghiaccio. Non ne prendeva mai un secondo, quindi assaporava ogni sorso con attenzione.

Alvirah, invece, qualche volta si concedeva un secondo bicchiere di vino.

La serata si stava facendo improvvisamente fresca. «Invece di fare un secondo giro qui, perché non rientriamo?» suggerì lei.

Come sempre Willy fu d'accordo. Si accomodò sulla sua poltrona di pelle e Alvirah si sedette al solito posto sul divano. Willy vedeva benissimo che era immersa nei suoi pensieri.

Passò qualche minuto. Willy teneva d'occhio l'orologio per essere sicuro di vedere il telegiornale delle sei e il resoconto di Delaney sul processo.

Proprio un attimo prima che lui prendesse il telecomando per accendere il televisore, Alvirah disse: «Willy, ho osservato bene Betsy Grant. È una donna adorabile, ma ti assicuro che ha qualcosa che...» Non finì la frase.

«Cosa?» domandò Willy.

«Non so», rispose lei lentamente, «mi verrà in mente, prima o poi. Succede sempre così.»

24

Il dottor Kent Adams fu il testimone successivo. Sessantadue anni, radi capelli bianchi perfettamente in ordine, completo gessato, un'aria composta e sicura.

Dopo il giuramento, il pubblico ministero iniziò, con modi decisamente meno aggressivi di quelli usati con Carmen e Angela.

Adams dichiarò di essere un chirurgo e di essere stato per molti anni socio di uno studio di ortopedia con il dottor Edward Grant e il dottor Scott Clifton.

«Dottor Adams, a un certo punto lei ha notato dei cambiamenti nel dottor Grant?»

«Purtroppo sì, li abbiamo notati tutti.»

«Che tipo di cambiamenti?»

«Ted era un eccellente chirurgo, capace di stabilire un rapporto meraviglioso con i pazienti. Era molto premuroso con tutti loro e sempre cordiale e collaborativo con il personale dello studio. Ma poi ha cominciato a essere distratto, irritabile e impaziente con tutti noi. E questi atteggiamenti si sono via via accentuati con il passare dei mesi.»

«Allora, lei che cos'ha fatto?»

«Il dottor Clifton e io abbiamo parlato con Betsy e le abbiamo manifestato la nostra preoccupazione.»

«E qual è stata la reazione della signora Grant?»

«Era molto turbata e spaventata, ma completamente d'accordo con noi sul fatto che Ted avesse qualcosa che non andava. E così abbiamo deciso di parlargli tutti insieme.»

«Lo avete fatto?»

«Sì. È stato spiacevole.»

«Come mai?»

«Da una parte, credo che a Ted abbia dato fastidio che tirassimo fuori la cosa, ma dall'altra lui stesso ha dovuto riconoscere che dicevamo la verità e si è reso conto che eravamo in pensiero per lui.»

«Eravate preoccupati anche per il benessere dei suoi pazienti?»

«Certamente. Il dottor Clifton e io sapevamo che la cosa andava affrontata.»

«E dopo cos'è successo?»

«Controvoglia, Ted si è sottoposto a una serie di analisi approfondite, e purtroppo l'esito è stato morbo di Alzheimer precoce.»

«Dopo la diagnosi, in che misura ha dato il suo contributo allo studio medico, se lo ha fatto?»

«All'inizio, ha continuato a venire abbastanza regolarmente, ma non ha più eseguito interventi né è più stato il medico di riferimento per nessun paziente. Con il passare dei mesi, il tempo che trascorreva nello studio è considerevolmente diminuito.»

«Questo ha avuto delle ripercussioni sulla società?»

«Sì. In mancanza di un'attiva partecipazione di Ted era necessario rivalutare tutto. Il dottor Clifton e io avevamo punti di vista diversi sulla gestione e dopo molte discussioni io ho deciso di andarmene e aprire uno studio per conto mio. Alcuni dei pazienti del dottor Grant sono venuti con me e altri sono rimasti con il dottor Clifton.»

«Quanto tempo fa, più o meno, vi siete separati?»

«Circa sette anni fa.»

«Come sono andate le cose?»

«Io ho aperto uno studio a poco più di un chilometro di distanza, sempre a Fort Lee, mentre il dottor Clifton è rimasto lì.»

«Ha continuato a frequentare il dottor Grant e sua moglie?»

«Sì, certo.»

«Sa se il dottor Grant si recasse ancora allo studio dove era rimasto il dottor Clifton?»

«Betsy mi ha detto che ce lo accompagnava ancora, all'incirca una volta ogni sei settimane. Gli piaceva parlare con il personale, e anche semplicemente stare nel posto dove un tempo aveva lavorato.»

«Dottor Adams, ora le chiedo di concentrarsi sul 21 marzo dello scorso anno, la sera prima che il dottor Grant fosse trovato morto. Dove si trovava?»

«Ecco, Betsy aveva deciso di festeggiare il compleanno di Ted, quella sera, e mia moglie e io eravamo invitati.»

Le successive domande del pubblico ministero ottennero le stesse informazioni che avevano già fornito i testimoni precedenti, comprese le due occasioni in cui il dottor Grant si era agitato. Il dottor Adams ricordava in effetti che quando Ted Grant aveva puntato rabbiosamente il dito contro ciascuno di loro durante l'aperitivo, aveva gridato qualcosa che gli pareva fosse la parola «trovare».

Interrogato sullo schiaffo che il dottor Grant aveva dato alla moglie quella sera, rispose che Betsy singhiozzava nel dire «Non ce la faccio più». Aggiunse anche di aver avuto l'impressione che Ted Grant, quando si era buttato oltre il tavolo, avesse l'intenzione di aggredire Lisa Clifton.

«Dottor Adams, ancora un paio di domande su quella sera. Dove era seduta Angela Watts a tavola?»

«La tavola era rotonda, e Angela Watts era seduta alla destra di Ted. Alla sinistra c'era il figlio.»

«E Betsy Grant dove era seduta?»

«Accanto ad Angela, con me alla sua destra.»

«Grazie, dottore, non ho altre domande.»

Capisco a cosa sta puntando, pensò Delaney. Betsy potrebbe aver messo qualcosa di nascosto nel bicchiere di Angela Watts, per farla stare male. Ma se aveva in mente di uccidere il marito, perché invitare gente a cena quella sera? O forse il pubblico ministero aveva ragione, forse l'aggressione l'aveva davvero portata all'esasperazione, alla fine.

Robert Maynard si alzò. «Vostro Onore, ho solo poche domande. Dottor Adams, lei potrebbe dire che

Betsy Grant cercava sempre di fare in modo che il dottor Grant fosse felice?»

«Sì.»

«E quando la sua salute ha cominciato a peggiorare costantemente, vuole descriverci come si è presa cura di lui?»

«Si dedicava sempre a lui con molta attenzione. La sua malattia le spezzava il cuore, soprattutto perché lui stesso si rendeva conto di non riuscire più a fare le cose. Era stato un meraviglioso marito e un eccellente medico, ma alla fine dipendeva completamente da Betsy e dalla badante.»

«Lei ha dichiarato che durante la cena di quella sera lui l'ha aggredita e lei ha affermato 'Non ce la faccio più'. L'ha mai sentita minacciare di volergli fare del male in qualche modo?»

«Assolutamente no.»

«Come ha preso quel suo commento, quella sera?»

«Mi è dispiaciuto per lei. Sembrava semplicemente stanca. Era stata colpita molto forte, io credo che abbia detto quello che chiunque altro avrebbe detto in quelle circostanze.»

Il pubblico ministero Holmes fece una smorfia quando Robert Maynard disse: «Non ho altre domande, Vostro Onore».

Il dottor Scott Clifton fu il testimone successivo. La sua deposizione fu praticamente identica a quella del dottor Adams, ma lui era evidentemente più riservato e meno empatico, sia nei toni sia nel comportamento, quando parlava di Betsy. Dichiarò anche di aver rivolto tutta la sua attenzione al dottor Grant per cercare di calmarlo, e di non aver fatto caso al mortaio e al pestello. Quindi, non avrebbe saputo dire se quest'ultimo c'era o no.

La sua fu l'ultima testimonianza della giornata, dopo di che il giudice aggiornò l'udienza al martedì mattina.

25

Alvirah continuava le ricerche, decisa a rintracciare la madre biologica di Delaney. «Fase numero due», disse a Willy mentre andavano a Oyster Bay, sulla costa settentrionale di Long Island. «Voglio guardare bene la casa dove Delaney è cresciuta», continuò, sovrastando la voce del navigatore.

«Ha detto 'svoltare a destra fra centocinquanta metri'.» Willy sperava di aver capito bene, non conoscendo la zona.

Svoltò e vide che il navigatore tracciava una linea dritta mentre la voce artificiale diceva: «Svoltare a destra fra un chilometro e mezzo».

«È una zona stupenda», disse Alvirah ammirata. «Ti ricordi che anni fa mi avevano proposto di fare le pulizie dal lunedì al venerdì in una casa di Oyster Bay? Ma tu avevi bisogno della macchina per i tuoi giri di lavoro, e senza era troppo scomodo venire qui.»

«Mi ricordo, tesoro», rispose Willy. «All'epoca non avrei mai pensato che avremmo vinto alla lotteria.»

«Nemmeno io», disse lei con un sospiro ripensando ai quei tempi, sempre a passare l'aspirapolvere, spolverare, trascinare il bucato giù nella lavanderia.

L'ultima svolta li portò in Shady Nook Lane, una strada senza uscita. Gli alberi erano ancora pieni di foglie, e i vialetti privati circondati da azalee e crisantemi. Molte case erano in stile Tudor, altre erano grandi residenze vittoriane con il porticato davanti.

Willy teneva d'occhio le cassette postali per cercare il numero civico. «È questa», disse rallentando e poi fermandosi di fronte a una casa a due piani, di forma un po' allungata.

«Mi ricorda Mount Vernon», disse Alvirah. Poi aggiunse: «Si vede che non ci abita nessuno perché non ci sono le tende. Ma Delaney mi ha detto che è stata appena venduta, quindi immagino che i nuovi proprietari si trasferiranno presto».

«Direi che Delaney è stata fortunata a essere adottata da gente come i Wright», osservò Willy. «Per come è andata la cosa, poteva capitarle di tutto.»

«È vero. E adesso andiamo a parlare con la vecchia governante di Delaney. È una combinazione che viva ancora da queste parti.»

«Mezz'ora dopo parcheggiarono davanti a una casa in stile ranch a Levittown, un quartiere costruito per i veterani della seconda guerra mondiale al termine del conflitto.

Bridget O'Keefe venne ad aprire la porta: era una signora di settantotto anni, con l'aria energica, i capelli bianchi e il corpo esile. Li salutò con sincera cordialità e li fece accomodare in salotto, dove il tè e i biscotti li aspettavano. «È sempre un piacere prendere il tè», disse. «Mettetevi comodi, torno subito.»

Sparì in cucina.

«Non mi stupisce che a Delaney piacesse tanto», sussurrò Willy.

Bridget tornò pochi minuti dopo con una teiera fumante. «Non mi piace il tè in bustina. E poi con quello in foglie si possono sempre leggere i fondi, una volta bevuto.»

Versò il tè, offrì il latte, lo zucchero e i biscotti, e poi andò dritta al punto. «State cercando la madre biologica di Delaney.» Non era una domanda ma un'affermazione.

«Esatto», confermò Alvirah. «Siamo riusciti a trovare una donna che abitava accanto all'ostetrica, ma non ha idea di dove si trovi adesso.» Decise di non dire che l'ostetrica vendeva i bambini che faceva nascere.

«Ho iniziato a lavorare per i Wright il giorno che hanno portato Delaney a casa», disse. «Mai visto un neonato più bello. Perlopiù non sono un granché finché non si irrobustiscono, ma lei era bellissima, con quei meravigliosi occhi marroni e la pelle chiara.»

«Che cosa le avevano detto di lei?»

«Victoria Carney, l'amica della signora Wright che aveva organizzato l'adozione, aveva raccontato che la madre era molto giovane, e aveva antenati irlandesi sia da parte di madre che di padre.»

«Non ha mai saputo altro?»

«Mai. E penso che nemmeno i Wright ne sapessero

di più. Ma a tre anni Delaney ha saputo di essere stata adottata e ha cominciato a fantasticate sulla madre.»

«Sì è proprio come ci ha detto lei», fece Alvirah. «E dell'amica che ha contribuito a organizzare l'adozione, che può dirci?»

«Victoria Carney era una signora deliziosa. Delaney aveva dieci anni quando è morta. So che ai Wright è dispiaciuto moltissimo.»

«Delaney ci ha detto anche questo. Si è messa in contatto con la nipote di Victoria Carney, la quale però le ha detto che la zia non era mai scesa nei dettagli della nascita di Delaney, e quando è morta lei ha buttato via tutti i suoi documenti.»

Alvirah proseguì con un leggero tono di sconfitta: «E inoltre, sappiamo che Victoria Carney aveva manifestato qualche riserva riguardo all'ostetrica. Le viene in mente qualcun altro con cui possiamo parlare che potrebbe sapere qualcosa del passato di Delaney?»

«È da quando mi avete chiamata che ci penso», disse Bridget. Appoggiò la tazza e andò alla scrivania nell'angolo. Da un cassetto prese due fotografie.

«Sono riuscita a ritrovare queste. Non ero sicura di averle ancora. Un giorno la signorina Carney è venuta a casa e mi ha chiesto di farle una foto insieme a Delaney e alla sua amica Edith Howell, che era venuta con lei: le aveva parlato tanto della bellezza di Delaney, mi ha detto, che adesso voleva farsi ritrarre con lei.

«Ho scattato le foto con la macchina della signorina Carney, una con lei che teneva in braccio la bambina e una uguale alla signorina Howell. È stata così gentile da mandarmene una copia, e ha scritto qualcosa dietro.»

Alvirah prese le fotografie con impazienza. Sul retro della prima c'era scritto «Delaney e io» e la data, e sull'altra «Delaney, io e Edith Howell».

L'altra donna era palesemente molto più giovane di Victoria Carney.

«Ha idea di dove abitasse Edith Howell?» domandò Alvirah.

«So solo che era vicina di casa della signorina Carney a Westbury», rispose Bridget. «Ho cercato sull'elenco telefonico: se è la stessa Edith Howell, vive ancora lì.»

Era una pista un po' esile da seguire, pensò Alvirah rassegnata, ma c'era comunque la speranza che davanti a una tazza di tè o a un bicchiere di vino Victoria avesse fatto a Edith qualche confidenza sull'adozione.

Ringraziò moltissimo Bridget O'Keefe e poi, mentre usciva, si fermò. «Bridget, lei si sente frequentemente con Delaney, vero?»

«Sì.»

«Per favore, non le dica niente di Edith Howell. Le darebbe delle speranze e resterebbe molto delusa se fosse un buco nell'acqua.»

Bridget promise, poi disse ridendo: «Da bambini, per promettere qualcosa dicevamo 'Croce sul cuore, che io possa morire'».

Tornati in auto, Willy disse: «Tesoro, perché non chiamiamo subito questa signora e vediamo se è possibile passare a trovarla adesso?»

«Ci avevo pensato», rispose Alvirah, «ma credo che

non sia una buona idea. Hai sentito Bridget, ha detto che la mia telefonata le ha stimolato la memoria. Prima di andare a parlare con Edith Howell, voglio telefonarle e darle il tempo di stimolare la sua memoria.»

«Mi sembra giusto», replicò Willy, nonostante vedesse che il traffico diretto a ovest cominciava già ad aumentare. Rassegnato a un lungo viaggio di ritorno, accese la radio e scoprì che c'era stato un incidente sulla superstrada di Long Island, ed erano previsti rallentamenti.

26

Dopo aver stabilito al telefono che entrambi amavano la cucina dell'Italia settentrionale, Jon e Delaney si incontrarono al ristorante *Primola's*. Era solo il loro terzo appuntamento, ma Delaney si rese conto di quanto si sentiva a proprio agio con Jon.

Gli domandò come stava andando l'indagine sui trafficanti di farmaci.

«Sono andato a trovare Lucas Harwin, il padre di Steven», rispose lui. «Gli ho detto che sto conducendo un'indagine per conto del *Washington Post* su un giro di droga tra Washington, New York e New Jersey, e che riteniamo si tratti della vendita di farmaci con obbligo di ricetta a persone di ceto alto. Lui mi ha assicurato che non ne avrebbe parlato con nessuno.»

«Come stava?»

«Era il ritratto del dolore. C'era anche sua moglie. Tra i due, lei sembra quella che regge meglio, anche se questo non significa granché. Steven era figlio unico.

«Mi ha detto che aveva sempre desiderato avere dei

nipotini, un giorno, e ora non potrà succedere mai più. Ha detto che l'overdose non ha ucciso soltanto Steven, ma anche la generazione seguente.»

«Lucas Harwin ha idea di dove il figlio possa essersi procurato le pillole?»

«Be', come ha detto in quella dichiarazione, non erano certo pillole che si trovano abitualmente agli angoli delle strade. Quasi certamente le aveva prese con una ricetta, ma quelle trovate nel suo appartamento erano contenute in boccette senza etichetta. Il che fa pensare che la farmacia alla quale si è rivolto fosse abbastanza furba da evitare di metterci il proprio nome. La polizia sta sicuramente controllando il cellulare di Steven per cercare eventuali chiamate in uscita o in entrata con un medico o un farmacista. L'intervista a Harwin sarà il mio primo articolo sul *Washington Post* e uscirà domani. Parlerà della vita di Steven e dell'impatto che la sua perdita ha avuto sulla famiglia, ma ovviamente non rivelerà nulla dell'indagine.»

«E poi?»

Jon abbassò la voce. «Comincerò a frequentare un paio di quei circoli dove di solito vanno alcune celebrità minori.»

«Celebrità che fanno uso di droga?»

«Esatto. I consumatori di alto bordo si passano parola. Alcuni sono nomi che avrai sentito, ma non di quelli che vanno in giro con un esercito di guardie del corpo. Cercherò di fare amicizia con un paio di loro e vedremo cosa succede.»

Quando il cameriere portò via i piatti, Jon domandò:

«Quando mi è stato possibile, ho seguito in televisione i tuoi servizi sul processo a Betsy Grant. Naturalmente ti sei mantenuta obiettiva, ma che opinione ti sei fatta di lei?»

Delaney tacque un momento, poi lo fissò dritto negli occhi. «È come stare lì a guardare mentre la chiudono dentro a una bara piantando un chiodo dopo l'altro. Le testimonianze sembrano devastanti, fino all'ultima sillaba. La sua reazione dopo che Ted Grant l'ha colpita. La badante che improvvisamente sta male ed è costretta ad andare a casa. L'impianto d'allarme inserito. E poi il professor Peter Benson, il suo amante. Ha cenato con lui la sera prima della festa di compleanno per il marito.»

«C'è qualche possibilità che sia stato lui?»

«Nessuna. Può dimostrare senza ombra di dubbio che si trovava a Chicago al momento dell'omicidio. Stava facendo dei colloqui ad alcuni professori che voleva assumere alla Franklin.»

Stando a quello che mi dici, non mi pare che si metta bene per Betsy Grant.»

«No. Ma, Jon, dovresti vederla. È così graziosa. Ha quarantatré anni ma non li dimostra. È molto snella, e seduta accanto a quel suo grande avvocato di fama ha un'aria così...» Delaney si interruppe. «Come dire? Ecco: così vulnerabile. Mi si stringe il cuore per lei.»

«Ho letto che insegnava storia alle superiori nel New Jersey.»

«Sì, al Pascack Valley. Ho telefonato alla preside, si chiama Jeanne Cohen. Mi ha detto senza mezzi termini che Betsy Grant era un'insegnante straordinaria, che gli studenti la adoravano, e che piaceva anche ai suoi colleghi e ai genitori. La Cohen ha detto che Betsy aveva preso un congedo per assistere il marito due anni prima che lui morisse. E ha aggiunto, con convinzione, che Betsy Grant non avrebbe mai tolto la vita ad anima viva, specialmente al marito che amava tanto. Secondo lei è assolutamente impossibile.»

«Piuttosto decisa», osservò Jon.

«E poi, Jon, io non credo che Robert Maynard si stia dando molto da fare per difenderla. Per esempio, se lei avesse ucciso il dottor Grant, e sto dicendo 'se', perché mai farlo con un colpo alla nuca, sperando che nessuno se ne accorga? Ci sarebbero stati modi sicuramente meno compromettenti. Stando alle testimonianze, dopo quella sceneggiata durante la cena, gli è stata somministrata una dose extra di sedativo. Quindi lei va nella camera del marito, riesce a metterlo seduto, lo colpisce alla nuca con il pestello e poi se ne ritorna a letto e basta? Non ha senso.»

«Delaney, sembra quasi che l'avvocato di Betsy Grant dovresti essere tu.»

«Vorrei poterlo fare. C'è solo un piccolo problema: non ho la laurea in legge. Comunque penso veramente che farei un lavoro migliore di quanto sta facendo lui.»

Sorrisero, poi Jon riprese: «Ti ricordi quello che ti ho detto la settimana scorsa sull'amore a prima vista?»

«Sono sicura che era solo un'esagerazione. Una battuta ben riuscita, però.»

«Non è così, ma probabilmente era troppo presto per dirlo. Cioè, vorrei aver aspettato ancora un mese o due.»

Delaney rise. «La battuta si fa sempre migliore.» Per un attimo le passarono per la mente gli uomini con cui era uscita dal college in poi. Un paio erano moderatamente interessanti, ma non abbastanza per decidere di fare sul serio.

«Non è una battuta», disse Jon, «ma lasciamo stare.»

Per un lungo istante si guardarono negli occhi. Poi Jon allungò la mano e sfiorò fuggevolmente la mano che Delaney aveva inconsciamente allungato verso di lui.

27

ALAN Grant spesso andava per locali notturni a SoHo con il suo amico Mike Carroll. Erano cresciuti insieme a Ridgewood e avevano tante cose in comune. Anche Mike era divorziato, cosa che, come diceva lui, lo aveva «liberato dalle catene».

Come Alan, viveva nel lato occidentale di Manhattan vicino al Lincoln Center, però era socio in uno studio di ingegneria, e anche passando gli alimenti alla ex moglie e ai due figli riusciva a vivere con tutte le comodità.

Aveva trentasette anni, il viso rubicondo e qualche chilo di troppo, e con l'umorismo e un bel sorriso non gli era difficile rimorchiare. Come diceva scherzando ad Alan: «Tu hai l'aria distinta, io ho l'aria sexy. Tranquillo, va' avanti così».

Ma per quanto fossero amici Mike si era arrabbiato quando aveva letto sul *Post* che tre mesi prima Alan si era fatto dare un anticipo sull'eredità di centocinquantamila dollari. Appena si incontrarono, tirò fuori dal portafogli un foglietto piegato. «È ora di saldare i debiti, amico», disse allegramente ma con decisione.

Alan sgranò gli occhi vedendo il totale dei prestiti e dei relativi interessi, sessantamila dollari. «Non sapevo che se ne fossero accumulati così tanti.»

«Certo che sì», rispose Mike. «Non ti dimenticare che sei al verde da anni. Io ti ho aiutato a stare a galla, e tu mi hai promesso che mi avresti rimborsato appena messe le mani sui soldi di tuo padre.»

L'euforia che Alan aveva provato ricevendo l'assegno si stava esaurendo rapidamente. Perché quella faccenda è dovuta saltare fuori al processo? si domandò. Dopo l'articolo sul *Post*, la madre di Justin lo aveva chiamato immediatamente pretendendo che ricominciasse a passare l'assegno al bambino. L'ex moglie, Carly, aveva telefonato lo stesso giorno, anche lei aveva letto l'articolo.

Alan aveva dato a Carly cinquantamila dollari di arretrati, ma da allora erano tre mesi che non le passava più niente. Alla madre di Justin erano andati ottomila dollari di arretrati, però era indietro con le rate bancarie del prestito e con quelle del condominio, e c'erano bollette ovunque. Tolte le spese degli ultimi tre mesi e i soldi che doveva a Mike, gli rimanevano diecimila miseri dollari per campare. E non sapeva se ci sarebbero volute settimane o mesi, dopo il processo, per mettere le mani sull'eredità.

Devo procurarmi più lavoro, pensò, staccando un assegno a Mike e facendolo scivolare sul bancone del bar. Non che fossero tante le riviste che gli proponevano degli ingaggi: sapeva perfettamente che la sua reputazione nel settore era di un professionista molto bravo ma inaffidabile.

«Pare che la tua matrigna finirà in galera», disse Mike facendo segno al barista che gli riempisse di nuovo il bicchiere. «Ho letto sul giornale che aveva un amichetto, la cosa non le sarà affatto d'aiuto. Tu lo sapevi?»

«No», rispose Alan con forza. «Cioè, lei faceva sempre la sua parte di mogliettina dolce e innamorata, con papà. E poi usciva e probabilmente aveva una storia con quel tipo. Quando l'ho scoperto è stato come se mi tirassero un calcio nella pancia.»

Ma quella circostanza lo rinfrancava immensamente. Mike era una persona in gamba, e se quella era la sua opinione sulla faccenda dell'amante, si metteva bene per lui! Quando Betsy verrà condannata io prenderò tutto, pensò. Fino all'ultimo centesimo.

Il barista stava servendo da bere a Mike. Improvvisamente ottimista, Alan scacciò il pensiero della propria liquidità che si stava esaurendo rapidamente. «Non dimenticarti di me», disse all'uomo indicando il bicchiere vuoto.

Tre ore dopo, un po' incerto sulle gambe, era di nuovo a casa. La lucina sul telefono lampeggiava. «Chiamami domattina subito», diceva il brevissimo messaggio.

«Di cosa si tratterà?» si domandò Alan nervosamente.

Trascorse una notte agitata e alle otto del mattino seguente richiamò.

Terminata la conversazione, nascose il viso tra le mani e cominciò a singhiozzare.

28

A QUEL punto del processo, Delaney vedeva benissimo che il viso di Betsy Grant era sempre più segnato dallo stress. Il colorito era pallido, quasi livido, ed entrava in aula come se dovesse costringersi a non fuggire. A ogni seduta era sempre vestita nello stesso modo semplice, una giacca e una gonna blu scuro o grigio scuro. E sempre lo stesso filo di perle, gli orecchini coordinati e la grossa fede nuziale.

A Delaney pareva che in quelle poche settimane la Grant avesse perso peso, e anziché apparire snella ora aveva un aspetto fragile. Tuttavia stava seduta dritta, con un'espressione calma, tranne quando si parlava del colpo che aveva ucciso suo marito. In quei momenti Betsy chiudeva gli occhi come per scacciare quell'immagine.

L'aula era sempre stipata di gente, tutti i giorni. Delaney cominciò a individuare alcuni sostenitori di Betsy, genitori dei suoi studenti e amici. Durante la pausa pranzo ne intervistò qualcuno, e tutti, senza eccezione, dichiararono con convinzione che pensare a Betsy Grant come a un'assassina era inconcepibile.

Delaney sapeva che al telegiornale delle sei doveva riferire i fatti e non esprimere un'opinione. Tuttavia, non riusciva a togliersi dalla testa la crescente sensazione che, nonostante le prove contro di lei, Betsy Grant fosse innocente.

«Ho notato una cosa», disse a Don Brown alla fine del notiziario. «Sembra che Betsy non abbia nessun famigliare a sostenerla al processo. Ho effettivamente scoperto che è figlia unica e la madre è morta vent'anni fa, mentre il padre vive in Florida e si è risposato. Non ti pare che dovrebbe venire qui e stare vicino a sua figlia in un momento come questo?»

Senza esitare, Don rispose: «Ci puoi giurare». Quindi aggiunse: «A meno che, ovviamente, sia troppo vecchio o malato per affrontare il viaggio».

Delaney spostò il computer portatile in modo che Don vedesse lo schermo.

«Questa era su Facebook ieri. È il padre di Betsy Grant, Martin Ryan, insieme con i nipoti durante una partita di football della scuola, a Naples.»

Nell'immagine si vedeva un signore sulla settantina dall'aria energica, con un gran sorriso, abbracciato a due adolescenti. Il post diceva: «Più orgoglioso che mai dei miei nipoti, entrambi nella squadra vincitrice. Sono proprio fortunato!»

Don Brown lo lesse e poi, incredulo, si rivolse a Delaney. «La figlia è sotto processo per l'omicidio del marito e questo idiota sta lì a vantarsi dei nipoti?»

«Nipoti acquisiti, oltretutto», lo corresse Delaney. «E intanto sua figlia, carne della sua carne, la sua unica figlia, non ha nessun famigliare qui a fare il tifo per lei.»

Aspettò che Don rileggesse il post su Facebook sempre più incredulo, e disse: «Don, io ho la sensazione che questo evidente allontanamento di Betsy Grant dal padre possa far parte di un quadro più complesso. Farò delle indagini sui retroscena nel mio tempo libero».

29

Jon Cruise, in abiti sportivi ma di lusso, stava battendo i locali notturni più in voga di SoHo. Il bell'aspetto, il costoso Rolex ben visibile al polso e una sostanziosa mancia a chi gli apriva – o non gli apriva – la porta gli garantivano una buona accoglienza anche dove gli dicevano «non ci sono tavoli, ma può accomodarsi al bar, signore».

Dopo una settimana aveva già cominciato a individuare il giro delle celebrità, alcune abbastanza conosciute, e anche i clienti abituali, molti dei quali sembravano sotto l'effetto di droghe. Con qualche domanda discreta ottenne che gli chiedessero cosa voleva e lo indirizzassero da qualcuno nel bagno degli uomini per concludere l'affare.

Con i soldi forniti dal *Washington Post*, Jon fece due acquisti. In seguito, le pillole, fatte analizzare da un laboratorio privato, si rivelarono tagliate e non i prodotti di alta qualità che interessavano a lui.

Dieci giorni dopo l'intervista a Lucas Harwin e alla moglie, Jon fu sorpreso di ricevere una telefonata dal leggendario regista che lo pregava di andare nel suo ufficio il più presto possibile.

«Sto producendo un documentario», gli spiegò. «Le scadenze sono strette e questo in realtà è un bene. Però nel fine settimana devo andare sul set in Massachusetts, e non voglio partire senza prima fornirle alcune possibili piste per trovare la persona che riforniva Steven.»

Jon capì cosa intendeva: il modo migliore per sopportare il dolore era tenersi occupati.

Quando arrivò, scoprì con sorpresa che lo studio era relativamente piccolo e arredato senza pretese. Poi però si ricordò che il quartier generale delle Imprese Harwin si trovava a Hollywood.

La ragazza alla reception lo salutò dicendo: «Il signor Harwin la sta aspettando, entri pure».

Lucas era vestito in modo informale, e sulla scrivania c'erano tutti gli indizi del produttore molto impegnato: sceneggiature ovunque con le pagine piene di post-it per le annotazioni.

Jon vide anche delle belle fotografie di volti molto noti appese alla parete, e si domandò se lavorassero nel documentario.

Le rughe profonde sul viso di Harwin e gli occhi tristi erano evidenti, ma accolse Jon con una energica stretta di mano. Prese alcuni fogli e glieli dette. «Ho esaminato le cose di Steven», spiegò. «Speravo di trovare qualcosa, qualunque cosa che potesse ricondurre al suo fornitore.»

«E ci è riuscito?» domandò subito Jon.

«Non lo so. Magari non serve a niente, ma questi sono gli estratti conto del Telepass di Steven degli ultimi tre mesi. E anche la fattura del mese in cui era andato in overdose ed era quasi morto, un anno e mezzo fa. Li controlli e mi dica se le salta all'occhio qualcosa.»

Jon li prese ed esaminò con attenzione entrambi i documenti.

Con un sussulto capì quello che Lucas intendeva dire. Nelle tre settimane prima della sua morte, il Telepass di Steven mostrava tre viaggi nel New Jersey. Mentre dalla fattura della ricaduta precedente risultava che aveva attraversato il George Washington Bridge tre volte in meno di tre settimane.

Jon alzò gli occhi e domandò: «Si riferisce ai viaggi nel New Jersey?»

«Esatto. Certo, Steven aveva degli amici nel New Jersey, ma perché ci è andato tanto spesso proprio nel breve periodo prima di ricadere nell'uso di droghe?»

«Lei pensa che il fornitore potrebbe essere stato lì?»

«Sì.»

«La polizia non le ha fatto sapere niente dei tabulati del cellulare?»

«Mi hanno detto che hanno esaminato l'ultimo anno di chiamate, e non ce ne sono verso medici o farmacisti. Hanno aggiunto che probabilmente aveva uno di quei telefonini usa e getta ricaricabili da cui non si può risalire al nome del proprietario. Diciamo le cose come stanno», concluse Lucas con voce stanca, «Steven comprava pillole illegalmente. Perciò non voleva lasciare tracce.»

«C'è altro che conduca al New Jersey?»

«Sì.» Lucas Harwin aprì il cassetto della scrivania. «Questa fattura della carta di credito è appena arrivata e potrebbe restringere il campo. Steven ha pranzato al *Garden State Diner* di Fort Lee, appena una settimana fa.»

Passò la fattura a Jon e disse: «Steven usava la carta di credito per qualunque spesa, anche per il caffè da Starbucks. Scherzando, diceva che se avesse pagato in contanti ci avrebbe rimesso i punti premio con cui volare gratis in aereo».

Mentre Jon guardava la fattura, Harwin prese dal cassetto due estratti conto della banca, uno del mese in cui il figlio aveva avuto la precedente ricaduta, e uno delle ultime settimane. «Jon, dia un'occhiata anche a questi e mi dica cosa nota di particolare.»

Jon scorse le transazioni finché la sua attenzione fu attirata da due prelievi di contanti di seicento dollari ciascuno. Erano del giorno prima e del giorno stesso in cui era andato a Fort Lee, un giorno prima della precedente ricaduta. Più avanti si registrava un prelievo di milletrecento dollari subito prima della sua ultima visita a Fort Lee, tre giorni prima di morire.

Harwin ora aveva un tono concitato, Jon capì che schiumava di rabbia.

«Mio figlio non aveva alcun motivo di andare a Fort Lee nel New Jersey due volte di seguito prima della sua morte, e assolutamente nessun motivo di avere così tanti contanti in tasca, a meno che quello fosse il posto in cui il suo spacciatore viveva o lavorava.»

«La pista in effetti sembra portare proprio a Fort Lee», concordò Jon. «Però potrebbe non essere di grande aiuto. Fort Lee è una zona residenziale, piena di condomini di lusso. Alla gente piace avere la vista sul fiume Hudson. E ci sono anche moltissime villette monofamigliari e attività commerciali.»

«C'è un'altra cosa che ci può aiutare. Steven seguiva scrupolosamente gli incontri di aiuto contro le dipendenze. Il suo consulente di sostegno mi ha telefonato ieri. Quando aveva avuto la precedente ricaduta, il consulente lo aveva avvisato che le pillole erano in ogni caso pericolose, ma che procurandosele tramite uno spacciatore non aveva idea di cosa ci fosse dentro.»

Lucas strinse le labbra come se stesse cercando di ricacciare indietro una marea di parolacce. «Steven gli aveva risposto che di quello non si doveva preoccupare perché il suo fornitore era un medico.»

«Non è così insolito, purtroppo», dichiarò Jon.

«Quei medici si ricordano mai del giuramento di Ippocrate?» domandò Lucas sprezzante.

«Signor Harwin», riprese Jon con decisione, «la squadra giornalistica del *Washington Post* è la migliore del settore. Dirò loro che lei sospetta che lo spacciatore sia un medico di Fort Lee. Controlleremo la lista di tutti i medici sospettati di spaccio, e ci concentreremo in particolare su quelli di loro che si trovano nelle vicinanze del *Garden State Diner*. C'è sempre la possibilità che ci imbattiamo in qualche corrispondenza.»

Si alzò e fece per andarsene. Lucas gli tese la mano. «Jon, come le ho detto la scorsa settimana, non voglio che lo spregevole porco che ha ucciso mio figlio faccia altre vittime.»

30

Appena tornati a casa, Alvirah telefonò a Edith Howell, la vicina di Victoria Carney.

«Oh, Victoria si sentiva così in colpa per quell'adozione», le raccontò Edith. «Diceva che anche da piccolissima, Delaney chiedeva della madre biologica. Se i Wright avessero potuto adottare Delaney tramite un'agenzia rispettabile, sarebbe stato possibile rintracciarla. Io so per certo che Victoria è tornata in quella casa di Filadelfia prima di morire, per cercare qualche informazione.»

«Quanto tempo fa è successo?» domandò Alvirah.

«Subito dopo che la casa era stata abbattuta per fare spazio alla fabbrica di piastrelle. Victoria era terribilmente delusa. Ricordo che mi ha detto di aver suonato il campanello delle due case a fianco per chiedere dell'ostetrica. Con una dei vicini era riuscita a parlare, e lei si ricordava qualcosa del giorno in cui Delaney era nata, ma non abbastanza per andare avanti con le ricerche. Però, Victoria non mi ha mai detto esattamente cosa era riuscita a sapere.»

«Ha parlato con una vicina?» esclamò Alvirah.

«Si, ha suonato a un paio di porte lungo la strada, ma solo una dei vicini era in casa, e non conosco il nome. Non le ho detto molto, mi dispiace.»

Alvirah ringraziò calorosamente Edith Howell. «Se questa vicina abita ancora lì, potrebbe fornirci una pista da seguire», disse speranzosa.

Due giorni dopo, Alvirah e Willy inserirono nuovamente l'indirizzo di Oak Street nel navigatore. «Bene, eccoci di nuovo qui», disse lei allegramente quando videro il cartello BENVENUTI A FILADELFIA.

«Sì», rispose Willy, «e speriamo di ottenere qualche informazione in più, questa volta.»

«Tutta colpa mia, che non ho suonato alla porta della casa che si trova dall'altra parte della fabbrica», disse Alvirah.

A Willy non passò nemmeno per la testa di dire che era assolutamente d'accordo. Per quanto gli Yankees fossero il suo primo amore, si era fatto prendere dall'entusiasmo nel vedere i Mets combattere all'ultimo sangue contro i Philadelphia Phillies per vincere il campionato. Sapeva che avrebbe potuto chiedere ad Alvirah di rimandare il viaggio di qualche giorno, ma era cosciente che non stava nella pelle dal desiderio di seguire quella pista.

Il cielo era coperto e di tanto in tanto piovigginava un po'. Quando arrivarono a Oak Street la trovarono triste esattamente come la ricordavano.

Posteggiarono davanti alla fabbrica di piastrelle e di

nuovo Alvirah disse: «Willy è meglio che tu rimanga in macchina. Questa vicina, se c'è ancora, potrebbe agitarsi se ci presentiamo tutti e due alla sua porta».

Questa volta Willy non fece obiezioni. Restò in auto e accese immediatamente la radio per seguire la partita.

Alvirah raggiunse la casa. Era il genere di abitazione che le era capitato spesso di pulire a Cape Cod, un edificio tradizionale con un abbaino. Una mano di tinteggiatura non gli avrebbe fatto male, però il prato era rasato e le piante sotto la finestra erano ben curate.

Bene, speriamo che chi vive qui non mi sbatta la porta in faccia, pensò Alvirah suonando il campanello. Ma un attimo dopo un uomo sulla settantina con la maglia dei Philadelphia Phillies aprì.

Alvirah si presentò. «Mi chiamo Alvirah Meehan, e sto aiutando una ragazza che è nata da queste parti e sta cercando di rintracciare la madre biologica. Sono anche una giornalista.»

Attraverso l'apertura della porta vide che una donna si stava avvicinando, evidentemente aveva sentito. «È tutto a posto, Joe. Questa signora è andata a parlare con Jane Mulligan la scorsa settimana, Jane mi ha informato.»

Era palese che a Joe non piaceva sentirsi dire cosa doveva fare. «Va bene, entri», disse malvolentieri.

Una volta dentro Alvirah sentì il sonoro della partita provenire dal soggiorno. Era molto alto, e immaginò che Joe fosse duro d'orecchi. «Ah, c'è la partita. Non voglio interromperla.»

«Mi chiamo Diana Gibson», si presentò la donna, con

modi assai più accomodanti di quelli del marito. «Venga pure in cucina, così potremo parlare tranquillamente.»

Alvirah la seguì con gratitudine, in una cucina piccola ma ordinata.

«Si sieda, si sieda. Non faccia caso a mio marito. È il più grande tifoso di baseball sulla faccia della terra.»

«Anche il mio», rispose Alvirah, «e con i Mets che lottano per i playoff è felice come una pasqua.»

Per un attimo si sentì in colpa nei confronti di Willy, seduto in auto ad ascoltare la partita alla radio invece che sulla sua comoda poltrona, a casa, con una lattina di birra in mano. Ma scacciò subito quel pensiero. «So che la sua vicina, la signora Mulligan, non è affatto contenta della fabbrica che hanno costruito qui accanto. Lei cosa ne pensa?»

«Per me va bene. Ci hanno abbassato le tasse e questo è un grande aiuto, e poi Sam, il proprietario, è un uomo molto gentile. Quando nevica manda un suo dipendente a liberare la strada anche di fronte alle nostre case.»

«La signora Mulligan le ha detto che le ho chiesto di Cora Banks, la donna che possedeva lo stabile che è stato abbattuto per fare spazio alla fabbrica?»

«Sì. La partenza di Cora non è stata certo una perdita per il quartiere. Credo che Jane le abbia detto che era un'ostetrica, e che davanti a casa sua c'erano continuamente parcheggiate delle automobili. In una arrivava una ragazza incinta, e poche ore dopo i proprietari di un'altra andavano via con un neonato fra le braccia. Io credevo che Cora gestisse un'agenzia privata di adozioni, ma quando è arrivata la polizia con un mandato di arresto ho capito che vendeva i bambini. Orribile, vero?»

«Verissimo», rispose Alvirah. «Un'agenzia riconosciuta avrebbe controllato attentamente gli adottanti, Cora immagino vendesse al migliore offerente. Si ricorda di Victoria Carney, una signora che anni fa è venuta a cercare informazioni su una bambina adottata tramite Cora?»

«Sì. Me lo ricordo perché quella donna mi ha detto che la bambina era nata il 16 marzo di dieci anni prima. Il 16 marzo è il nostro anniversario di matrimonio. E sedici anni fa, quando è venuta quella signora, era il nostro trentesimo anniversario. Ecco perché l'ho ben presente. Le ho detto che il giorno in cui la bambina era nata io ero fuori con il cane e ho visto arrivare una coppia con una ragazza incinta che piangeva. La tenevano per le braccia e l'hanno spinta in casa di Cora. Era molto graziosa, e palesemente in travaglio. Avevano una vecchia Ford nera con la targa del New Jersey.»

Alvirah trattenne il fiato e domandò speranzosa: «Per un caso miracoloso si ricorda anche il numero di targa?»

«Oh, no, mi dispiace.»

Alvirah non riuscì a nascondere la propria delusione. Non c'era da stupirsi che Victoria avesse riferito a Edith di non aver trovato informazioni utili, pensò congedandosi.

Ringraziò moltissimo la signora Gibson e se ne andò verso l'auto. Proprio mentre passava davanti alla fabbrica, il proprietario, Sam, aprì la porta.

«Ehi, felice di vederla», disse. «Dopo che era andata via mi è venuta in mente una cosa: ho una copia del rogito della casa che mi ha venduto Cora Banks, e mi sono ricordato che sopra c'era scritto il nome del suo avvocato. L'ho scritto, nel caso fosse tornata a comprare qualcosa. Ce l'ho dentro.»

Andò dietro al bancone, prese un foglietto piegato dal cassetto, e glielo allungò.

Alvirah si trattenne dallo strappargli di mano, tanto era contenta. Il nome sul foglietto era Leslie Fallowfield.

«Leslie Fallowfield», esclamò. «Non possono essercene molti in giro.»

«È quello che ho pensato anche io quando l'ho incontrato di persona», concordò Sam.

«Lei sa se era di queste parti?»

«Non ne sono sicuro, ma credo di sì. Non era un granché come aspetto, era basso, magro e con un principio di calvizie.»

«Più o meno quanti anni aveva?» Per favore, fa che non sia così vecchio che potrebbe ormai essere morto, pregò Alvirah.

«Oh, direi che era sulla cinquantina e forse era il fidanzato di Cora, perché ho sentito che le proponeva di andare a bere qualcosa al solito posto.»

Alvirah voleva baciare Sam, ma si trattenne e gli strinse invece energicamente la mano. «Sam, non so come ringraziarla. Non so davvero come ringraziarla.»

Tornò in auto e Willy le domandò: «È andata bene?»

«Willy, se quello che ho appena saputo ci porta da qualche parte, metteremo le piastrelle nuove su tutti i pavimenti, le pareti e i soffitti di casa.»

31

«VOSTRO Onore, l'accusa chiama a testimoniare Peter Benson», annunciò il pubblico ministero Holmes.

La porta dell'aula si aprì e tutti si voltarono per vederlo entrare. Un uomo decisamente bello, alto, con qualche filo grigio tra i capelli scuri, attraversò l'aula, alzò la mano destra e giurò di dire la verità. Si sedette al banco dei testimoni e il pubblico ministero gli si avvicinò.

I giurati osservavano attenti, e l'interrogatorio del testimone tanto atteso cominciò.

Elliot Holmes aveva interrogato altri testimoni come Peter Benson in passato. A volte era necessario sentire qualcuno che fosse veramente vicino all'imputato e sostanzialmente ostile al pubblico ministero. Del resto non aveva scelta, era l'unico modo per riuscire a ottenere certe informazioni.

Holmes sapeva anche di dover essere cauto, perché a volte quei testimoni andavano in cerca dell'occasione giusta per dare una risposta che compromettesse la sua tesi.

Con le prime domande il pubblico ministero chiarì che Benson era direttore del Dipartimento di Studi Umanistici alla Franklin University di Filadelfia. Cinque anni prima la moglie, professore aggiunto alla stessa università, era rimasta vittima di un incidente d'auto in cui aveva riportato ferite mortali. Erano stati sposati per quasi tredici anni senza avere figli.

«Da quanto tempo conosce l'imputata Betsy Grant?»

«Siamo cresciuti entrambi a Hawthorne, nel New Jersey, e tutti e due abbiamo frequentato le scuole superiori lì. Ci siamo diplomati ventisei anni fa.»

«Durante gli anni delle scuole superiori, che contatti ha avuto con lei?»

«La vedevo abbastanza spesso. In effetti durante il terzo e il quarto anno siamo anche usciti insieme.»

«Dopo il diploma ha continuato a vederla?»

«Qualche volta. Ricordo che i suoi genitori ritenevano che fosse troppo giovane, avendo solo diciassette anni, per frequentare l'università e hanno deciso che sarebbe stato meglio per lei andare a vivere a Milwaukee con la zia per un anno, e lavorare nel suo negozio di abbigliamento, prima di cominciare il college. E così più o meno a metà dell'estate è partita.»

«Nei due anni successivi l'ha mai vista?»

«No. Io sono andato al Boston College, e mio padre si è trasferito nel North Carolina, perciò era lì che andavo durante le vacanze. Così abbiamo perso i contatti.»

«Quando l'ha rivista o ha avuto contatti con lei?»

«Ci siamo incontrati del tutto casualmente a una mostra al Metropolitan Museum di Manhattan. È successo circa tre anni e mezzo fa. Le sono passato accanto, ci siamo guardati, poi ci siamo guardati di nuovo increduli e ci siamo subito riconosciuti.»

«Dopo quell'incontro avete ripreso l'amicizia?»

«Se per riprendere intende che siamo tornati a frequentarci, sì, lo abbiamo fatto.»

«Lei le ha detto di essere sposata?»

«Sì, mi ha detto che il marito era affetto da una forma ormai avanzata del morbo di Alzheimer, e ovviamente io le ho raccontato che mia moglie era rimasta uccisa in un incidente d'auto.»

«Lei vive a Filadelfia, giusto?»

«Sì.»

«Mentre Betsy Grant viveva già ad Alpine, giusto?»

«Sì.»

«E quanto ci vuole, più o meno, in macchina, da Filadelfia ad Alpine?»

«Non saprei. Non ho mai fatto il viaggio in macchina da Filadelfia ad Alpine.»

Holmes fece una pausa e poi continuò: «Con che frequenza vi siete visti in questi ultimi tre anni e mezzo?»

«Circa una o due volte al mese fin quando il dottor Grant è morto.»

«E dove vi incontravate?»

«Di solito cenavamo in un ristorante a Manhattan.»

«Siete mai stati a cena nel New Jersey?»

«No.»

«Perché no?»

«Per nessun particolare motivo. Semplicemente ci piaceva andare in città. C'erano alcuni buoni ristoranti.»

«Lei andava in macchina direttamente a Manhattan?»

«Sì.»

Holmes assunse un tono sarcastico. «Quindi non avete mai, nemmeno una volta, cenato nel New Jersey, vicino alla casa di Betsy Grant?»

«Come ho detto, cenavamo a New York.»

«Ed è corretto dire che andando a New York era molto meno probabile imbattersi in persone che uno di voi due conosceva?»

Peter Benson esitò, poi disse piano. «Sì, è corretto.» Poi aggiunse: «Comunque non era un segreto che uscissimo a cena. La signora Grant lasciava sempre il mio numero di cellulare alla badante come numero di riserva, nel caso ci fosse qualche improvviso cambiamento nelle condizioni del marito».

«In quei tre anni, è mai successo che la badante le abbia telefonato?»

«No, mai.»

«Ora, signor Benson, lei ha appena detto che ha smesso di vedere Betsy Grant dopo la morte di suo marito. Quando è stata l'ultima volta che ha effettivamente visto l'imputata?»

«Prima di quest'oggi, la sera del 20 marzo dello scorso anno.»

«E il dottor Grant è stato trovato morto la mattina del 22 marzo?»

«Così ho saputo.»

«Signor Benson, lei aveva una relazione con Betsy Grant?»

«No.»

«Era innamorato di Betsy Grant?»

«La rispettavo per la dedizione al marito.»

«Non è questo che le ho domandato, signor Benson. Lei era innamorato di Betsy Grant?»

Peter Benson spostò lo sguardo oltre il pubblico ministero, dritto verso Betsy, e rispose alla domanda. «Sì, ero e sono innamorato di Betsy Grant, ma devo insistere sul fatto che lei era fedele al marito.»

«Quindi ci sta dicendo che non l'ha più vista dopo la morte del marito?»

«Sì, esatto.»

«E perché non l'ha più vista dopo la morte del marito?»

«La signora Grant mi ha telefonato il 22 marzo e mi ha detto che il marito era morto. Il giorno dopo mi ha chiamato di nuovo e mi ha raccontato che il direttore delle pompe funebri aveva scoperto un trauma sospetto alla testa del marito, e adesso la polizia la riteneva potenzialmente colpevole.»

«E lei come ha reagito?»

«Ero sconvolto. E convinto più che mai che non aveva niente a che vedere con quella morte.»

Holmes si interruppe. «Vostro Onore, chiedo che quest'ultimo commento venga cancellato perché non risponde alla mia domanda.»

Il giudice Roth annuì e si rivolse alla giuria: «Signore e signori, non tenete conto dell'affermazione del teste. È chiaro?»

Tutti i giurati annuirono e tornarono a seguire il pubblico ministero.

Holmes riprese. «Cos'altro le ha detto la signora Grant?»

«Mi ha detto che non voleva trascinarmi in quell'orribile situazione, che non potevamo più vederci e nemmeno parlarci finché non fosse finito tutto, ma che non aveva idea di quando sarebbe successo. Dopo un paio di settimane ho letto che era stata arrestata.»

«E le chiedo ancora, lei ci sta dicendo che da allora non c'è stata più alcuna comunicazione tra voi?»

«È esattamente così.»

«Signor Benson, glielo domando di nuovo. Prima della morte del dottor Grant, lei aveva una relazione con Betsy Grant?»

«Assolutamente. Gliel'ho già detto, no.»

«Però ha ammesso di essere innamorato di lei, giusto?»

Peter Benson guardò di nuovo Betsy nel rispondere alla domanda. «Le prime volte che abbiamo cenato insieme, ero ancora profondamente in lutto per mia moglie. Con il passare del tempo, tuttavia, i miei sentimenti per Betsy sono decisamente cambiati. Credo che la tragedia della malattia di suo marito e quella della morte di mia moglie fossero un legame che ci univa. E adesso, per rispondere alla sua domanda, lo ripeto: sì, ero e sono innamorato di Betsy Grant, ma devo anche ribadire con forza che lei era assolutamente devota al marito.»

«Ha chiesto a Betsy Grant di sposarla, dopo l'omicidio del marito?»

«Come ho detto, non abbiamo avuto contatti.»

«Avete mai parlato di matrimonio, in qualche momento della vostra relazione?»

«No.» Peter Benson si agitò sulla sedia e il volto si fece paonazzo per la rabbia. «Signor Holmes, Betsy Grant amava suo marito profondamente, e si è presa cura di lui quando lui non ne è stato più in grado. È assolutamente incapace di fare del male a qualcuno. Quando sarà stata assolta da questa falsa e orrenda accusa, allora sì, le chiederò di sposarmi.»

Per un momento Elliot Holmes pensò di chiedere al giudice di cancellare anche quei commenti, ma ormai i giurati avevano sentito e non c'era modo di tornare indietro. Se ne sarebbe occupato in seguito, durante la requisitoria.

«Non ho altre domande, Vostro Onore.»

Il giudice si rivolse a Robert Maynard. «Signor Maynard, può iniziare il controinterrogatorio.»

Sorprendendo tutti in aula, Maynard rispose: «Non ho domande, Vostro Onore».

Mentre Peter Benson lasciava il banco dei testimoni, l'unico suono che si sentiva nell'aula altrimenti silenziosa era l'incontrollabile pianto di Betsy Grant.

32

Il giorno in cui Peter Benson testimoniò al processo, c'erano in aula tre vicini di casa di Betsy a sostenerla. Volevano che cenasse con loro, ma lei declinò con decisione. «Siete tutti così cari», disse, «ma sono assolutamente esausta. Me ne vado dritta a letto.»

Ancora una volta i giornalisti le si accalcarono intorno mentre, accompagnata dalla sua squadra di avvocati, raggiungeva l'auto. Peter non aveva più incrociato il suo sguardo dopo essere sceso dal banco dei testimoni. Senza bisogno che lui lo dicesse, Betsy capì che aveva una terribile paura di averla in qualche modo danneggiata con la sua testimonianza.

Nella sua mente le pareva di vederlo come fosse lì in quel momento, mentre diceva al pubblico ministero che l'amava e le avrebbe chiesto di sposarlo. E se mi faranno la stessa domanda quando sarò su quel banco, io dovrò rispondere la stessa cosa, pensò, perché è vero. È sempre stato vero dall'istante in cui ci siamo incontrati per caso al museo. Sapeva che Peter quella sera l'avrebbe chiamata. Erano passati diciotto mesi dall'ultima volta che lo aveva visto o sentito, e avevano disperatamente bisogno l'una dell'altro. Appena si era resa conto di essere sospettata dell'omicidio di Ted e aveva contattato Robert Maynard, l'avvocato le aveva raccomandato di non avere più nessun contatto con lui fino alla fine del processo.

Per qualche motivo ripensò al breve periodo in cui era vissuta a New York, a poco più di vent'anni. Avevo un appartamento in affitto nel West Side, ricordò Betsy, ma poi quando ho capito di non essere tagliata per il lavoro nell'agenzia di pubbliche relazioni, ho deciso di studiare la sera per prendere la specializzazione. E dopo sono stata assunta come insegnante al Pascack Valley e mi sono trasferita nel New Jersey.

E ho conosciuto Ted.

Per tutto il resto del tragitto verso casa tenne gli occhi chiusi e si costrinse a non pensare cosa sarebbe successo se fosse stata giudicata colpevole di omicidio.

Aveva detto a Carmen di non aspettarla e di non preoccuparsi della cena, ma quando arrivò Carmen era lì.

«Signora Betsy, non posso permettere che non mangi niente», disse. «E questa mattina mi ha detto che non avrebbe assolutamente accettato un invito a cena.»

«È vero», rispose Betsy, e dall'odore che proveniva dalla cucina capì che Carmen stava probabilmente preparando un pasticcio di carne, uno dei suoi piatti preferiti. Andò di sopra a mettersi un paio di pantaloni e una camicia a maniche lunghe. Come faceva sempre in camera da letto, si guardò intorno sperando che in qualche modo le venisse in mente un posto dove Ted poteva aver nascosto il braccialetto di smeraldi e diamanti. Ma ovviamente era inutile, lei e Carmen avevano rovistato non solo quella stanza, ma tutta la casa. Tanto vale presentare denuncia all'assicurazione, pensò.

Quando scese trovò un bicchiere di vino, versato per lei da Carmen. Lo sorseggiò in studio guardando gli ultimi minuti del telegiornale delle cinque, in cui si faceva solo un breve accenno al processo. Ma durante la cena guardò l'edizione delle sei, con il servizio di Delaney Wright.

Betsy aveva notato la Wright in aula, e sentiva di essere costantemente osservata da lei. Naturalmente c'era da aspettarselo, dato che era pagata per fare un resoconto di quanto accadeva. Quando andò in onda, Delaney raccontò che Peter Benson aveva dichiarato sotto giuramento di essere innamorato di Betsy Grant e di volerle chiedere di sposarlo, e concluse il servizio dicendo che nel sentire quella risposta il pubblico ministero aveva l'espressione del gatto che ha inghiottito il canarino.

Poi, quando il conduttore domandò l'opinione di Delaney sull'andamento del processo, lei rispose: «Don, non penso proprio che oggi sia stata una buona giornata per Betsy Grant. Sono rimasta molto sorpresa quando l'avvocato difensore ha detto di non avere domande da fare. Immagino volesse evitare di insistere sul fatto che Betsy usciva con un uomo innamorato di lei, però la giuria si aspettava che lui smorzasse l'impatto delle parole di Benson».

Betsy spense il televisore. Capì che Carmen doveva aver visto la trasmissione dalla cucina, perché quando mise da parte il pasticcio di carne, ancora praticamente intatto, lei non insistette perché ne mangiasse almeno un boccone.

Aveva finito di bere il caffè quando squillò il telefono. Era suo padre, dalla Florida. «Come va, Bets?»

Sapeva che lei detestava essere chiamata Bets, ma se lo dimenticava sempre, o fingeva di dimenticarlo. Ancora prima di salutarlo aveva già tirato le sue conclusioni: non lo faceva per darle fastidio, ma semplicemente perché non se ne preoccupava affatto.

«Ciao, papà. Come va?»

«Oh, io sto bene. Mica male per uno che è in pensione da dieci anni.»

Betsy sapeva che quello era il suo modo per dirle che aveva dimenticato il suo settantacinquesimo compleanno, la domenica precedente.

«Oh, buon compleanno in ritardo», disse senza entusiasmo.

«Grazie. Ho letto del processo. Che tu ci creda o no, è su tutti i giornali. Sono felice che non ti abbiano chiesto niente della tua famiglia. Oppure lo hanno fatto?»

«Ho detto che mia madre è morta e mio padre è anziano e vive in Florida. Non mi hanno chiesto nulla di più.»

«Ti dico la verità, ne sono felice. Io non ne ho parlato con nessuno, e non vorrei che qualcuno a scuola facesse delle domande ai miei nipoti.»

I nipoti! Betsy aveva voglia di buttargli giù il telefono. Invece disse: «Papà, mi dispiace tagliare corto, ma aspetto una telefonata dal mio avvocato».

«Oh, allora vado. Su con la vita, Bets, andrà tutto bene.»

Dopo aver riagganciato, Betsy cercò di ricacciare indietro la solita vampata di quella rabbia che aveva sempre provato per suo padre. Si era risposato da vent'anni, pochi mesi dopo la morte di sua madre, poi era andato in pensione anticipata, aveva venduto la casa e si era trasferito in Florida con la nuova moglie. Lei voleva stare vicina ai figli ormai cresciuti, e Betsy era sicura che per loro fosse ormai come se i rispettivi coniugi defunti non fossero mai esistiti.

Né io, pensò Betsy. Né io.

Se vedo ancora una sua foto su Facebook, tutto sorridente insieme ai nipoti, credo che potrei impazzire. E allora perché guardi i suoi post su Facebook? domandò una vocina nella sua testa.

Carmen arrivò dalla cucina per augurarle la buonanotte. «Cerchi di farsi una bella dormita, signora Betsy», si raccomandò.

La camera da letto era diventata il suo santuario. Andò in giro per il pianoterra a spegnere le luci che Carmen aveva lasciato accese. Il salotto, il corridoio, lo studio, la biblioteca che adesso era tornata esattamente quella che era prima che lei la trasformasse nella stanza di Ted. Per un attimo, rimase a guardare gli scaffali pieni zeppi di testi di medicina, quindi spense la luce. Ted li aveva buttati giù tante volte quando si svegliava nel cuore della notte e Angela non lo sentiva. Esattamente come svuotava tutti i cassetti della casa ogni volta che ne aveva l'occasione.

Di nuovo Betsy si domandò se Ted, nella sua testa, stesse cercando qualcosa, o se fossero solo dei gesti casuali e privi di senso.

Peter telefonò alle nove. Lei era già a letto e cercava di concentrarsi sul libro che stava leggendo. Quando sentì la sua voce, la gelida calma che aveva arginato le sue emozioni andò in pezzi, e non poté fare altro che singhiozzare. «Oh, Peter, quando finirà? Come *posso* farlo finire?»

33

Jon aveva telefonato a Delaney per dirle che l'avrebbe aspettata davanti allo studio alle sette meno un quarto.

Quando lei aprì il portone lo vide osservare il traffico sulla Columbus Circle. Per un momento lo studiò. Al contrario di tanti suoi coetanei portava i capelli neri tagliati corti e ordinati. Teneva le mani in tasca, con un atteggiamento rilassato, come se fosse completamente a proprio agio con se stesso e in pace con il mondo.

Lo raggiunse e gli batté la mano sulla spalla. «È libero, signore?»

Lui si voltò, la abbracciò e le dette un rapido bacio sulle labbra. «Temo di no. Sto aspettando una giovane signora bella e intelligente. Nessuno potrebbe mai competere con lei.» Risero, poi lui disse: «Ho avuto una delle mie idee brillanti. È una serata perfetta per mangiare fuori. Sono passato davanti a quel locale di Central Park Sud che una volta si chiamava *Mickey Mantle's*, hanno dei tavoli all'aperto».

«Perfetto. Così possiamo guardare il passeggio.»

Attraversando Columbus Circle, Jon le domandò: «Come è andata in tribunale?»

«Credo non sia andata per niente bene per Betsy Grant. Il tizio con il quale si vedeva ha testimoniato, e il pubblico ministero lo ha costretto ad ammettere di essere innamorato di lei e di avere intenzione di sposarla.»

Jon commentò con un fischio. «Non è un bene.»

«No, non lo è. E come ho appena detto al telegiornale, sono stupefatta che l'avvocato della difesa non gli abbia fatto nessuna domanda. Capisco che volesse evitare di insistere sul fatto che Peter Benson è stato fidanzato seriamente con Betsy in passato, ma mi sono resa conto che la giuria si aspettava di più da lui. L'ho detto subito che Robert Maynard non vale le ricche parcelle sontuose che si fa pagare.»

Camminarono in silenzio per Central Park Sud finché arrivarono al ristorante scelto da Jon.

Una volta accomodatisi con un bicchiere di vino davanti, Delaney disse: «Jon, sono una giornalista e so che dovrei essere obiettiva, ma sono convinta nel profondo del cuore che Betsy Grant sia innocente. Non riesco a immaginarla uccidere nessuno, men che meno un marito che secondo chiunque lei trattava con tenerezza».

«Delaney, vorrei dirti che effettivamente non sembra logico, ma d'altra parte le aule di tribunale traboccano di persone che non si sarebbero mai sognate di commettere un atto di violenza e in un attimo si sono ritrovate a farlo.»

«Lo so», riconobbe Delaney, «ma, Jon, a giudicare dalle fotografie Ted Grant era un uomo piuttosto robusto, non grasso ma certamente grande. E Betsy, mentre lui dormiva, avrebbe dovuto sollevarlo a sedere e colpirlo esattamente nel punto in cui il cranio si sarebbe rotto senza versare una goccia di sangue?»

«Ha qualche competenza medica, che tu sappia?»

«Nulla che sia emerso, ma ovviamente la biblioteca del dottor Grant era piena di testi di medicina», ammise Delaney.

Jon non insistette. «Vediamo come si sviluppa la cosa», commentò soltanto.

Lei si rese conto che non aveva senso rimuginarci sopra. Tuttavia il suo cuore e la sua mente erano perseguitati dall'espressione tormentata di Betsy Grant quando aveva sentito il direttore delle pompe funebri descrivere il colpo che aveva ucciso suo marito.

Si costrinse a sorridere. «D'accordo, aggiornami sulla tua indagine, adesso.»

«È molto interessante. Ma prima diamo un'occhiata al menu. Per pranzo ho mangiato solo una ciambella e ho una gran fame.»

«Io ho mangiato alla caffetteria del tribunale, un panino al formaggio grigliato freddo. Mi correggo: il panino andava bene, ma io ero così presa a origliare le conversazioni delle persone sedute intorno a me che me ne sono dimenticata.»

«Che genere di reazioni hai sentito?»

«Praticamente le stesse della scorsa settimana. 'È comprensibile il motivo per cui lo ha fatto, ma d'altra parte come si può spaccare la testa a un pover'uomo ammalato? Non si può passarla liscia per una cosa del genere, per quanto uno sia sotto stress.'» Delaney sospirò. «Va bene, dai, guardiamo il menu.»

Scelsero entrambi il salmone e l'insalata.

«Un tizio con cui uscivo l'anno scorso detestava il salmone», disse Delaney. «Continuava a ripetermi che è un pesce grasso e probabilmente pieno di mercurio.»

«Una signorina con cui uscivo l'anno scorso mangiava solo insalata. Poi una sera si è messa a farmi una lezioncina sul perché non bisognerebbe mai mangiare carne rossa. Per puro dispetto ho ordinato una bistecca.»

Si scambiarono un sorriso. Jon allungò la mano e prese quella di Delaney. «Finora sembra che siamo d'accordo su un sacco di cose importanti.»

«Come il menu.»

Il cameriere prese le ordinazioni, poi Jon disse. «Mi chiedevi della mia indagine. Ho fatto un grosso passo avanti quando Lucas Harwin mi ha chiamato e mi ha dato gli estratti conto del Telepass di Steven, dai quali risultavano due viaggi nel New Jersey nelle tre settimane antecedenti la sua morte, e tre viaggi nelle tre settimane prima della ricaduta di quasi due anni fa. C'erano due addebiti sulla carta di credito per un ristorante di Fort Lee, e in entrambe le occasioni dei prelievi insolitamente consistenti dal suo conto in banca, proprio in concomitanza con i viaggi in New Jersey. Stando a Lucas, Steven aveva detto al suo consulente che era un medico a fornirgli i farmaci.»

«Cosa intendi fare con queste informazioni?»

«Sto esaminando una lista di medici che hanno lo

studio a Fort Lee, evidenziando quelli più vicini al locale frequentato da Steven.»

«C'è qualche nome interessante?»

«Sì. Rimanga tra noi, ma nella lista ci sono i due ex soci del dottor Grant, il dottor Kent Adams e il dottor Scott Clifton. Ed entrambi hanno lo studio poco distante dal locale.»

Delaney non badò al cameriere che stava servendo le loro ordinazioni. «Qual è il passo successivo?»

«Continuare a indagare, naturalmente. Verificare i precedenti dei medici di quella zona, cercare di scoprire se qualcuno di loro ha prescritto quantitativi insolitamente considerevoli di farmaci oppiacei.»

«Jon, stiamo entrambi conducendo un'inchiesta, anche se in modi diversi. È davvero solo una coincidenza che Clifton e Adams si trovino proprio nella zona dove stai indagando?»

«A volte la realtà supera la fantasia.» Jon sorrise. «Mangia, non far raffreddare il salmone come hai fatto con il panino a pranzo.»

34

NON fu molto difficile per Alvirah rintracciare Leslie Fallowfield, un avvocato radiato dall'albo che aveva scontato una condanna a dieci anni per compravendita di neonati. L'ultimo recapito conosciuto era una casella postale a Rowayton, nel Connecticut.

«Ci stiamo avvicinando, Willy», disse Alvirah esultante quando lui riuscì a scovare l'informazione. «Non è forse quello giusto? Doveva far parte del terribile giro di Cora Banks.»

«Senza dubbio. Sono entrambi il peggio del peggio», concordò Willy. «Ma non sarà facile trovare questo tizio se ha solo una casella postale. Per quanto ne sappiamo, potrebbe tenere lì il suo domicilio postale ma vivere in California.»

«Una cosa alla volta», rispose Alvirah fiduciosa. «Se abbiamo avuto la fortuna che Sam ci vedesse l'altro giorno a Filadelfia, l'avremo anche nel rintracciare questo tizio. Partiamo per il Connecticut domani.»

Questa volta Willy non ebbe difficoltà a dirle di sì.

I Mets e i Phillies erano in perfetta parità e avrebbero giocato uno spareggio al meglio di tre partite, ma il giorno dopo non c'erano incontri. In caso contrario sarebbe stato costretto a puntare i piedi e dire: «Non se ne parla proprio».

Il clima, in quel settembre, continuava a cambiare, il giorno prima era stato caldo e ora faceva di nuovo freddo. Ma, come diceva Alvirah, «Dio sapeva quel che faceva quando ha creato quattro stagioni, quindi non ti lamentare se in agosto fa troppo caldo per poi lamentarti di nuovo quando la temperatura comincia a scendere».

Durante il viaggio Alvirah rimase in silenzio per quasi mezz'ora, il che, come Willy sapeva bene, non era assolutamente da lei.

«Tesoro, qualcosa non va?» le domandò ansioso.

«Come? Oh, no, sto bene. Sto riflettendo. Sappiamo che i genitori adottivi di Delaney devono aver pagato per averla, forse una grossa somma. Ma anche se fossimo fortunati e riuscissimo a trovare Cora tramite Leslie Fallowfield, credi forse che lei si sia preoccupata di tenere un registro delle persone che vendevano e compravano bambini? Voglio dire, a quanto pare è un'attività che ha portato avanti per anni, i suoi vicini a Filadelfia hanno detto che a casa sua arrivavano ragazze incinte ogni pochi giorni. E Delaney ha ventisei anni. Anche se trovassimo Cora, potrebbe semplicemente dirci che non ha idea di come si chiamassero le famiglie, che usavano sempre dei cognomi fittizi. E in quel caso saremmo veramente arrivati alla fine.»

«Alvirah, tesoro, non è da te aspettarsi una delusione.»

«Be', non è che proprio me l'aspetti, ma ovviamente lo temo.» Sospirò, poi si guardò intorno mentre prendevano l'uscita numero tredici della Interstate 95 direzione nord. «Oh, Willy, non ho sempre detto che il Connecticut è lo Stato più bello? Lo so che lo vediamo appena un pochino quando andiamo su a Cape Cod, ma ti ricordi quando la signora dalla quale facevo le pulizie il giovedì, la signora Daniels, si è trasferita a Darien perché il marito aveva ottenuto quel fantastico lavoro, e io sono andata per qualche giorno ad aiutarla a sistemarsi? Quella volta l'ho visto bene.»

«Oh, certo.» Willy cercò di ricordare quando era successo. Lui aveva passato quei giorni a sistemare l'impianto idraulico della casa di riposo gestita da sua sorella, suor Pauline.

Era stata anche, ricordò, una delle poche occasioni della loro vita coniugale in cui erano rimasti separati per qualche giorno, e non era piaciuto a nessuno dei due. Lo disse ad Alvirah.

«È vero», rispose lei. «E con tutto il lavoro che ho fatto la signora Daniels mi ha pagata al centesimo, nessun riconoscimento per tutta la roba pesante che ho sollevato per lei. Lo sai che non mi piace vantarmi, ma è stata una delle prime persone che ho chiamato per avvisarla che avevamo vinto quaranta milioni di dollari alla lotteria.»

«Me lo ricordo.»

«Mi pareva di sentirle scricchiolare i denti quando ha detto 'Che meraviglia'. Mi ha fatta sentire proprio bene. Oh, ecco il cartello di Rowayton.»

Dieci minuti dopo erano all'ufficio postale a parlare

con uno degli impiegati, che si presentò come George Spahn: un omino dai capelli radi con un problema al naso che lo costringeva a schiarirsi spesso la gola.

«Certo, a volte ci capita di conoscere le persone che hanno una cassetta postale qui», disse. «Molti di loro vengono una volta alla settimana a ritirare la posta. Altri, che magari viaggiano molto, preferiscono avere una cassetta qui per evitare che la posta si accumuli davanti alla porta segnalando a qualunque malintenzionato che non c'è nessuno in casa.»

«Molto ragionevole», disse Alvirah con tono incoraggiante. «E che mi dice di Leslie Fallowfield?»

«Non è un nome che si dimentica facilmente», rispose l'impiegato, e sorrise. «Certo che lo conosco. Un signore educato, ma di poche parole. Viene una volta alla settimana, puntuale come un orologio svizzero.»

Alvirah cercò di non mostrarsi troppo interessata. «Oh, quindi abita qui vicino?»

George Spahn fece improvvisamente una faccia preoccupata. «Ehi, ma perché tante domande sul signor Fallowfield?»

«Solo perché una mia carissima amica sta cercando la madre biologica. Il signor Fallowfield è l'avvocato che si è occupato dell'adozione, ed è la nostra ultima speranza di ottenere le informazioni che occorrono alla mia amica.»

Spahn osservò il viso di Alvirah e parve soddisfatto. «Questo lo capisco. Ma forse è meglio se prima lo avviso e poi torno da voi.»

Non accetterà di vederci, pensò Alvirah sconfortata.

Willy decise di intervenire. «Mia moglie ce l'ha messa tutta per arrivare a questo punto. Se incontriamo il signor Fallowfield i casi sono due: o lui è in grado di fornirci il nome della madre biologica, oppure non lo è. Lei come si sentirebbe se fosse stato adottato e sentisse la necessità di sapere quali sono le sue radici? Non è mai stato curioso di conoscere il suo albero genealogico?»

«Ho passato un bel po' di tempo su Ancestry.com», dichiarò lui orgogliosamente, «e ho scoperto che il mio trisnonno era un veterano della Guerra Civile.»

«Quindi capisce perché una ragazza di ventisei anni vuole sapere chi sono i suoi genitori.»

Ci fu un lungo silenzio. Poi Spahn distolse lo sguardo. «Sentite», disse, «il signor Fallowfield viene tutti i mercoledì all'una in punto. Perché non vi fate trovare qui a quell'ora? Io dirò forte in modo che si senta 'Buongiorno, signor Fallowfield' e a quel punto entrate in scena voi. Ma tenetemi fuori da questa faccenda.»

«Mi sembra perfetto», disse Alvirah entusiasta. «Willy, non è meraviglioso?»

«Decisamente», fece lui con un tuffo al cuore, rendendosi conto che la partita dei Mets doveva iniziare esattamente a quell'ora.

35

NONOSTANTE i blandi tentativi di Scott di mostrarsi attento e affettuoso, Lisa sapeva che cercare di salvare il loro matrimonio era inutile. O quella sottospecie di matrimonio, si corresse.

Le ragioni le conosceva, almeno alcune. La morte di Ted Grant aveva avuto un impatto profondo su Scott: l'idea che Betsy Grant potesse aver commesso una tale violenza su un uomo impotente sembrava averlo colpito nell'intimo. Sognava Ted continuamente, e mormorava il suo nome nel sonno.

E sempre più spesso si alzava dopo quei sogni e scendeva di sotto a guardare la televisione, o così diceva.

Lisa sapeva che era sotto pressione anche per ragioni economiche. Era già stato brutto che Ted venisse colpito da un Alzheimer precoce ma poi, pochi anni dopo le sue nozze con Scott, lui e Kent avevano sciolto la società. A quanto aveva capito, era stato Adams a volersene andare, e la maggioranza dei pazienti se n'era andata con lui.

E ovviamente Scott aveva tre figli da mantenere. I

due gemelli avevano appena iniziato l'ultimo anno alla University of Michigan, e la figlia era al penultimo del liceo ad Amherst.

Le rette erano un fardello pesante, ma presto sarebbe finita. Di certo quando Scott la corteggiava le era sembrato piuttosto abbiente.

Ma c'era un altro fatto. Per quanto lui lo negasse con forza, Lisa era assolutamente certa che Scott avesse una relazione. Capitava troppo spesso che dopo cena sostenesse di dover andare a visitare un paziente.

Una volta aveva chiamato in ospedale per parlargli, e le avevano detto che al momento il dottor Clifton non aveva pazienti ricoverati.

Lisa aveva lasciato un ottimo lavoro alla J&J Pharmaceuticals quando aveva sposato Scott. Ora, rendendosi conto che doveva pensare al proprio futuro, chiamò il suo ex capo Susan Smith. Andò dritta al punto: «Susan, non è che per caso avresti un lavoro per me?»

«Per te, sempre. Hai avuto un tempismo perfetto, ma il posto che intendo offrirti comporterà viaggiare molto tutte le settimane.»

«Quello non sarà un problema.»

«E Scott cosa penserà?»

«Non è molto importante. Questo matrimonio è stato un errore ed è del tutto inutile fingere il contrario. Prenderò appuntamento con un avvocato divorzista e inizierò subito le pratiche.»

«Mi dispiace, sembravi così felice.»

«'Sembravi' è la parola giusta. Fin quasi dall'inizio era

evidente che Scott aveva per me una passione destinata a esaurirsi molto in fretta.»

Ci fu un lungo silenzio, poi Susan disse: «Se ne sei proprio sicura, allora vorrei darti un consiglio. Ci sono molte cose che ti appartengono in casa?»

«A parte i gioielli, sì, parecchie. Alcuni dipinti che mio nonno collezionava e che credo sono aumentati di valore. Lui e mia nonna erano appassionati di antiquariato. Ho due tappeti persiani, scatoloni pieni di porcellane e argenteria, una scrivania del XVII secolo, tavoli e lampade e alcune sedie Shaker originali che aveva acquistate lei.

«Scott ha comprato dalla prima moglie la metà di casa che le apparteneva, e lei ha lasciato qui gran parte dei mobili. Negli ultimi tre anni ho avuto sempre la sensazione di vivere nella casa di un'altra donna. Lui mi aveva promesso che ne avremmo comprata una nostra e messo in vendita questa, ma non l'ha mai fatto. Non volevo mescolare le mie cose con quelle avanzate dalla prima signora Clifton.»

«Be', accetta un consiglio. Prima di far parola con Scott sui tuoi progetti, tira fuori di lì tutto quello che è tuo e mettilo in un magazzino. Sai come si dice: 'possesso vale titolo'. La casa è intestata a lui: un giorno potresti tornare e scoprire che ha fatto cambiare la serratura, e allora ce ne vorrà per riavere indietro le tue cose, sempre che tu ci riesca.»

«Oddio, non ci avevo pensato. Nei prossimi giorni passo di lì e vedo se riesco a trovare un appartamento vicino a Morristown.»

Finita la telefonata, Lisa si sentì scoraggiata e triste.

Aveva tanto sperato che il suo matrimonio con Scott avesse un lieto fine. Lui era stato così appassionato all'inizio, così impaziente di sposarla. Un sentimento che era finito nel giro di un anno.

Sapeva di non avere colpe. Le era dispiaciuto per i problemi di lavoro, si era adattata ai suoi sonni inquieti e aveva cercato di essere paziente nonostante lui la umiliasse spesso in pubblico.

La mia autostima al momento è sottozero, pensò. Trentasette anni e sul punto di divorziare. Sapeva che l'atteggiamento di Scott aveva distrutto qualunque sentimento provasse per lui, e forse c'era già una terza signora Clifton che attendeva il suo turno.

Buona fortuna a lei, pensò Lisa alzandosi. Si trovava in soggiorno, una stanza grande e bella, ma a lei non piaceva molto quell'arredamento spartano e monotono. Scott le aveva detto che la prima moglie aveva ristrutturato il soggiorno e la sala da pranzo prima di andarsene. Scommetto che l'unico motivo per cui ha lasciato qui questa roba nuova, pensò Lisa, è che si è resa conto di quanto fosse fredda. Sarebbe stata meglio nella sala d'aspetto dell'ambulatorio di Scott.

Al Country Club di Ridgewood aveva conosciuto un avvocato divorzista e sua moglie. Anche se Paul Stephenson e Scott erano entrambi membri del circolo, lei sperava che avrebbe accettato comunque di seguire il suo caso. Gli accordi prematrimoniali erano molto semplici: «Quel che è tuo è tuo, quel che è mio è mio». Lei non aveva bisogno degli alimenti e non li avrebbe chiesti. Voleva solo chiudere la questione ufficialmente. Gli avrebbe telefonato più tardi.

Ora però sentiva improvvisamente il bisogno di guardare quella bella scrivania, e i tavoli, le lampade e i dipinti tra i quali era cresciuta.

Rinfrancata dalla decisione presa, cominciò a salire le scale che portavano alla soffitta.

36

Alle dodici e trenta Alvirah e Willy erano già all'ufficio postale. Alvirah era così preoccupata di perdersi l'arrivo di Leslie Fallowfield che insistette per arrivare lì con mezz'ora d'anticipo.

George Spahn, in ansia, li salutò con appena un cenno, e loro si misero ad attaccare francobolli su buste vuote di bollette che scadevano non prima di tre settimane.

Ovviamente tutte quelle bollette avrebbero potuto essere pagate con un addebito automatico su uno dei loro conti bancari, ma Alvirah non ne voleva sapere. «Nessuno deve tirare fuori dei soldi dai nostri conti salvo due persone, Willy: una sei tu e l'altra sono io.»

A mano a mano che l'ora si avvicinava, Alvirah continuava a lanciare occhiate nervose all'orologio. «Oh, Willy, e se non venisse?» sospirò.

«Verrà», rispose lui rassicurante. E allo scoccare dell'una in punto la porta dell'ufficio postale si aprì e un uomo magro con i capelli radi, prossimo alla settantina, entrò.

Alvirah non ebbe alcun bisogno del caloroso saluto di

Spahn «Salve, signor Fallowfield» per capire che quello era l'uomo che desiderava disperatamente conoscere. Mentre lo avvicinava le passò per la testa che forse avrebbe dovuto lasciare Willy fuori in auto nel caso che Fallowfield la liquidasse e andasse via.

Troppo tardi, pensò. Con un cordiale sorriso si diresse verso di lui, intento a recuperare la posta da una cassetta, e disse: «Buon pomeriggio signor Fallowfield».

Colto di sorpresa, lui si girò e la guardò con sospetto. «Lei chi è?»

«Mi chiamo Alvirah Meehan, e ho una cara amica che desidera ardentemente trovare la propria madre biologica», disse precipitosa. «La prego, parli con me. L'ostetrica che l'ha fatta nascere si chiamava Cora Banks, e lei l'ha assistita come legale quando ha venduto la sua casa al proprietario della Fabbrica di Piastrelle da Sam, sedici anni fa.»

Fallowfield aveva un'aria incredula. «Cioè, lei ha scoperto tutto questo?»

«Sono una brava investigatrice.»

«Direi di sì.»

«Lei sa dove si trova ora Cora Banks?»

Fallowfield si guardò intorno con circospezione. L'ufficio postale cominciava a essere affollato di gente in coda agli sportelli. «Non è questo il posto adatto per parlare», disse. «C'è una caffetteria in fondo all'isolato andiamo lì.»

Chiuse a chiave la cassetta e si infilò le lettere nella tasca della giacca.

«Quello è mio marito Willy», disse Alvirah indicandolo.

«Allora porti anche lui, naturalmente.»

Cinque minuti dopo Fallowfield era seduto di fronte a loro in un séparé della caffetteria. Ordinarono il caffè, poi lui iniziò. «Mi diceva che una dei bambini fatti nascere da Cora sta cercando la madre biologica?»

«Sì, ha bisogno di trovarla», rispose Alvirah con enfasi. «So che probabilmente Cora Banks non ha tenuto dei registri, possiamo solo sperare che invece lo abbia fatto.»

Fallowfield fece un'espressione divertita. «Vi assicuro che Cora teneva i registri.»

Alvirah ci mise quasi un minuto per riprendersi dall'impatto di quelle parole. Poi disse: «Davvero?»

«Cora è una donna sveglia. Ovviamente quel genere di informazioni ha un enorme valore potenziale.»

«Lei sa dove si trova Cora Banks attualmente?»

«Sì.» Fallowfield bevve un sorso di caffè.

«Mi può dare il suo indirizzo?»

«Certo. È ospite del carcere femminile di Danbury; però, siete fortunati, verrà scarcerata domani.»

«E dove andrà?»

«Oh, proprio qui a casa mia a Rowayton. Cora è una mia carissima amica da molti anni. Posso organizzarvi un incontro.»

Fallowfield prese un taccuino dal taschino. «Fornitemi qualche informazione sulla donna che state cercando: la data del parto, il sesso del bambino, il nome dei genitori adottivi.»

Il sesso del bambino, pensò Alvirah. Significava forse che Cora faceva nascere più di un bambino al giorno?

Si sforzò di evitare che il suo viso esprimesse sconcerto. «Quindi lei può fissarci un incontro con Cora quando verrà rilasciata?»

«Oh, certo», disse Fallowfield. «Ma c'è una cosa di cui dovete rendervi conto: Cora è stata in carcere per dieci anni, appena esce dovrà sostenere un sacco di spese. Dovrà farsi un'assicurazione sanitaria, comprarsi dei vestiti e avere qualche soldo in tasca. Non potrà tornare a fare l'ostetrica, le hanno ritirato la licenza e c'è un'ingiunzione permanente a suo carico che le vieta di richiederla nuovamente.»

Willy aveva ascoltato attentamente la conversazione. Questa è un'estorsione bella e buona, pensò. Era evidente che Alvirah non condivideva la sua preoccupazione. «Quanto?» domandò.

Fallowfield si voltò a guardare Willy dritto negli occhi. «Io e lei abbiamo gli stessi gusti», disse, «e ho notato che guida un'auto molto costosa. Direi che cinquantamila dollari in contanti, in biglietti da venti, potrebbero convincere Cora a esaminare i suoi registri.» Il tono di Fallowfield era sempre bonario, come se stessero parlando del tempo.

«Li avrà», disse Alvirah con slancio.

«Ottimo», esclamò Fallowfield. «E ovviamente siamo tutti d'accordo sul fatto che è una transazione confidenziale. Gli unici che dovranno mai saperne qualcosa siamo noi tre e Cora.»

«Ovviamente», rispose Alvirah.

Fallowfield si voltò di nuovo a guardare Willy. «Ovviamente», ripeté Willy sprezzante, alzandosi subito in piedi per troncare la discussione.

Dieci minuti dopo erano in viaggio verso casa. «Tesoro, sto cercando di capire come faremo a mettere insieme cinquantamila dollari in contanti senza attirare qualche sospetto», disse Willy.

«Andrà tutto bene», replicò Alvirah sbrigativamente. «Mi pare di aver letto che se depositi o prelevi più di diecimila dollari in contanti la banca è tenuta a inviare una segnalazione, ma non se la cifra è minore. Dopo la vincita alla lotteria abbiamo depositato il denaro in dieci diverse banche, quindi preleveremo cinquemila dollari da ciascuna e così non desteremo sospetti.»

«Tesoro, scusa se insisto. Noi stiamo attenti al denaro, di solito. Vuoi veramente darne tanto a quei buffoni?»

«Nemmeno per idea! Ma quello che voglio soprattutto è dare a Delaney questa informazione. Chi lo sa, magari anche la madre biologica la sta cercando. Io spero solo di essere presente quando si incontreranno.» E con un sospiro di gioia, Alvirah si accomodò contro lo schienale.

37

Il dottor Mark Bevilacqua era l'ultimo testimone dell'accusa. Delaney ascoltò il pubblico ministero che iniziò facendogli domande sul suo percorso accademico e lavorativo. Bevilacqua dichiarò di avere sessantasei anni e di essersi laureato in medicina ad Harvard; negli ultimi vent'anni il suo studio si era specializzato nella diagnosi e nel trattamento del morbo di Alzheimer. Su richiesta del pubblico ministero, il giudice lo ammise quindi come esperto della malattia.

Poi il giudice si rivolse ai giurati e spiegò che spettava comunque a loro valutare la sua testimonianza.

Il pubblico ministero riprese l'interrogatorio e il dottor Bevilacqua illustrò la natura del morbo di Alzheimer, la progressione della malattia e l'impatto sul paziente che ne è affetto.

«Dottor Bevilacqua, come ha conosciuto il dottor Ted Grant?»

«È successo otto anni e mezzo fa. La moglie del dottor Grant aveva preso un appuntamento presso il mio studio perché lei e i due soci del dottore erano preoccupati per una serie di cambiamenti nel suo comportamento, e volevano capire da cosa dipendessero.»

«E lei ha potuto rispondere alla loro domanda?»

«Sì, dopo una serie di analisi la mia diagnosi è stata che il dottor Grant era affetto da una forma precoce di morbo di Alzheimer.»

«Dottore, le dispiace spiegare alla giuria che cosa significa?»

«Nella grande maggioranza dei casi, il morbo di Alzheimer viene diagnosticato in pazienti sopra i sessantacinque anni. Solo il dieci per cento delle diagnosi avviene prima, e questi pazienti vengono classificati come affetti da una forma precoce. Il dottor Grant aveva cinquantun anni quando gli ho diagnosticato la malattia.»

«Lei ha continuato a vedere e curare il dottor Grant, dopo la diagnosi?»

«Sì, sono stato il suo medico fino al momento del decesso, un anno e mezzo fa.»

«Dottor Bevilacqua, in cosa consistevano le cure?»

«Allo stato attuale della conoscenza, non esistono efficaci metodi di prevenzione e cura per il morbo di Alzheimer. Io gli ho prescritto alcune terapie farmacologiche per contenere i sintomi o rallentarne leggermente la progressione. In questo modo il paziente ha un effetto benefico sulla qualità della vita.»

«E queste terapie sono state d'aiuto al dottor Grant?»

«Di sicuro lo sono state nei primi anni della malattia. Ma, soprattutto durante l'ultimo anno, nonostante le terapie, soffriva in modo acuto di depressione, agitazione e insonnia.»

«Dottor Bevilacqua, torniamo alla mattina del 22 marzo dello scorso anno, quando il dottor Grant è stato trovato morto nel suo letto. A quel punto lei lo aveva in cura da quasi sette anni?»

«Esatto.»

«Come è stato contattato, quella mattina?»

«Ho ricevuto una telefonata da un agente della polizia di Alpine, il quale mi ha informato che il dottor Grant era morto nel sonno.»

«E lei come ha reagito alla notizia?»

«Sono rimasto un po' sorpreso.»

«Cosa intende con l'espressione 'un po' sorpreso'?»

«Il dottor Grant era venuto nel mio studio per una visita quattro settimane prima. Il morbo di Alzheimer attacca sia la mente sia il corpo, e mentre le sue condizioni mentali peggioravano costantemente, gli organi vitali sembravano meno interessati in quel momento.»

«Ma quando ha accettato di firmare il certificato di morte era convinto che si fosse trattato di cause naturali?»

«Stando alle informazioni che mi erano state date allora, sì, lo ero. Mi permetta di spiegare. La medicina è tutt'altro che una scienza esatta, ci sono molti casi di pazienti che vengono sottoposti a visita medica e non mostrano segni di problemi a breve termine eppure muoiono di attacco cardiaco o ictus quello stesso giorno. Non è affatto insolito che un soggetto che ha sofferto di morbo di Alzheimer per sette anni muoia improvvisamente, anche se sembrava in condizioni fisiche buone.»

«Dottor Bevilacqua durante il processo sono emerse prove a indicare che la morte del dottor Grant sia stata causata da un colpo alla parte posteriore della testa, e non da cause naturali. Secondo la sua opinione clinica di esperto, se il dottor Grant non avesse subito quel colpo alla testa, quanto avrebbe ancora potuto vivere?»

«Ogni caso di morbo di Alzheimer è diverso dagli altri. L'aspettativa di vita media dopo la diagnosi è tra gli otto e i dieci anni.»

«Ha detto 'media'. Ci sono ampie oscillazioni?»

«Sì, alcuni pazienti sopravvivono solamente tre anni, mentre altri possono arrivare a venti.»

«Quindi sarebbe corretto dire che il dottor Grant avrebbe potuto sopravvivere ancora per molti anni?»

«Come ripeto, ogni paziente è un caso a sé. Ma stando alle condizioni del dottor Grant così come l'avevo visto un mese prima della sua morte, e all'ottimo livello di cure che riceveva, è più che probabile che sarebbe vissuto ancora alcuni anni, forse anche cinque.»

«Non ho altre domande, Vostro Onore.»

Robert Maynard si alzò. «Dottor Bevilacqua, lei ha dichiarato di essere stato un po' sorpreso nel ricevere la telefonata del 22 marzo dello scorso anno con cui le si comunicava che il dottor Grant era deceduto.»

«Sì, è così.»

«E ha anche dichiarato che la maggior parte delle persone colpite da una forma precoce di morbo di

Alzheimer sopravvive dopo la diagnosi, mediamente, non più di otto o dieci anni. È corretto?»

«Sì.»

«E al momento della morte, per quanti anni il dottor Grant era stato affetto dalla malattia?»

«Lo avevo in cura da sette anni. E quando diagnostico la malattia in un paziente, nella maggior parte dei casi si è instaurata da almeno un anno.»

«E quindi, se i pazienti affetti dalla malattia vivono mediamente ancora otto o dieci anni dalla diagnosi, molto probabilmente al momento della morte il dottor Grant ne era stato affetto per almeno otto anni, è giusto?»

«Sì.»

«Dottore, lei ha anche dichiarato che, nonostante le terapie da lei prescritte e l'alto livello di cure prestategli in casa da Betsy Grant e dalla badante, depressione, agitazione e insonnia erano notevolmente aumentate nel corso dell'ultimo anno. È corretto?»

«Sì.»

«Non ho altre domande, Vostro Onore.»

Il pubblico ministero Elliot Holmes si alzò in piedi. «Vostro Onore, l'accusa ha terminato.»

Il giudice guardò Robert Maynard. «Vostro Onore, chiediamo un'ora di sospensione. Per allora la difesa sarà pronta a cominciare.»

«Benissimo», rispose il giudice.

38

QUANDO Alvirah e Willy si misero in viaggio per Rowayton per la terza volta, lei fremeva di eccitazione. «Oh, Willy, pensa, sapremo il nome della madre di Delaney e probabilmente anche quello del padre. Spero solo che la madre non si sia trasferita in Giappone o in Cina.»

«Molto improbabile», rispose Willy seccamente. Ripensò al giorno prima, trascorso a fare prelievi in dieci diverse banche. In ognuna aveva ripetuto sempre la stessa battuta: «Spero proprio di avere un po' di fortuna ad Atlantic City». Con suo enorme sollievo, i cassieri si erano limitati a sorridere mentre contavano le banconote.

Dovevano incontrare Cora a casa di Leslie Fallowfield, in Wilson Avenue, alle due. Erano rimasti un po' sorpresi quando Leslie aveva parlato della «sua» casa, lui aveva colto l'occhiata che si erano scambiati e subito aveva aggiunto «la casa dove sto in affitto».

Ora Alvirah guardava con ansia la mappa sul navigatore: mancava solo un chilometro e mezzo alla destinazione. Poi la voce artificiale annunciò: «La destinazione si trova centocinquanta metri più avanti, sulla destra». Quindi, un attimo dopo: «Siete arrivati a destinazione».

Erano davanti a una casetta indipendente, di quelle che si costruivano negli anni Quaranta dopo la guerra. C'era un piccolo prato sul davanti e qualche rado cespuglio sotto le finestre. «Deprimente», mormorò Willy spegnendo il motore.

Aprì il bagagliaio e tirò fuori una vecchia valigia. I cinquantamila dollari, confezionati in cinquanta mazzette, erano lì dentro.

Alvirah scese dall'auto e percorsero il vialetto di pietra che portava all'entrata.

Evidentemente Fallowfield li stava osservando, perché la porta si aprì quando Willy stava per suonare il campanello.

«Puntualissimi», li accolse Fallowfield, come se stesse ricevendo dei vecchi amici. Alvirah notò che fu rapidissimo ad adocchiare la valigia di Willy.

Li condusse in un piccolo salotto. «Sedetevi prego, vado a chiamare Cora.» Si accomodarono, e Alvirah si tolse il leggero cappottino autunnale. Aveva comprato tutto un guardaroba nuovo per la crociera fluviale dalla quale erano tornati a inizio settembre, e quello era il cappottino che indossava sempre quando lei e Willy scendevano dalla nave dopo cena e andavano a fare una passeggiata nei dintorni. Per un attimo fu presa dal vivido ricordo di quanto si erano divertiti in quel viaggio, ma poi la sua mente tornò al presente.

Fallowfield tornò. «Prima di scendere, Cora vuole contare i soldi. Li porto di sopra...»

«Conterete i soldi qui», disse deciso Willy, mettendo la valigia sul tavolinetto di vetro davanti a sé. Fallowfield stava per obiettare qualcosa, ma quando la valigia si aprì di scatto e lui vide le file ordinate di biglietti da venti, cambiò idea. «Torno subito.»

Alvirah si guardò intorno. La stanza era carina, con due divani uno di fronte all'altro. Ai lati del caminetto c'erano due poltrone a righe azzurre e rosso scuro, e a terra un tappeto finto orientale con una fantasia allegra. Che mi importa dell'aspetto di questa stanza? Pensò Alvirah, infastidita dalla sua stessa abitudine di osservare ciò che la circondava.

Poi Lei e Willy sentirono dei passi scendere dal piano di sopra. Un attimo dopo Leslie Fallowfield e Cora entrarono nella stanza.

Cora era molto pallida, probabilmente per via degli anni in prigione. I pantaloni e il maglione le stavano larghi, i capelli castani erano abbondantemente striati di grigio, sembrava avere più o meno una settantina d'anni. Guardò appena Willy e Alvirah, poi il suo sguardo si posò sulla valigetta aperta che Willy aveva davanti a sé. Fallowfield prese due sedie, per sé e per Cora.

Cora sorrise, mostrando i denti macchiati. «Mi fido di voi, ma ovviamente li vogliamo contare.»

«Fate pure», rispose Willy, «però lasciateli sopra al tavolino.»

Willy e Alvirah stettero a guardarli mentre si mettevano all'opera. Mi fanno venire in mente i bambini che contano le caramelle ad Halloween, pensò Alvirah. Doveva dirlo a Willy, durante il viaggio di ritorno.

Cora e Fallowfield presero quattro mazzette a caso, a ciascuna staccarono la fascetta e contarono le cinquanta banconote da venti, una per una. Soddisfatti nel vedere che ogni mazzetta conteneva mille dollari, cominciarono a esaminare le altre, sfogliandole rapidamente come mazzi di carte per assicurarsi che tutte le banconote fossero da venti, e poi le misero accanto a quelle che avevano contato e le soppesarono finché furono d'accordo che erano tutte uguali.

«È bello fare affari con gente onesta», disse Cora sorridendo.

Alvirah non era dell'umore adatto a fare conversazione. «Va bene, avete i soldi. Adesso dateci il nome della madre biologica di Delaney.»

Cora prese dalla tasca un foglio di carta. «La madre aveva diciassette anni. Veniva da Hawthorne, nel New Jersey. I suoi genitori si chiamavano Martin e Rose Ryan. La bambina è nata il 16 marzo in Oak Street, a Filadelfia. La diciassettenne che l'ha partorita si chiamava Betsy. La nascita è stata registrata a nome di Jennifer e James Wright di Long Island, nello stato di New York, come genitori biologici. Hanno chiamato la bambina Delaney.»

39

Robert Maynard chiamò al banco per prima cosa sei persone estranee ai fatti che testimoniassero sulla reputazione di Betsy Grant: due insegnanti del liceo di Pascack Valley, due vicini di casa, e il direttore di Villa Marie Claire, l'istituto per malati terminali dove Betsy, fino a tre anni prima, aveva trascorso centinaia di ore a fare volontariato. L'ultimo testimone era monsignor Thomas Quinn, pastore della chiesa di St. Francis Xavier, dove Betsy andava a messa la domenica.

Ognuno di loro dichiarò di conoscere Betsy da molti anni e di aver notato la sua incrollabile devozione al marito.

La deposizione del monsignore fu particolarmente convincente.

«Monsignor Quinn, andava spesso a fare visita a casa Grant?»

«Negli ultimi due anni, quando il dottor Grant non era più in grado di frequentare la chiesa, andavo da loro ogni due settimane per portargli la Comunione. Betsy era sempre presente e si prendeva cura di lui.»

«Per quanto ha potuto vedere, quali erano le condizioni generali del dottor Grant nel suo ultimo anno di vita?»

«Continuava ad aggravarsi con il progredire della malattia. Ogni volta le sue condizioni erano peggiori di quella precedente. Il pover'uomo era terribilmente abbattuto.»

«Betsy Grant le ha mai detto di volerlo mettere in una residenza assistita?»

«Due volte, durante l'ultimo anno. Mi ha detto che c'erano state crisi terribili e che lui l'aveva colpita. Ha detto che desiderava tanto tenerlo a casa fino alla fine, ma se il suo comportamento fosse ulteriormente peggiorato poteva diventare necessario, però *solo* come ultima spiaggia. Betsy sapeva che non stare più a casa sua, con lei, lo avrebbe devastato.»

«Per quanto riguarda la personalità di Betsy Grant, qual è la sua reputazione nella comunità in termini di sincerità e lealtà?»

Il monsignore rispose sostanzialmente come tutti gli altri testimoni. «Chiunque conosca Betsy Grant si rende conto che è una persona di buon carattere e affidabile.»

«Non ho altre domande, Vostro Onore.»

Il giudice si rivolse a Holmes e disse: «Avvocato, può controinterrogare il testimone».

Elliot Holmes era un pubblico ministero molto esperto. Sapeva che non si ricavava niente attaccando quel genere di testimoni. Formulò le suo domande con attenzione e con tono rispettoso, e si rivolse al parroco con gli stessi modi riservati agli altri testimoni.

«Monsignor Quinn, lei ha dichiarato di essere andato a trovare i Grant ogni due settimane nel corso degli ultimi due anni di vita del dottore. È giusto?»

«Sì, signore.»

«E quanto tempo trascorreva di solito a casa loro durante queste visite?»

«Diciamo, circa mezz'ora.»

«Ed è corretto dire che lei non ha alcuna conoscenza diretta di cosa succedesse in quella casa tra una sua visita e l'altra?»

«È corretto, signore.»

«Ed è corretto dire che lei non era presente alla cena di compleanno la sera prima che il dottore morisse?»

«Sì, è corretto.»

«Perciò, monsignore, con tutto il rispetto, lei personalmente non sa assolutamente nulla dei fatti di quella sera o delle circostanze relative alla morte del dottor Grant, vero?»

«A parte quello che ho letto sui giornali, no.»

«Grazie, non ho altre domande.»

Mancava ormai poco alla sospensione per il pranzo. Il giudice Roth fece rientrare i giurati nella loro stanza e disse che li avrebbe subito raggiunti.

«Signor Maynard», chiese poi, «l'imputata intende testimoniare?»

«Sì, Vostro Onore», rispose lui.

Il giudice Roth si rivolse a Betsy Grant. «Signora Grant, lei sa di avere il diritto di scegliere se testimoniare o no, in questa causa?»

«Sì, Vostro Onore.»

«E comprende che se deciderà di testimoniare entrambi gli avvocati le faranno domande, e la giuria, per il verdetto finale, terrà in considerazione la sua testimonianza insieme a tutte le altre?»

«Sì.»

«Ed è consapevole del fatto che se sceglie di non testimoniare io spiegherò alla giuria che questa sua decisione non deve essere in alcun modo tenuta in considerazione nella formulazione del verdetto?»

«Sì, Vostro Onore.»

«Infine, ha avuto tempo sufficiente per discutere la sua decisione con l'avvocato Maynard?»

«Sì, signor giudice.»

«Molto bene. Inizieremo con la sua testimonianza dopo pranzo.»

«Vostro Onore», rispose l'avvocato Maynard, «è giovedì, è ora di pranzo, e non è prevista una seduta per domani. La deposizione della signora Grant finirà senza dubbio per prolungarsi fino a lunedì mattina. Perciò le chiedo, Vostro Onore, di concederci fino ad allora prima di iniziare questa fondamentale testimonianza.»

Palesemente infastidito, Elliot Holmes intervenne brevemente per obiettare, sapendo che il giudice avrebbe probabilmente accettato la richiesta.

Il giudice Roth disse: «Mi rendo conto che ci troviamo a un punto molto importante di questo processo. Non c'è alcun dubbio che anche se iniziassimo questo pomeriggio la testimone non finirebbe fino a lunedì inoltrato o a martedì. Quindi, la richiesta della difesa è accolta».

Poi si rivolse all'ufficiale giudiziario di guardia presso la porta della stanza della giuria. «Faccia rientrare in aula i giurati, così li informo.»

40

Lisa Clifton iniziò a fare l'inventario di tutti i mobili, le cianfrusaglie, le scatole e i tappeti che aveva portato con sé quando aveva sposato Scott.

«Dato che compreremo una casa nuova, preferisco tenere tutto separato», aveva detto a Scott tre anni prima, mentre facevano progetti per sposarsi. «Mio nonno andrà in una casa di riposo e vuole che prenda tutto quello che desidero. È stato un collezionista scrupoloso, alcune delle cose che ha comprato sono molto belle.»

Scott era stato subito d'accordo. «La mia ex, Karen, si è fatta prendere dalla frenesia degli acquisti l'anno prima che ci separassimo. Scommetto che sapeva che ormai era finita e voleva lasciarmi sul groppone tutta quella roba moderna. Non c'è più una sedia comoda in tutta la casa.»

Avevano riso insieme. Era l'epoca in cui credevo che avremmo vissuto felici per sempre, pensò Lisa. È stato così per un anno, forse un po' di più, e poi è cambiato. Lui è cambiato. Lisa avrebbe dovuto comprare dei mobili nuovi per il soggiorno e la camera da letto, ma per il resto era già tutto pronto per quando si sarebbe trasferita.

Fece una lista di tutto ciò che aveva riposto in soffitta, poi scese e telefonò a una ditta di traslochi. La prima data disponibile era di lì a una settimana. «Va bene, ma dovete venire verso le dieci, insisto. Sto cercando un appartamento dalle parti di Morristown, tuttavia, se non lo trovassi immediatamente, dovrò lasciare tutto da voi in deposito.»

«Non c'è nessun problema, signora.»

Lisa non poteva sapere che l'impiegato, appena chiusa la chiamata, pensò, un'altra separazione difficile. Chissà se litigheranno per la roba che lei si porta via. Be', comunque sia, per quanto ci riguarda le separazioni sono molto redditizie!»

Scott tornò a casa alle cinque e mezzo. La baciò con affetto e la strinse forte.

«Come sta la mia bambina?» le domandò cordiale.

La sua bambina, pensò Lisa. Ma per favore, io non sono la bambina di nessuno, specialmente non la tua.

Si costrinse a sorridere. «Benissimo.» Dubitava che lui avesse colto il sarcasmo nel suo tono di voce.

Come al solito Scott si tolse la giacca e prese dall'armadio dell'ingresso il suo maglione. «Che cosa posso preparare da bere alla regina della casa?» domandò.

Mio Dio, ma quanti luoghi comuni deve tirare fuori, stasera? si chiese Lisa, cominciando a capire che l'amore per il marito si era trasformato in un profondo fastidio e disprezzo. «Oh, un semplice bicchiere di vino, andrà bene», disse. «Possiamo berlo mentre guardiamo il telegiornale delle sei. Non vedo l'ora di sapere che cosa racconterà Delaney Wright di quello che è successo in aula oggi.»

Scott aggrottò la fronte. «Io non voglio vedere né sentire proprio niente di quel caso.»

«Be', allora perché non mi aspetti in soggiorno nel frattempo?»

Colse l'espressione sorpresa di Scott. Fa' attenzione, raccomandò a se stessa. Non deve sospettare che hai in mente di lasciarlo. Si sforzò di sorridere. «Oh, Scott, mi dispiace tanto, non volevo essere brusca. È che mi dispiace per Betsy e spero sempre che venga fuori qualcosa che la scagioni. Non capisco proprio come si possa ragionevolmente credere che abbia ucciso Ted. Voglio dire, io li ho conosciuti che Ted era già molto malato, ma il modo in cui lei lo trattava era così tenero, così affettuoso. Persino quella sera, quando lui l'ha colpita, Betsy non era arrabbiata. Era triste.»

«Non è così che la pensa molta gente», rispose secco Scott andandosene di sopra stizzito e dimenticandosi di preparare da bere.

Quando il servizio andò in onda, Lisa lo seguì con attenzione. La sua impressione era che Delaney Wright stesse cercando di essere obiettiva, ma sembrò piuttosto riluttante quando si trattò di riferire della schiacciante dichiarazione secondo la quale il dottor Grant avrebbe potuto vivere altri cinque anni. Non lo può dire, ma secondo me è convintissima che, per quanti siano gli indizi contro di lei, Betsy non poteva e non voleva uccidere Ted. Delaney sembrava molto colpita dalle dichiarazioni dei testimoni a favore, che avevano sostenuto con trasporto la bontà di Betsy.

Finita la trasmissione, alle sei e mezzo, Scott scese. «Mi dispiace di essere stato così acido, ma lo sai che per me è penoso sentir parlare ancora del povero Ted.»

«Lo so.»

«Bene. Hai prenotato al circolo, vero?»

«Sì, per le sette.»

«D'accordo, però andiamoci un po' prima e prendiamo due macchine. Devo visitare dei pazienti all'ospedale.»

O forse una paziente nel tuo nido d'amore, pensò Lisa. «Non c'è problema», rispose gentile.

41

Betsy Grant uscì dal tribunale con Robert Maynard. Stava cercando di elaborare emotivamente la dichiarazione che Ted avrebbe potuto vivere ancora molti anni. Sapeva che quella testimonianza l'aveva danneggiata, e sperava che le altre a suo favore fossero state utili.

Si voltò per evitare gli obbiettivi e si affrettò a raggiungere l'auto. Fin dal primo giorno era stato Richie Johnson l'autista che la portava in tribunale la mattina e la riportava a casa a fine giornata. Betsy aveva detto a Robert Maynard che non era assolutamente necessario fargli fare la strada da Manhattan ad Alpine e poi di nuovo a Hackensack.

Maynard aveva organizzato le cose in modo che lui, Singh e Carl fossero lì ad aspettarla sul marciapiede ogni mattina per accompagnarla in aula. Quello che Betsy non gli aveva detto era che aveva bisogno di tenere la mente sgombra, e le sue fastidiose rassicurazioni la distraevano.

Quella sera, come sempre, aveva declinato gli inviti a cena degli amici e le proposte di andarla a trovare a casa. «Ho bisogno di silenzio», aveva detto scusandosi. «Mi gira la testa.» Tutti avevano capito, ma Betsy sapeva che erano preoccupati per lei.

Anche io sono molto preoccupata, pensò disperata. Si era accorta che Richie a volte la guardava dallo specchietto retrovisore per controllare come stava, ma se non era lei a iniziare la conversazione lui non lo faceva mai.

Quando arrivò a casa, Carmen stava come al solito preparando la cena. Non era riuscita a convincerla a non venire lì tutti i giorni, dal lunedì al venerdì, e solo promettendole che nel fine settimana sarebbe stata con degli amici Betsy era riuscita a impedirle di lavorare anche il sabato e la domenica.

Prima che Ted morisse, Carmen gli preparava la cena presto, Angela gliela serviva e io me ne stavo lì seduta accanto a lui, ricordò Betsy. Quando aveva finito, di solito andava a letto, e allora lei spesso usciva per andare in palestra o al cinema o a cenare con qualcuno al circolo. O con Peter. Ma quello al massimo due volte al mese.

«Signora Betsy, si metta comoda. Le faccio trovare un bicchiere di vino nello studio quando scende.»

Carmen diceva la stessa cosa ogni sera, però era stranamente rassicurante. Qualcuno che veglia su di me, pensò Betsy. E non posso parlare con Peter. Dopo l'appassionata telefonata il giorno in cui lui aveva testimoniato, lo aveva pregato di non telefonare più fino alla fine del processo. «Peter, per quanto ne so il mio telefono è sotto controllo», gli aveva detto, «e forse anche il tuo.»

Si sentiva gelare. Dopo essersi tolta la giacca, invece di mettere una maglia a maniche lunghe scelse un accappatoio caldo lungo fino alle ginocchia. Cercò di scacciare dalla mente la spaventosa consapevolezza che la settimana seguente ci sarebbe stata lei seduta al banco dei testimoni.

Carmen aveva preparato tutto nello studio. Le luci e il riscaldamento erano accesi e un bicchiere di vino la attendeva.

Il telegiornale delle sei stava cominciando, ma era difficile concentrarsi sulla cronaca locale: un incidente d'auto sul Verrazano-Narrows Bridge, un'aggressione per rapina a Central Park, la truffa di un padrone di casa.

Poi apparve Delaney Wright. Con un peso sul cuore, Betsy ascoltò quello che già sapeva: il dottor Bevilacqua aveva dichiarato che Ted avrebbe potuto vivere ancora qualche anno o anche di più.

Mi condanneranno, pensò. Non può essere vero. Semplicemente non può essere vero. Quando andrò in prigione per il resto della mia vita, tutti si dimenticheranno completamente di me? O magari fra vent'anni, grazie a qualche organizzazione per i diritti umani, capiranno che non sono stata io e mi faranno uscire con tante scuse? Vent'anni. Ne avrò sessantatré.

Spense il televisore appena Delaney Wright ebbe concluso. Il viso della giovane giornalista le rimase impresso in mente: mentre riassumeva la dichiarazione del dottor Bevilacqua, Betsy aveva avuto la sensazione che stesse cercando di nascondere un'angoscia personale per quella schiacciante testimonianza.

Carmen la chiamò a cena: costoletta d'agnello e verdure. Betsy si costrinse a mangiare. Non posso svenire in tribunale, pensò, probabilmente sembrerei ancora più colpevole.

Mentre le versava il caffè, Carmen tirò fuori l'argomento del braccialetto scomparso. «Signora Betsy, non c'è un posto in tutta la casa in cui io non abbia cercato. Qui proprio non c'è. Non pensa che adesso dovrebbe denunciarlo? Quando ho ritirato la posta ho visto un conto dell'assicurazione da pagare: è ancora assicurato, quel braccialetto, no?»

«Sì, Carmen, grazie, me ne occuperò. È sciocco pagare per assicurare dei gioielli e poi non servirsi dell'assicurazione, visto che sappiamo che non lo troveremo più.»

Non ho quasi guardato la posta da quando il processo è iniziato, pensò Betsy. Non posso trascurare tutto. Un'altra cosa di cui si voleva occupare le passò per la mente: anni prima, quando avevano avviato il loro studio medico, Ted, Kent e Scott avevano comprato una serie di testi di medicina per ciascuno. Poi Kent si era trasferito nel suo nuovo studio e aveva lasciato i libri e altri effetti personali in un magazzino, in attesa di finire la ristrutturazione, ma c'era stato un incendio e i suoi libri erano andati distrutti. A Betsy non aveva mai chiesto niente, ma lei sapeva che sarebbe stato felice di avere i testi appartenuti a Ted. Bevendo il caffè Betsy rifletté sul fatto che Kent e sua moglie Sarah si erano dimostrati amici veri e sinceri in tutta quella brutta avventura. Di certo durante la loro testimonianza avevano entrambi sottolineato quanta cura aveva avuto per Ted e che tenerezza gli aveva sempre dimostrato.

E poi Ted, nelle sue crisi peggiori, aveva tirato fuori quei libri dagli scaffali e li aveva gettati con violenza per la stanza: era un ricordo che lei voleva cancellare, e sapeva che dare i libri a Kent sarebbe stato un primo passo.

Quando Carmen entrò per darle la buonanotte, Betsy disse: «Hai presente quei testi di medicina sugli scaffali più alti della biblioteca?»

«Sì.»

«Quando il processo sarà finito, potresti per favore imballarli? Li faremo spedire allo studio del dottor Adams.»

«Ma certo.»

Rimasta sola, a Betsy venne in mente che forse Alan avrebbe voluto quei libri, ma poi scartò sdegnata quella possibilità. Li butterebbe via o cercherebbe di venderli. Questa è ancora casa *mia*, tutto quello che c'è dentro mi appartiene, posso decidere cosa tenere e cosa dare via.

Se sarò giudicata colpevole, Alan si prenderà tutto quello che ho? si domandò. Per un attimo una sensazione di totale solitudine la sopraffece. Non poteva chiamare Peter, i media gli stavano già con il fiato sul collo. Il *Post* aveva pubblicato a pagina tre un articolo dal titolo: «Una vecchia fiamma si riaccende per la vedova del medico!»

Mancava ancora un quarto d'ora alle otto, ma Betsy decise di andare di sopra. Non ho sonno, ma se mi metto in pigiama magari posso restare per un po' a leggere in salotto, pensò. Era la stanza dove lei e Ted avevano trascorso tante ore tranquille e felici insieme.

Si era appena accomodata in poltrona quando il telefono squillò. Guardò il numero e vide che era suo padre. L'ultima cosa di cui ho bisogno sono le sue allegre parole di conforto, pensò rispondendo senza entusiasmo: «Ciao, papà».

«Bets, non è andata bene per te oggi, in aula. Voglio dire, il medico di Ted che dice che poteva campare ancora qualche anno non mi sembrava una buona cosa per te.»

«Lo so.»

«Gert mi stava dicendo che dovrei proprio essere lì a sostenerti. È convinta che i nipoti sono grandi abbastanza per capire che certe cose possono succedere, e poi non è che tu sia un vero e proprio parente per loro.»

Non riesco a credere che abbia detto realmente così, pensò Betsy. Non ci riesco. Scegliendo con cura le parole, disse: «Ti ho chiesto più volte di non chiamarmi 'Bets', papà. Non voglio che tu venga in aula, però ringrazia pure la tua cara moglie per l'offerta. L'unica persona che avrebbe potuto essermi di conforto, un 'vero' parente come dici tu, è la bambina che tu hai venduto per quarantamila dollari. Adesso avrà ventisei anni e io sarei felicissima di averla dalla mia parte. Per favore, non disturbarti più a chiamare».

Sbatté giù il telefono e chiuse gli occhi. L'irrefrenabile desiderio di riavere la figlia che non aveva mai conosciuto le consumava il corpo e l'anima. Ogni volta che ci pensava, riviveva la sensazione di quei brevi istanti in cui l'ostetrica le aveva permesso di tenere in braccio la neonata.

Quell'attimo passò, e Betsy, improvvisamente sfinita, spense la luce e andò in camera da letto.

42

Come tutti i testimoni al processo di Betsy Grant, Alan Grant era sottoposto a un ordine restrittivo. Il giudice aveva spiegato che fino alla fine del processo i testimoni non potevano discutere tra loro delle deposizioni né potevano essere presenti in aula durante le deposizioni altrui. Avevano inoltre il divieto di leggere o ascoltare tramite i media i resoconti del processo.

Fatta eccezione per il divieto di essere presente in aula, Alan Grant aveva violato tutte le regole. Leggeva tutti gli articoli che trovava, e ogni sera in televisione passava di canale in canale alla ricerca di un resoconto del processo. E aveva parlato con un altro testimone.

Era arrivato al punto di aver paura a controllare la posta elettronica o i messaggi sul telefono. Con tutta la pubblicità fatta all'anticipo che aveva ricevuto e all'eredità di cui sarebbe presto entrato in possesso una volta condannata Betsy, la pressione era spietata. Tutti volevano i loro soldi, e li volevano subito. Era riuscito a placarne molti dicendo che appena fossero scattate le

manette per Betsy lui sarebbe tornato subito in tribunale per far sbloccare il patrimonio e avrebbe rapidamente ottenuto il denaro. Inoltre, era stato efficace dire a tutti che avrebbe aggiunto alla cifra che spettava a ciascuno di loro, un bonus di diecimila dollari per il disturbo.

Questo era bastato a tacitare la gran parte dei creditori, tranne uno. Questa persona si rifiutava di credere che Alan non potesse trovare del denaro subito, e gli aveva detto furioso che avrebbe fatto meglio a guardarsi le spalle.

Nei pochi momenti di sonno che Alan era riuscito a concedersi, i sogni traboccavano di immagini del padre tanto amato che veniva colpito alla testa con il pestello di marmo.

43

Il lunedì mattina Betsy Grant doveva deporre come ultima testimone della difesa. Alvirah e Willy erano stati i primi a mettersi in fila fuori dall'aula per poter accedere come spettatori. Avevano discusso a lungo se dire a Delaney che Betsy era sua madre, e avevano deciso di aspettare dopo il verdetto. Sapevano che per lei sarebbe stata un'emozione molto forte, e capivano che dopo avrebbe dovuto smettere di seguire il processo come giornalista inviata. Si accomodarono in aula e videro Delaney seduta nei posti riservati alla stampa, proprio di fronte a loro.

La sera prima c'era stata una notizia bomba. Una donna di Milwaukee aveva postato su Facebook l'immagine di una adolescente evidentemente incinta che teneva in mano un vestito. «Quasi svenivo quando mi sono resa conto che Betsy Grant è la Betsy Ryan che lavorava nel negozio di abbigliamento della zia a Milwaukee, ventisei anni fa. Conoscevo sua zia dalle scuole superiori, e ho incontrato Betsy molte volte. Era una ragazza molto

dolce. Le ho scattato questa foto dopo che mi aveva aiutata a scegliere un abito per il matrimonio di mia sorella. Non è assolutamente possibile che abbia ucciso il marito, non avrebbe fatto male a una mosca.»

La seduta iniziò e i giurati rimasero nella loro stanza.

Il pubblico ministero Elliot Holmes si alzò. «Vostro Onore, siamo tutti a conoscenza del post pubblicato su Facebook ieri alle dieci di sera, di cui hanno parlato il telegiornale delle undici, un'ora più tardi, e i giornali questa mattina. Ritengo che di fronte a questo tribunale ci siano due questioni importanti.

«Prima di tutto chiediamo alla corte di accettare questa fotografia come elemento altamente rilevante, e che Vostro Onore ricordi la testimonianza di Peter Benson, il quale ha dichiarato di aver fatto coppia fissa con Betsy Ryan durante gli ultimi due anni delle superiori. Ma poco dopo il diploma i genitori di lei hanno detto che ritenevano fosse troppo giovane per frequentare un college lontano da casa, e che quindi avrebbe trascorso un anno a Milwaukee lavorando presso il negozio di abbigliamento della zia. Il signor Benson ha dichiarato di aver perso i contatti con lei dopo di allora.

«Ora, io credo che sia del tutto evidente che il vero motivo per rimandare il college era il fatto di essere rimasta incinta, e il trasferimento a Milwaukee serviva a tenere segreta quella gravidanza. Se l'imputata ha dato alla luce un bambino, ne deduco che è stato dato in adozione.

«Solitamente una gravidanza risalente a ventisei anni fa non avrebbe alcuna rilevanza. Ma noi esigiamo di domandare all'imputata, durante la sua testimonianza, se Peter Benson era il padre di quel bambino. Come ho sostenuto nella mia dichiarazione introduttiva, e come intendo sostenere nella requisitoria, lo Stato ritiene che il movente principale dell'imputata per quanto attiene il delitto del marito sia stato il desiderio di iniziare una nuova vita con Peter Benson. Se lui è realmente il padre del bambino, questa è l'evidente dimostrazione di un legame ancora più profondo tra l'imputata e il signor Benson.

«Inoltre, se l'imputata dovesse cambiare idea e *non* testimoniare, noi richiameremo Peter Benson per un controinterrogatorio e gli chiederemo la stessa informazione.

«Quanto alla seconda questione, Vostro Onore», continuò il pubblico ministero, «anche se noi desideriamo che l'elemento venga acquisito agli atti, riterremmo opportuno che la corte domandasse a ciascuno dei giurati se hanno visto il post su Facebook e, in tal caso, se la frase 'non avrebbe fatto male a una mosca' abbia influenzato la loro opinione sul processo.»

Il giudice Roth si rivolse a Robert Maynard. «Lei cosa ne pensa?»

«Vostro Onore, ovviamente ho parlato con Betsy Grant di quel post su Facebook. Come chiunque, ne siamo venuti a conoscenza ieri sera tardi quando ne hanno parlato al telegiornale. Siamo decisamente contrari a sottoporre questo elemento molto tardivo alla giuria.»

Delaney osservò Maynard mentre argomentava brevemente la sua debolissima opinione. Notò che non stava in alcun modo dicendo se Betsy Grant avrebbe ammesso o negato che Peter Benson era il padre del bambino. Maynard sembra sapere che la sua è una causa persa, e che la questione sarà comunque sottoposta alla giuria, pensò guardando Betsy Grant che teneva lo sguardo fisso davanti a sé e non mostrava alcuna emozione.

Quel giorno aveva scelto una giacca di tweed bianca e azzurra, una gonna blu scuro e scarpe di vernice nera con il tacco alto, oltre ai soliti sobri gioielli e a un piccolo orologio. Per tutto il processo aveva portato i capelli raccolti, ma stavolta li aveva lasciati sciolti sulle spalle. Il risultato era che sembrava ancora più giovane, appena più che trentenne, e bellissima.

Che cosa mai starà pensando? si domandò Delaney. Se salta fuori che Peter Benson è il padre di suo figlio, ha ragione il pubblico ministero, il legame tra loro assumerà un altro aspetto. E questo potrebbe definitivamente condannarla, nella testa dei giurati.

Poi il giudice Roth parlò. «Signori, questo elemento è certamente tardivo, ma potenzialmente molto rilevante. È chiaro che non si tratta di qualcosa che il pubblico ministero sapeva già e che non ha sottoposto alla difesa, in quel caso non l'avrei certamente ammesso. Ma questo post è stato pubblicato ieri sera. Domanderò a ciascun giurato se è al corrente di questa informazione, e in tal caso se è in grado di elaborarla correttamente prendendo una decisione autonoma sul verdetto, indipendentemente dai commenti nella didascalia.»

Il giudice trascorse quindi un'ora e mezzo a ricevere nella propria stanza ogni singolo giurato. Tutti avevano saputo della storia, e tutti assicurarono al giudice che avrebbero valutato correttamente quell'elemento e non si sarebbero fatti influenzare dal commento.

Il giudice decise allora che i giurati erano tutti riconfermati e che, se Betsy Grant desiderava ancora testimoniare, durante gli interrogatori si poteva fare riferimento a quell'elemento. Se avesse deciso di non testimoniare, il pubblico ministero avrebbe avuto il permesso di richiamare Peter Benson.

Maynard si alzò. «Vostro Onore, Betsy Grant intende testimoniare.»

Il giudice Roth richiamò la giuria in aula. Quando anche l'ultimo giurato si fu seduto. Robert Maynard prese la parola. «Vostro Onore, la difesa chiama a testimoniare Betsy Grant.»

Tutti gli occhi erano su di lei quando si alzò e raggiunse il banco dei testimoni. Il giudice le disse di alzare la mano destra e prestare giuramento. «Giura di dire la verità, tutta la verità, niente altro che la verità?» A voce bassa, ma ferma, Betsy rispose: «Sì».

Robert Maynard iniziò con domande sul suo matrimonio con il dottor Edward Grant, sui particolari della sua lunga malattia, e sui suoi sforzi per prestargli le migliori cure possibili. Quindi si concentrò sugli argomenti più importanti che sapeva avrebbero fortemente condizionato il verdetto finale della giuria, in un senso o nell'altro.

«Signora Grant, la sera prima di morire il dottor Grant ha avuto un accesso d'ira durante la cena e l'ha colpita con forza sul viso?»

«Sì.»

«E lei è ricaduta a sedere singhiozzando?»

«Sì.»

«E ha detto più volte 'Non ce la faccio più'?»

«Sì.»

«E vorrebbe spiegare alla giuria che cosa intendeva dire con quella frase?»

Betsy si voltò rivolgendosi direttamente alla giuria. «Per più di sette anni, da quando mio marito si era ammalato, avevo fatto del mio meglio per prendermi cura di lui. Lo amavo profondamente. Due anni prima della sua morte mi ero messa in aspettativa e avevo smesso completamente di fare volontariato, per stare a casa ed essere a sua disposizione a tempo pieno. Ma nell'ultimo anno lui mi ha aggredita e maltrattata verbalmente in più occasioni.»

Le si incrinò la voce, ma dopo un sorso d'acqua continuò. «Il medico, vedendo quali conseguenze stava avendo la cosa su di me, mi ha consigliato di mettere Ted in una residenza assistita. Io mi sono sempre opposta, perché sapevo che avrebbe peggiorato la depressione e l'ansia di Ted, ma dopo che mi ha colpita, quell'ultima sera, ho capito che non potevo sopportarlo più. Mi sono convinta in quel momento che era ora di prendere quella decisione.»

«E di quale decisione si trattava?»

«Ho capito che era venuto il momento di fare quello che non avevo mai voluto fare: lo avrei messo in una residenza assistita.»

«Signora Grant, quella sera, prima di andare a dormire, ha inserito l'impianto d'allarme?»

«Quella sera ero così agitata che proprio non me lo

ricordo. Non credo. Non ho potuto verificarlo perché abbiamo un vecchio impianto d'allarme che non tiene traccia delle accensioni e degli spegnimenti.»

«Di solito lo inseriva, la sera?»

«Sì, di solito Angela o io lo inserivamo.»

«Signora Grant, dopo che la badante, la governante e gli ospiti se ne sono andati, lei è passata a dare un'occhiata a suo marito prima di andare a dormire?»

«Sì, certo, e dormiva profondamente. Sapevo che Angela gli aveva dato un tranquillante dopo la crisi a tavola.»

«Che ore erano?»

«Circa le dieci meno un quarto.»

«E poi che cosa ha fatto?»

«Sono andata in camera mia, che era in fondo al corridoio al pianoterra, e mi sono messa subito a letto.»

«E quando ha rivisto suo marito?»

«Alle otto del mattino dopo, più o meno, subito dopo che Angela Watts è venuta a dirmi che era morto.»

«Signora Grant, durante il processo è stato dimostrato che l'allarme era inserito quando la badante è arrivata, quella mattina. Ed è stato anche dimostrato che la sera precedente, dopo che tutti se ne erano andati, lei è rimasta sola con suo marito. Ha sentito qualcuno introdursi in casa quella notte?»

«No. Ma ero così agitata che, visto che Ted dormiva profondamente, anche io ho preso una pillola per dormire, cosa che faccio di rado, e sono sprofondata nel sonno.»

«A parte lei e la badante, chi altri conosceva il codice dell'allarme?»

«Carmen, la governante, ovviamente. E nonostante fosse molto malato, fino a un paio d'anni prima di morire c'erano volte in cui Ted si metteva a mormorare i numeri del codice. Non lo avevamo mai cambiato da quando ci eravamo trasferiti lì.»

«Ha mai dato il codice ad Alan Grant?»

«Mai, ma non so se Ted lo abbia fatto, o se abbia mai detto i numeri in sua presenza.»

«Chi aveva le chiavi di casa?»

«Ovviamente Ted e io. E anche Carmen e Angela.»

«Alan Grant le ha mai avute?»

«Non lo so. Io non gliele ho mai date, e Ted non mi ha mai detto di averlo fatto. Quanto ad Angela e Carmen, so che non avrebbero mai dato le chiavi a nessuno senza il nostro permesso.»

«Al momento della morte, dov'erano le chiavi di suo marito?»

«Negli ultimi due anni di vita non era andato da nessuna parte per conto suo, e la sua chiave era rimasta appesa a un gancio in cucina. Di tanto in tanto lui la staccava e la ritrovavo su uno scaffale della biblioteca, che era diventata la sua stanza.»

«Che cosa ne faceva quando la trovava in camera sua?»

«La rimettevo al suo posto al gancio in cucina.»

«Quando ha visto quella chiave per l'ultima volta?»

«Tre o quattro mesi prima che Ted morisse ho notato che non era più lì. Mi aspettavo di trovarla in biblioteca ma non c'era.»

«L'ha mai ritrovata?»

«No. Carmen e io abbiamo guardato dappertutto ma non l'abbiamo più trovata.»

«Era preoccupata per questo?»

«Non particolarmente. Ho dato per scontato che fosse in casa da qualche parte, o che Ted l'avesse buttata nella spazzatura e fosse andata persa.»

«Negli ultimi anni di vita di suo marito, Alan Grant è mai rimasto da solo con lui?»

«Spesso. A volte lo portava a fare un giro in macchina, a volte stavano semplicemente seduti per conto loro in studio a guardare la televisione.»

«Adesso, signora Grant, le farò qualche domanda riguardo al post su Facebook. Le mostro il reperto. È lei in questa foto?»

«Sì.»

«Ed è incinta, in questa foto?»

«Sì. Di circa sei mesi.»

«A quel tempo lavorava nel negozio di abbigliamento di sua zia a Milwaukee?»

«Sì.»

«Quando era andata a Milwaukee?»

«A metà luglio, dopo il diploma.»

«Quando era rimasta incinta?»

«A fine maggio, la sera del ballo di fine anno.»

«Prima di rimanere incinta, aveva progettato di andare al college in settembre?»

«Sì, ero stata accettata alla George Washington University.»

«Come hanno reagito i suoi genitori a quella gravidanza?»

«Erano entrambi molto arrabbiati e in imbarazzo. Mio padre in particolare era furioso con me.»

«Ha cambiato i suoi progetti per il college?»

«Sì. I miei genitori hanno voluto a tutti i costi che nessuno sapesse della gravidanza a parte la sorella di mia madre a Milwaukee. Hanno detto a tutti che ero troppo giovane per andare al college lontano da casa e che avrei passato un anno a lavorare con mia zia a Milwaukee.»

«Ha dato alla luce un bambino?»

«Sì. Una bimba che mi è stata sottratta immediatamente. Sul letto di morte mia madre mi ha confessato che mio padre aveva venduto la bambina al miglior offerente. Ha ottenuto quarantamila dollari. Questo è stato per me un motivo di profondo dolore, da allora.»

«Ha mai detto al dottor Grant di aver avuto una figlia?»

«Sì. Prima che ci sposassimo. Non avevo il minimo dubbio che dovesse saperlo.»

«Come ha reagito?»

«Si è offerto di aiutarmi a ritrovarla.»

«E lei che cosa ha fatto?»

«Niente. Ero in imbarazzo, provavo vergogna. Mio padre aveva venduto mia figlia. Prima di morire, più di vent'anni fa, mia madre mi ha detto che credeva che quei soldi sarebbero stati usati per mandarmi al college, invece mio padre se ne è servito per corteggiare la sua attuale moglie, nonostante mia madre fosse ancora viva.»

Betsy ricacciò indietro i singhiozzi. «Sento la mancanza di mia figlia in ogni momento di ogni giorno, da quando è nata. Essendo un'insegnante ero continuamente circondata da studenti della sua stessa età. Mi sono sempre domandata dove fosse.»

«Signora Grant, chi è il padre di sua figlia?»

«Peter Benson.»

«È assolutamente certa che sia lui?»

«Sì, ne sono assolutamente certa. Peter è l'unico ragazzo con cui sono uscita alle superiori.»

«Gli ha mai detto di essere incinta?»

«No.»

«Gli ha mai detto di aver dato alla luce una bambina?»

«No.»

«Perché non glielo ha detto?»

«Perché i miei genitori mi avevano spedita a Milwaukee. Non volevano che Peter o chiunque altro venisse a sapere della bambina. Non volevano tenerla e non volevano che la famiglia di Peter potesse magari chiederne la custodia. E, come le ho già detto, mio padre l'ha venduta.»

«Quindi lei ci sta dicendo che dal momento in cui si è resa conto di essere incinta al momento in cui questa foto è stata postata su Facebook ieri sera, lei non aveva mai parlato a Peter Benson della bambina?»

«No, non l'ho fatto. Sono angosciatissima all'idea che possa aver sentito la notizia e ora sappia che ho dato alla luce sua figlia.»

«Signora Grant, lei non nega di essere stata a cena fuori con Peter Benson due volte al mese negli ultimi due anni di vita di suo marito, vero?»

«No.»

«Aveva una relazione con Peter Benson?»

«No.»

«Ci parli del vostro rapporto.»

«Era esattamente come lui l'ha spiegato quando ha testimoniato. Ci siamo incontrati per caso in un museo di New York un paio d'anni prima che Ted morisse. Attraversavamo entrambi un brutto momento, lui per la morte della moglie e io per la perdita del mio meraviglioso marito. Siamo stati di grande conforto l'uno per l'altra.»

«Lei ha maturato dei sentimenti importanti per Peter Benson?»

«Mentirei se non riconoscessi che con il passare del tempo l'affetto che provavo per lui è cresciuto. E per lui era lo stesso, come ha dichiarato.»

«Avete parlato dei vostri reciproci sentimenti?»

«Sì. Gli ho detto che non avrei mai tradito Ted e non l'avrei mai abbandonato.»

«Signora Grant, lei ha fatto del male a suo marito la notte fra il 21 e il 22 marzo dell'anno scorso?»

«No. È certamente vero che quell'ultima sera avevo preso la decisione di metterlo in una residenza assistita, ma non gli avrei mai fatto del male deliberatamente.»

«Non ho altre domande, Vostro Onore.»

«Pubblico ministero, a lei la testimone.»

Elliot Holmes si alzò e si avvicinò al banco dei testimoni. «Signora Grant, non c'è alcun dubbio che alle ventuno e quarantacinque del 21 marzo dello scorso anno lei fosse sola in casa con suo marito. È corretto?»

«Sì.»

«E durante la notte non ha sentito nessuno introdursi in casa. È corretto?»

«Sì.»

«E quando la badante è arrivata, la mattina dopo alle otto, l'allarme era inserito. È corretto?»

«Sì.»

«E suo marito è stato trovato morto un paio di minuti dopo. È corretto?»

«Sì.»

«E lei sa che la polizia non ha trovato traccia di intrusione in casa, come per esempio una finestra rotta o una serratura scassinata?»

«Sì, lo so.»

«Signora Grant, lei ha sostanzialmente ammesso che nei due anni precedenti la morte di suo marito ha frequentato regolarmente Peter Benson.»

«Sì. L'ho già detto.»

«Siete mai andati a cena nel New Jersey?»

«No.»

«Perché no?»

«Volevo il conforto della sua amicizia, però sapevo che effetto avrebbe fatto se qualcuno che conoscevo mi avesse vista con lui. Non nego di aver voluto tenere nascosta la nostra amicizia. Avevo già abbastanza cose a cui pensare, non era il caso di aggiungerci i pettegolezzi.»

«Signora Grant, non è forse vero che lei ha ucciso suo marito perché era stanca della sua malattia e di tutto quello che comportava, e voleva stare con Peter Benson?»

«Signor Holmes, io ero stanca. Ero triste. Avrei potuto ottenere tutto quello che lei ha appena detto mettendo mio marito in una residenza assistita. Così avrei potuto vedere Peter Benson molto più spesso.»

Betsy si allungò in avanti e puntò il dito verso il pubblico ministero, alzando la voce.

«Se avessi messo Ted in una residenza assistita, avrei potuto presentare Peter ai miei amici e loro avrebbero capito.»

«Quando è stata l'ultima volta che ha visto o sentito Peter Benson?»

«L'ultima volta che l'ho visto è stata qui in aula il giorno in cui ha testimoniato. La sera stessa mi ha telefonato per sapere se stavo bene. E prima di allora io avevo telefonato a Peter la mattina in cui mio marito è stato trovato morto e...»

Il pubblico ministero la interruppe. «Quella mattina lo ha chiamato per dargli la bella notizia che era finalmente libera?» domandò Holmes, con un tono carico di sarcasmo.

Betsy sussultò e afferrò i braccioli della sedia. «Signor Holmes, che lei alluda alla morte di mio marito come a una bella notizia è spregevole.»

«Signora Grant, lei trova che sia stato spregevole spaccare la testa a un uomo inerme e debole che dormiva nel suo letto?»

Betsy si alzò furibonda. «Sì, lo è, ma non sono stata io. Non ho spaccato la testa di mio marito per poi tornarmene a dormire tranquillamente. Non ho ucciso mio marito. Non ho ucciso Ted.»

«Signora, devo chiederle di sedersi», intervenne il giudice Roth.

Elliot Holmes lo guardò. Quindi, con un tono altezzoso disse: «Vostro Onore, non ho altre domande».

«E lei avvocato Maynard?»

«No, Vostro Onore, grazie.»

«Signora Grant, può andare.»

Le parole del giudice Roth la raggiunsero come da una grande distanza. Fece per alzarsi, poi le gambe cedettero e tutto divenne nero.

Si udirono mormori in tutta l'aula quando Betsy perse i sensi e cadde a terra. Gli ufficiali giudiziari si precipitarono ad assisterla e il giudice ordinò ai giurati di rientrare nella loro stanza e al pubblico di lasciare l'aula. Una squadra di paramedici arrivò subito, e dieci minuti dopo riferì al giudice che Betsy stava bene. Dopo aver parlato con gli avvocati, il giudice decise di aggiornare l'udienza al mercoledì mattina.

I giurati rimasero nella loro stanza mentre Betsy veniva soccorsa. Prima che lei se ne andasse, Robert Maynard concordò con il giudice di farli rientrare in assenza di Betsy, e il giudice li aggiornò sugli sviluppi. Disse anche che la loro decisione sul verdetto doveva basarsi esclusivamente sulle prove e non su favoritismi, pregiudizi o compassione.

44

JONATHAN Cruise aveva una lista di sei medici di Fort Lee con cui voleva parlare. Aveva deciso che si sarebbe presentato come un reporter del *Washington Post* che stava conducendo un'inchiesta sull'incidenza delle morti per overdose nel nord del New Jersey.

Più di tutti gli interessavano il dottor Kent Adams e il dottor Scott Clifton. Il fatto che fossero stati soci di Ted Grant stuzzicava l'istinto da giornalista di Jon. C'è sotto qualcosa, era il pensiero che continuava a ronzargli in testa.

Incontrò apposta due degli altri medici della lista per primi, in modo che la sua storia risultasse più credibile per Clifton e Adams.

Per primo vide il dottor Mario Iovino, un ginecologo, il quale dichiarò che la vera tragedia erano i bambini nati da madri che assumevano crack, bambini che spesso nascevano gravemente menomati. «Li si riconosce immediatamente», disse. «Invece di un bel pianto sano, appena nati miagolano come gattini. Per fortuna me ne è capitato solo qualcuno nel corso degli anni, ma mi si spezza il cuore quando sento quel suono.»

Jon prese appunti. «Qual è l'età media delle madri di questi bambini?» domandò.

«C'è tutto il campionario, dai quindici ai quarantacinque anni», fu la risposta.

La successiva intervista di Jon fu con il dottor Neil Carpenter, un reumatologo. «Ricevo chiamate da pazienti che sostengono di essere caduti, o di avere una grave forma di artrite, o di essersi procurati una slogatura, e di avere un male terribile.»

«Che cosa fa quando sospetta o sa per certo che stanno sviluppando una dipendenza dai farmaci contro il dolore?»

«Consiglio loro un bel termoforo e una Tachipirina», rispose sorridendo.

Il successivo appuntamento di Jon era con il dottor Scott Clifton, alle due del giorno seguente. Il dottor Kent Adams aveva accettato di incontrarlo, ma non prima di due giorni perché aveva l'agenda piena.

45

Per via dei continui commenti sgradevoli di Scott su Betsy Grant, Lisa aveva rinunciato a seguire il processo in aula, come avrebbe desiderato. Lei e Sarah Adams avevano già testimoniato, ed entrambi gli avvocati avevano dichiarato che nessuna delle due sarebbe stata chiamata a deporre di nuovo. Di conseguenza il giudice aveva annullato l'ordine restrittivo a loro carico e deciso che potevano essere presenti all'udienza se lo desideravano.

Il pubblico ministero non le voleva certamente riascoltare: sia lei che Sarah erano state esageratamente dalla parte di Betsy durante la loro deposizione, e comunque non avrebbero avuto altro da aggiungere. Ovviamente Lisa non era presente quando Sarah aveva testimoniato, ma quella sera Scott aveva commentato acido: «Da quello che ho sentito al telegiornale, tu e Sarah vi siete sperticate a dire che meravigliosa persona è Betsy. Perché non fate una telefonata in Vaticano per chiedere che la santifichino?»

«La santificheranno davvero, dopo tutto quello che

sta passando», era stata la risposta di Lisa, altrettanto caustica. Quando aveva conosciuto Betsy e Ted, poco dopo il matrimonio con Scott, era rimasta piacevolmente stupita nello scoprire che anche Betsy, come lei, amava praticare il Bikram yoga. Avevano deciso di frequentare un corso in una famosa palestra a Westwood, che era più o meno equidistante da Ridgewood e da Alpine. Facevano sempre in modo di vedersi per praticarlo almeno una volta alla settimana, e con il passare del tempo avevano stretto amicizia tanto da pranzare insieme circa tre volte al mese.

Quei pranzi si erano interrotti di colpo quando Betsy era stata incriminata e Lisa iscritta come potenziale testimone al processo. Tuttavia, Lisa aveva ripensato spesso al modo in cui Betsy parlava di Ted con tenerezza. Le mancava averla per amica, e adesso che l'inevitabile rottura con Scott si avvicinava, leggeva tutti gli articoli e guardava tutti i servizi in televisione che parlavano del processo. Soprattutto le piacevano quelli di Delaney, e i suoi scambi di vedute con il conduttore del telegiornale.

La notte prima della testimonianza di Betsy, Lisa dormì pochissimo. Si alzò presto ed era già in cucina prima che Scott scendesse a fare colazione.

Lui cercava ancora di mostrarsi affettuoso. «Lisa, appena questo processo sarà finito vorrei che andassimo a Santo Domingo per un lungo fine settimana. Dopodiché scommetto che non avremo più bisogno di un consulente matrimoniale.» Poi aggiunse: «E lasciami dire che tu sei sempre bellissima, in qualunque momento».

«Grazie. Santo Domingo mi sembra un'ottima idea.»

Si sforzò di apparire cordiale, e intanto notò i cerchi sempre più scuri attorno ai suoi occhi. Dorme anche meno di quanto pensassi.

«E dobbiamo deciderci a mettere in vendita questa casa e trovarne una nostra», disse ancora Scott. «Comincia a piacermi l'idea di quel nuovo complesso residenziale che hanno appena costruito a Saddle River. Alcuni membri del circolo si sono trasferiti lì, e pare che si trovino molto bene.»

Fatemi andare via di qua, pensò Lisa. Non sono brava a fingere.

Quando Scott fu uscito, dopo averle dato un bacio apparentemente affettuoso, lei si passò la mano sulle labbra e salì di sopra per vestirsi. Si tolse l'accappatoio e si guardò allo specchio. Sono ancora decisamente in forma, pensò. Era contenta di essersi tagliata i capelli biondi in modo che le incorniciassero il viso: gli occhi nocciola erano il suo punto forte, e adesso i capelli le sottolineavano gli zigomi alti. Fatta la doccia, si infilò una giacca grigia leggera con i pantaloni coordinati, la sua tenuta preferita quando lavorava.

Appena le porte dell'aula si aprirono, Lisa riuscì ad assicurarsi un posto poco lontano dal tavolo della difesa. Quando Betsy e i suoi avvocati entrarono, lei guardò il pubblico, incrociò lo sguardo di Lisa e le fece un sorriso. Era palesemente contenta di vederla.

La testimonianza andò avanti per ore.

Lo stupore di Lisa alla notizia della bambina di Betsy rifletté la reazione di tutti i presenti, e l'ammissione che il padre della bambina era Peter Benson lasciò il pubblico di stucco.

Quando Betsy svenne nel lasciare il banco dei testimoni, Lisa, sconcertata, rimase in aula nonostante il giudice avesse ordinato di sgombrarla. «Sono una sua cara amica», disse agli ufficiali giudiziari con decisione, mentre qualcuno metteva una maschera a ossigeno sul viso di Betsy e qualcun altro le controllava il polso.

Appena Betsy cominciò a riprendere i sensi, Lisa le fu accanto, tenendole la mano e scostandole i capelli dalla fronte. Betsy si svegliò del tutto e le lacrime cominciarono a scendere dai suoi occhi. Lisa gliele asciugò. Poi arrivò l'ambulanza, ma Betsy rifiutò con decisione di andare in ospedale. «Voglio andare a casa», disse. «Il mio autista c'è ancora?»

Robert Maynard e i suoi associati, che erano rimasti in fondo all'aula, dissero che l'avrebbero accompagnata loro all'auto.

Delaney era sui gradini di entrata del tribunale quando Betsy uscì, con un paio di occhiali scuri, ma i segni evidenti del pianto sul viso. Rimase a guardarla mentre le scattavano fotografie a ripetizione, e sussultò quando l'autista le aprì lo sportello e Betsy parve crollare.

Fu un grande sollievo vedere che Lisa Clifton saliva in macchina con lei e la circondava con il braccio mentre l'auto partiva.

Il dottor Scott Clifton aveva detto chiaramente, durante la sua testimonianza, che secondo lui Betsy aveva ucciso il marito. Ma è evidente che la moglie non è d'accordo, pensò Delaney.

Improvvisamente abbattuta dai fatti di quel giorno, indugiò davanti al tribunale finché vide Alvirah e Willy fermi poco distante. Li chiamò con un cenno e loro si avvicinarono subito. «Delaney, perché non vieni a cena da noi, stasera?»

«Mi farebbe molto piacere», rispose lei.

46

L'ACCOGLIENTE profumo del roast beef che cuoceva nel forno accolse Delaney appena entrò nell'appartamento di Alvirah e Willy, dopo aver presentato il suo servizio sul processo Grant al telegiornale delle sei. Don Brown le aveva domandato quali erano state le reazioni in aula quando Betsy Grant era svenuta, e lei aveva scelto con cura le parole prima di rispondere. Aveva detto che c'era stato un sussulto generale, poi aveva raccontato che il giudice aveva allontanato la giuria e fatto sgombrare l'aula.

«Pensi che la giuria sarà più dalla sua parte, adesso?» aveva domandato Don.

Delaney avrebbe voluto rispondere «Dovrebbe», ma si trattenne per non apparire di parte. «Sembravano tutti molto preoccupati. Ho notato che un giurato si è messo a piangere.»

Quando però la trasmissione fu finita, disse a Don che Betsy Grant aveva sostenuto con passione la propria innocenza, e non c'era dubbio che i giurati fossero rimasti impressionati quando era svenuta. Ma lei riteneva anche che il pubblico ministero le avesse inferto un colpo durissimo quando le aveva domandato se avesse dato a Peter Benson la «bella notizia» della morte di suo marito. «Gliel'ha domandato subito dopo che lei aveva confessato di essere innamorata di lui, e che lui era il padre della sua bambina. E non penso che l'avvocato di Betsy Grant sia riuscito a dare una spiegazione convincente del fatto che l'allarme era inserito quella mattina, quando la badante è arrivata.»

Delaney disse anche ad Alvirah e a Willy quello che aveva detto a Don.

«Tu cosa ne pensi, Willy?»

«Ho detto fin da subito che secondo me verrà giudicata colpevole», rispose a bassa voce.

La cena era deliziosa, ma Delaney l'assaggiò appena. «Alvirah, lo sai quanto amo il tuo roast beef e lo Yorkshire pudding, ma sarò sincera: non ho molta fame stasera. Ogni neurone del mio cervello sta gridando che Betsy Grant è innocente.»

Aveva gli occhi lucidi di lacrime. «Alvirah, tu e io abbiamo seguito molti processi e sappiamo che effetto fa vedere gli imputati dopo che sono stato giudicati colpevoli di omicidio, mentre l'ufficiale giudiziario li ammanetta e li porta via.» Sorrise, con l'aria di volersi scusare. «Mi si è spezzato il cuore quando ho sentito Betsy Grant raccontare con tanta passione quanto aveva sentito la mancanza della sua bambina, e quanto aveva sofferto per lei in tutti questi anni. Posso solo immaginare, se mai trovassi mia madre, che effetto mi farebbe sentir pronunciare da lei quelle parole.»

Alvirah e Willy si scambiarono un'occhiata. Poi Alvirah, prendendole la mano fra le sue, le disse: «Delaney, tu hai sentito quelle parole pronunciate da tua madre oggi pomeriggio. Betsy Grant è tua madre, e Peter Benson tuo padre».

47

QUANDO Alvirah le dette la sconcertante notizia che Betsy Grant era sua madre e Peter Benson suo padre, le emozioni di Delaney andarono dall'euforia allo strazio. Era convinta che nel migliore dei casi Betsy sarebbe stata condannata per omicidio colposo. Le schiaccianti prove a suo carico, e soprattutto la rivelazione che Peter Benson era il padre della sua bambina, avrebbero pesato sulla giuria più dell'insistenza di Betsy sul fatto che non avrebbe mai fatto del male al marito.

La sua bambina, pensò Delaney. Io.

A tre anni si era messa a piangere perché non somigliava a nessuno della sua famiglia. Adesso, pensando a Peter Benson, si rese conto di avere i suoi stessi occhi e capelli.

Mio padre, mia madre, continuava a pensare dopo una notte di sonno inquieto. Si alzò presto, si fece la doccia e si vestì. Quando fu il momento di truccarsi, si guardò allo specchio. Peter Benson è mio padre, pensò, ma io somiglio di più a Betsy.

Non riuscì a mandare giù più di una tazza di caffè, e intanto pensava: perché mai qualcuno avrebbe voluto uccidere il dottor Grant? Il sospettato più ovvio sarebbe stato Alan Grant. Come aveva dichiarato lui stesso, aveva spese e debiti ingenti, e avrebbe ereditato almeno metà del patrimonio di quindici milioni di dollari del dottor Grant. O tutto, se Betsy fosse stata condannata. Poteva benissimo aver saputo il codice dell'allarme da suo padre. E poteva tranquillamente aver preso la chiave dal gancio in cucina. Ma aveva un alibi di ferro per la notte dell'omicidio.

Chi altri poteva essere stato? A Carmen Sanchez e Angela Watts il dottor Grant aveva lasciato nel testamento venticinquemila dollari ciascuna, lo aveva dichiarato il legale che si occupava del patrimonio. Ma loro ne erano al corrente, prima che lui morisse?

E gli ex soci? Avevano sciolto la società poco dopo che al dottor Grant era stato diagnosticato il morbo di Alzheimer, e ognuno era andato per la sua strada.

Non ci sono altri sospettati plausibili, pensò Delaney disperata.

Alle nove di martedì mattina si trovava nell'ufficio del produttore esecutivo, con la porta chiusa. «Devo rinunciare all'incarico di inviata per il processo di Betsy Grant», gli annunciò. E quando fornì le sue motivazioni, il viso solitamente imperturbabile di Kathleen Gerard passò dall'incredulità alla comprensione.

«Delaney, è ovvio che dobbiamo toglierti dal processo. E capisco benissimo il tuo timore che tua madre finisca per essere condannata.»

Lei annuì. «Sono così sicura che è innocente, e mi sento così impotente.» Si interruppe un attimo, poi continuò: «Avrei due cose da chiederti. Ti spiace se a partire da oggi mi prendo un po' di tempo per me, magari una settimana?»

La Gerard rispose subito: «Ma certo, Delaney. Prenditi tutto il tempo che ti occorre».

«Grazie. E per il momento nessuno sa niente del mio legame con Betsy Grant e Peter Benson, eccetto tu e due miei cari amici. Preferirei che le cose rimanessero così, per ora, perciò conto sulla tua discrezione.»

«Hai la mia parola», promise la Gerard.

48

Peter Benson, ancora sconcertato dopo aver visto su Facebook la fotografia di una giovane Betsy incinta e aver sentito alla radio che secondo le testimonianze lui era il padre, non sapeva cosa fare.

Seguendo l'istinto avrebbe voluto prendere l'auto, andare ad Alpine e stare con Betsy, ma sapeva che in quella fase cruciale del processo doveva starle lontano.

Lei ha sofferto da sola per tutti questi anni dopo essere stata costretta a rinunciare alla nostra bambina, vergognandosi troppo per mettersi a cercarla, pensò. Si ricordava fin troppo bene del padre di Betsy. In luglio, dopo che si erano diplomati, il signor Ryan aveva telefonato a casa sua e gli aveva detto di non cercare più Betsy, aggiungendo che lei avrebbe aspettato un anno prima di andare al college. «È troppo giovane per stare lontano da casa», aveva detto Martin Ryan, «ed è troppo giovane per passare tanto tempo con te o con chiunque altro.»

Peter ricordava benissimo come fosse arrabbiato nel riferirgli quel messaggio. Poi pensò alla madre di Betsy:

era stata evidentemente costretta ad accettare la decisione del marito, e probabilmente soffriva già di quel cancro che sette anni dopo le avrebbe tolto la vita.

Ricordò anche che aveva scritto sia a Betsy sia a suo padre per esprimere a entrambi la sua vicinanza quando la signora Ryan era morta, e nessuno dei due aveva risposto.

Poi pensò e ripensò sempre la stessa cosa: Ho una figlia di ventisei anni in giro da qualche parte? A chi assomiglia? Io ho gli occhi marroni, Betsy li ha azzurri. Di solito non è il marrone a vincere sull'azzurro?

Aveva preso un giorno di permesso perché fin da quando aveva testimoniato al processo si era reso conto che al campus tutti parlavano di lui e di Betsy. E aveva preferito essere a casa nel momento in cui i resoconti della testimonianza di Betsy avrebbero cominciato ad arrivare.

Dopo la morte della moglie, Peter aveva venduto la casa e si era trasferito in un appartamento poco lontano dal campus. Ad Annette e a lui dispiaceva di non aver avuto figli, avevano tentato la fecondazione artificiale per tre volte e ogni volta era finita con un aborto.

Sono diventato padre a diciotto anni, pensò Peter. Se lo avessi saputo, avrei deciso di lasciare il college e trovarmi un lavoro? Non lo so. Non riesco più a ricordarmi come ero a diciotto anni.

Nella sua testimonianza Betsy aveva detto che avrebbe voluto tenere la bambina, ma suo padre l'aveva venduta al migliore offerente. Chi l'aveva presa? Era ancora negli Stati Uniti?

Alle sette di sera sua madre telefonò. Ormai settantatreenne, e vedova da quattro anni, disse: «Oh, Peter, come saremmo stati felici tuo padre e io di occuparci della bambina, se solo lo avessimo saputo. Considerato quanto eravate legati voi due, mi ha sempre insospettito il fatto che Betsy avesse deciso di rimandare il college e andarsene a Milwaukee. Se solo avessi seguito il mio istinto e fossi andata a trovarla...»

Pochi minuti dopo Peter non riuscì più a resistere e chiamò Betsy. Lei rispose con una voce bassa e stanca, e triste. «Peter, lo so che mi giudicheranno colpevole. Spero che cercherai di trovare la nostra bambina. E se ci riuscirai, per favore convincila che sua madre non è un'assassina.»

49

DOPO altri dieci furti e una serie vincente a blackjack ad Atlantic City, Tony come al solito era rimasto al tavolo da gioco troppo a lungo, e aveva perso tutto di nuovo.

Rieccomi al punto di partenza, pensò cupo raggiungendo in auto Saddle River, nel New Jersey.

Aveva ancora il braccialetto. Oh, certo, avrebbe potuto farci trentamila dollari al banco dei pegni anche se ne avessero denunciato la scomparsa, ma così avrebbe perso la sua unica moneta di scambio nel caso lo avessero beccato di nuovo a fare un lavoretto.

Una *grossa* moneta di scambio, si disse.

Ma adesso era arrivato il momento di fare un altro colpo. Aveva trovato di nuovo lavoro come lavavetri, non era difficile, la gente in quel periodo faceva le pulizie autunnali e per molti questo comprendeva il lavaggio delle finestre.

Era al terzo giorno di lavoro in una di quelle grandi dimore eleganti di Saddle River, e nel pulire le finestre della camera da letto padronale aveva dato una rapida occhiata in giro. Lì, in uno degli armadi, c'era una di quelle piccole casseforti, proprio come nella camera di Betsy Grant. Sarebbe stato uno scherzo aprirla.

Tony non era sicuro di volerlo fare, ma per precauzione scollegò dall'impianto d'allarme una delle portefinestre della camera, che dava sul balcone.

Però poi il suo capo gli domandò quando pensava di finire. «Domani pomeriggio al più tardi», gli assicurò Tony.

«Sarà meglio che sia così. I proprietari vanno in crociera, e non vogliono che ci sia qualcuno a lavorare in casa loro mentre sono via.»

Un tempismo perfetto, pensò Tony. E la scala a libretto che teneva sempre nell'auto era abbastanza alta da raggiungere il balcone.

Ovviamente ci dovevano essere telecamere di sicurezza dappertutto in un posto come quello, ma una volta arrivato vicino alla proprietà si sarebbe fermato per coprire la targa con uno straccio pesante, e si sarebbe messo degli abiti scuri e un passamontagne. Era tutto progettato. Se fosse partito l'allarme, lui sarebbe stato di nuovo sulla Route 17 prima ancora che i poliziotti facessero in tempo ad accendere il motore dell'auto.

Era difficile, questo Tony lo sapeva, ma adorava quella vampata di soddisfazione che veniva dallo sconfiggere il sistema. E se qualcosa fosse andato storto avrebbe sempre potuto usare il braccialetto per mercanteggiare.

Aveva aspettato tutto il fine settimana, fino a lunedì inoltrato, per essere sicuro che i proprietari fossero partiti, poi all'una di notte tornò alla casa. Uscito dalla superstrada si fermò a coprire le targhe e, senza accorgersi che un'auto di pattuglia si trovava lì vicino e osservava i suoi movimenti, risalì in auto e andò alla villa che progettava di svaligiare.

Il vialetto davanti all'abitazione disegnava un cerchio, ma poi proseguiva, conducendo a una zona per posteggiare nel cortile posteriore. Tony lasciò lì l'auto e, portandosi dietro la scala, tornò con cautela di fronte alla casa. Lì aprì la scala, salì fino in cima e si sollevò sul balcone. Aveva appena cominciato a scassinare la serratura della portafinestra quando un faro abbagliante venne puntato su di lui e una voce tuonò attraverso un megafono, ordinandogli di alzare le mani e non muoversi.

50

ALL'UNA e un quarto di martedì notte, Tony Sharkey, ammanettato sul sedile posteriore di un'auto della polizia, veniva portato al commissariato di Saddle River. Seguì una procedura che lui conosceva molto bene: lo fotografarono, gli presero le impronte digitali e gli fecero le solite domande, nome, data di nascita e indirizzo.

Venne poi condotto dal detective William Barrett, che lo stava aspettando.

«Signor Sharkey», iniziò il detective, «l'agente che ha eseguito l'arresto mi ha riferito che quando le sono stati letti i suoi diritti lei ha dichiarato di voler parlare con un detective. È così?»

«Sì», confermò Tony con tono rassegnato.

«Come l'agente le ha detto al momento dell'arresto, le ripeto che lei ha il diritto di rimanere in silenzio. Ha diritto di avere un avvocato prima di rispondere a qualunque domanda. Se non può permetterselo, gliene verrà assegnato uno d'ufficio. Tutto quello che dirà potrà essere usato contro di lei in tribunale. E infine, se decide di rispondere alle domande può smettere di farlo in qualunque momento. Ha capito tutto?»

«Sì, sì, la so a memoria questa tiritera.»

«Benissimo, signor Sharkey, allora lei stava cercando di introdursi in quella casa quando è stato arrestato?»

«Ovviamente sì. Secondo lei perché ero in cima al balcone nel cuore della notte? Di sicuro non stavo raccogliendo mele.»

«Ne sono più che certo», rispose sarcastico il detective. «E che cosa aveva intenzione di fare una volta entrato in casa?»

«Cercare gioielli e denaro contante.»

«C'era qualcun altro con lei?»

«No, io sono sempre stato un lupo solitario.»

«Allora, che cos'è che voleva dirmi?»

«Ha presente quel grosso processo che stanno facendo a Hackensack? A quella riccona che avrebbe ucciso il marito? Il tipo con l'Alzheimer.»

«Ho ben presente quel processo», rispose Barrett secco. «E allora?»

«Un paio di giorni prima ero a lavorare lì, a lavare i vetri. Mi trovavo in quella casa la notte che il dottore è stato fatto fuori. Non sono stato io, ma non credo nemmeno che sia stata la moglie.»

«Lei era in quella casa quella notte?» domandò Barrett incredulo. «E cosa ci faceva?»

«Mi stavo portando via un gioiello. Un braccialetto. Ce l'ho ancora.»

«Ce l'ha ancora? E dove?»

«È a casa mia, a Moonachie. Il poliziotto che mi ha

arrestato si è preso le mie chiavi, potete andarci anche subito e prenderlo. È tempestato di smeraldi e diamanti.»

«E dove lo troviamo?»

«È in bagno, dentro a un sacchetto di carta, sotto una mattonella del pavimento in corrispondenza del lavandino.

Il detective William Barrett non sapeva se Tony Sharkey fosse pazzo o avesse davvero qualcosa di importante, ma non c'era dubbio che dovevano verificare immediatamente.

Si rivolse al collega presente nella stanza: «Prendi le chiavi dai suoi effetti personali. Signor Sharkey, per favore, firmi questo consenso».

Tony scarabocchiò il suo nome sul modulo.

«Va bene, ora mandiamo degli agenti a casa sua. Noi ci rivediamo dopo che avremo saputo se hanno trovato qualcosa.»

«D'accordo», rispose Tony. «E dica ai suoi che in casa non c'è altro. Che non mi rovinino tutto l'arredamento.»

Barrett alzò gli occhi al cielo, poi disse: «Per il momento riportatelo in cella».

«Oh, un'altra cosa. Quando avrete preso il braccialetto, chiamate la ditta di pulizie Wally's Window Washers di Paramus e chiedete che vi mandino la lista delle persone che hanno lavorato a casa Grant, nei due giorni precedenti la morte di quel tizio.»

51

NOVANTA minuti dopo, alle tre e un quarto del mattino, gli agenti erano tornati da Moonachie ed erano andati dritti dritti dal detective Barrett, il quale ora stava esaminando il braccialetto, recuperato esattamente dove Tony aveva detto. «Andate a prendere il detenuto e portatelo qui», disse ai suoi uomini.

Tony sorrise sedendosi al tavolo di fronte a Barrett e vedendo che si rigirava il braccialetto fra le mani. «Cosa vi avevo detto? E guardate le iniziali, TG e BG. Ted e Betsy Grant. Che carini.»

«Va bene, questa parte delle sue dichiarazioni è confermata», disse prudentemente il detective Barrett. «Non posso chiamare quell'impresa di lavavetri prima di domattina, suppongo che non siano aperti nel cuore della notte.»

«Non ho mentito, ve lo assicuro.»

Barrett sapeva che il pubblico ministero Elliot Holmes doveva essere informato della cosa immediatamente. Tutto il dipartimento di polizia aveva i suoi recapiti per le emergenze. E direi che questa è un'emergenza, pensò Barrett. Uscì dalla stanza e, con una brutta sensazione alla bocca dello stomaco, compose il numero di casa del pubblico ministero. Elliot Holmes, svegliato da un sonno profondo, rispose insonnolito.

«Signore, sono spiacente di disturbarla a quest'ora, non lo avrei mai fatto se non ritenessi che fosse necessario.»

«Va bene, cosa c'è?»

Barrett gli disse dell'arresto di Tony, del ritrovamento del braccialetto con le iniziali e della dichiarazione dello stesso secondo la quale si sarebbe trovato in casa Grant la notte dell'omicidio. Holmes ascoltò incredulo. «Quando è stata denunciata la scomparsa del braccialetto?»

«Questo è l'aspetto assurdo, signore. Non è mai stata denunciata. Prima di telefonarle ho chiamato la polizia di Alpine, non hanno nessuna denuncia al riguardo.»

«Quindi se veramente è entrato in quella casa non ci sono le prove di quando lo ha fatto.»

«Esatto, signore. Lui sostiene che ha lavorato là pochi giorni prima che il dottore morisse, e io non posso verificare se sia vero o meno finché la ditta non apre, domattina.»

Fumante di rabbia, Holmes sapeva che doveva parlare con Sharkey e poi avvisare Maynard. «Lo porti nel mio ufficio domattina alle otto. Ci mancava solo questa, proprio quando stavamo per concludere il processo.» Senza aggiungere altro, Holmes riagganciò.

Cinque ore dopo entrò nella stanza degli interrogatori presso gli uffici del procuratore della contea, e si sedette al tavolo. Il detective Barrett aveva appena portato lì Tony. Due detective della Omicidi che avevano lavorato al processo si accomodarono accanto al pubblico ministero e fissarono Tony con disprezzo.

Holmes iniziò, il tono carico di sarcasmo. «Allora, signor Sharkey...»

«Mi chiami pure Tony. Lo fanno tutti», rispose lui allegramente.

Holmes non gli badò. «Signor Sharkey, a quanto capisco le sono già stati letti i suoi diritti e lei vuole parlare con me, è così?»

«Sono qui per questo. Bell'ufficio.»

«Lei ha compreso i suoi diritti? Immagino di sì, vorrei aggiungere: la sua fedina penale è terribile, quindi immagino che se li sia sentiti leggere già parecchie volte.»

«Sì, un sacco di volte. Ho compreso tutto, nessun problema.»

«Il detective Barrett sostiene che lei afferma di essersi trovato in quella casa di Alpine la notte in cui il dottore è stato ucciso. La prima volta che ha accennato a questo fatto è stata quando la polizia l'ha arrestata mentre cercava di entrare in una villa. Dopodiché ha tirato fuori un braccialetto che potrebbe venire dalla casa di Alpine oppure no ma di cui sicuramente non è mai stato denunciato il furto.»

Holmes stava per continuare quando un agente entrò e gli parlò all'orecchio. Il pubblico ministero fece una smorfia, poi riprese il discorso. «Mi hanno appena informato che la ditta di lavavetri ha confermato che lei ha lavorato presso la casa di Alpine per un paio di giorni subito prima che il dottore fosse ucciso.»

Tony si rivolse al detective Barrett con aria trionfante. «Visto? Glielo avevo detto.»

Holmes, furioso, disse: «E in che modo questo dovrebbe convincermi che lei era lì quando il dottore è stato ucciso?»

«Sono tornato per introdurmi in quella casa la sera stessa in cui ho finito di spaccarmi la schiena per lavare le loro belle finestre. Avevo visto la cassaforte nella camera da letto al primo piano, e sapevo che aprirla sarebbe stato uno scherzo.»

«Come è entrato?»

«Pulendo le finestre avevo scollegato dal sistema d'allarme la finestra di quella stanza. Sono passato da lì, e quando sono uscito ho manomesso di nuovo il cavo in modo che sembrasse collegato. In realtà non lo era, così l'allarme non è scattato quando sono andato via. Era un impianto ridicolo, facilissimo da aggirare.»

«Ha detto al detective Barrett che ha visto un'auto andare via, è vero?»

«Be', sì, però a questo punto dobbiamo parlare d'affari. Non vi dirò altro se prima non mi date la libertà condizionale.»

Il pubblico ministero si alzò in piedi. «Lei vuole la libertà condizionale? Lei vuole la libertà condizionale? Lei è un criminale incallito. È stato arrestato poche ore fa per un tentativo di furto con scasso. Il furto del braccialetto non è mai stato denunciato. Anche se fosse stato portato via da quella casa, e che sia stato lei o no, non sarebbe altro che un'ulteriore accusa, quantomeno per possesso di merce rubata. Lei non può dimostrare di essersi introdotto in quella casa quella notte. E non mi dirà un bel niente di questa misteriosa auto che sostiene di aver visto.»

Elliot Holmes riusciva a malapena a contenere la rabbia. «Lei da me non otterrà niente se non altre incriminazioni. Ho l'obbligo di informare immediatamente l'avvocato della difesa, il signor Maynard, di quanto lei ha dichiarato. Se abboccherà alle sue ridicole bugie potrà chiamarla a testimoniare al processo. Io le prometto che al banco dei testimoni la distruggerò.»

Quindi rivolto ai suoi due detective sbraitò: «Toglietemelo da davanti».

52

Robert Maynard entrò nel suo ufficio, poco prima delle nove. Non doveva andare in tribunale, ma era ugualmente vestito elegante in giacca e cravatta, gemelli ai polsini e scarpe lucidissime. Aveva intenzione di preparare la sua requisitoria, quel giorno: sapeva che le prove a carico di Betsy Grant erano un ostacolo virtualmente insormontabile, e poteva al massimo sperare che la giuria non riuscisse a raggiungere un verdetto unanime o, in caso contrario, che a Betsy venissero concesse tutte le attenuanti del caso. Nemmeno cinque minuti dopo la segretaria lo avvisò via interfono che c'era il pubblico ministero al telefono.

«Salve, Elliot. Francamente sei l'ultima persona che mi aspettavo di sentire.»

«Salve, Robert. E tu sei l'ultima persona che credevo di dover chiamare. Ma ho l'obbligo di informarti di certi sviluppi che sono intervenuti durante la notte.»

Sbalordito, Maynard rimase ad ascoltare i particolari dell'arresto di Tony Sharkey. «Ecco, questo è tutto», disse

Elliot. «Puoi andare a trovarlo alla prigione di Bergen. Date le circostanze sarò costretto ad acconsentire se vorrai chiedere al giudice di riaprire il caso e chiamarlo a testimoniare. Anzi, a dirla tutta, spero proprio che lo farai, così avrò l'opportunità di distruggerlo. Voleva demolire la mia accusa e ottenere in cambio anche la libertà condizionale.»

Robert Maynard si prese un istante per assimilare quello che aveva appena sentito. I testimoni a sorpresa dell'ultimo minuto sono una cosa che si vede soltanto nei brutti polizieschi in televisione, pensò. Poi, con un tono improvvisamente più sicuro, rispose: «Elliot, non so come andrà a finire, ma se demolire la tua accusa significa che la mia cliente che è innocente verrà prosciolta, be', tanto di guadagnato. Sarò alla prigione entro un'ora e parlerò con lui. Più tardi ti chiamo e ti faccio sapere se intendo presentarlo al processo».

«Bene. Aspetto tue notizie. Se decidi di chiamarlo a testimoniare dovremo incontrare il giudice oggi pomeriggio. Quel tizio non vuole un avvocato, e so che il giudice vorrà prima di tutto fargli delle domande in via ufficiale sulla sua decisione di testimoniare e informarlo sulla condanna in cui può incorrere.»

«D'accordo. Dopo aver parlato con lui devo consultarmi con Betsy. Credo che riuscirò a farmi risentire per mezzogiorno.»

«Benissimo.» E con meno ostilità, Holmes aggiunse: «Faccio questo mestiere da molto tempo, e non mi era mai capitata una cosa del genere alla vigilia del termine di un processo per omicidio».

«Be', io faccio questo mestiere da circa vent'anni più di te, e anche a me non era mai successo.»

Robert Maynard riagganciò. Per quanto fosse scettico sull'attendibilità di questo potenziale testimone, per la prima volta si concesse di prendere in seria considerazione la possibilità che Betsy fosse effettivamente innocente.

Durante il tragitto verso Hackensack le telefonò e le raccontò l'accaduto. Stupefatta, lei disse: «Robert, ma lo sai cosa vuol dire? So bene che non hai mai creduto alla mia innocenza. Io non ho idea di quando sia scomparso quel braccialetto, me ne sono resa conto solo un paio di mesi dopo la morte di Ted. Era molto tempo che non indossavo i miei gioielli più preziosi. Carmen e io abbiamo cercato dappertutto e alla fine abbiamo deciso che Ted doveva averlo buttato via, proprio come la chiave. Non mi sarei mai immaginata che potesse essere stato rubato, perché tutti gli altri gioielli erano ancora nella cassaforte. Avevo proprio intenzione di fare la denuncia all'assicurazione.

«Aspetta un momento, Robert», si interruppe Betsy, «Carmen sta dicendo qualcosa. Cosa c'è, Carmen?»

Carmen le prese il telefono di mano. «Signor Maynard, io lo volevo dire in aula ma il giudice continuava a insistere che dovevo solo rispondere alle domande. Volevo dire che quando ho passato l'aspirapolvere nella camera da letto al piano di sopra, il giorno della morte del dottor Grant, ho trovato dello sporco sul tappeto.»

«Lo ha mai detto a nessuno?»

«No. Continuavo a ripetermi che doveva essermi sfuggito la volta precedente. Però avevo controllato tutte le stanze per assicurarmi che fossero pulite, dopo che i lavavetri se n'erano andati. E non c'era sporco sul tappeto. Ne sono sicura. Ero così giù per la morte del dottore che ho pensato che magari mi ero sbagliata. Ma adesso so che non mi sono sbagliata.»

«Carmen, è assolutamente sicura? Potrebbe essere molto importante.»

«Sì, signor Maynard. Mi sono sentita in colpa per non averlo detto in aula. Ma come ho detto, il giudice si raccomandava che rispondessi solo alle domande.»

Betsy riprese il telefono.

«Questo può essere di grande aiuto», le disse Maynard.

«Speriamo di sì, Robert.»

«Betsy, tra un'ora vedrò questo tizio. Devo cercare di capire se ci può aiutare o ci può fare fuori. Ti chiamo dopo.»

«Va bene. Prego Dio che questo sia il miracolo in cui speravo.»

Robert Maynard aveva già telefonato alla prigione di Bergen per chiedere il permesso di conferire con il detenuto Tony Sharkey appena arrivava. Superati i controlli di sicurezza, lo condussero in una piccola stanza per i colloqui, con un tavolo e due sedie. Un paio di minuti dopo vide arrivare Tony Sharkey, accompagnato da due agenti. Uno di loro disse: «Noi siamo fuori dalla porta. Ci avvisi quando ha finito».

Mentre si accomodava di fronte a lui, Maynard si accorse immediatamente che Tony Sharkey era preoccupato. Holmes gli aveva detto che non gli avrebbe concesso nessun accordo. Anzi, casomai era deciso a rovinarlo.

«Signor Sharkey...»

«Mi chiami pure Tony.»

«Va bene, Tony. Tu devi sapere che in qualità di avvocato difensore io ho obblighi solo nei confronti della mia cliente Betsy Grant. Qualunque cosa deciderò di fare di te dipenderà dall'interesse che secondo me lei ne potrà trarre.»

«D'accordo», rispose Tony. «È suo dovere e tutto il resto.»

«Devi anche sapere che hai diritto a un avvocato.»

«Me l'hanno già detto almeno sei volte. Non lo voglio. L'ultimo genio che mi ha rappresentato mi ha fatto prendere quattro anni di galera.»

«Va bene. È una scelta tua. Devi sapere infine che io non posso costringere il pubblico ministero a concederti la libertà condizionale o una riduzione di pena.»

«È quello che mi ha detto anche lui», ribatté Tony sarcastico. «Proprio un tesoro d'uomo.»

«Quello che io posso assicurarti è questo: se la tua testimonianza porterà a identificare il vero assassino, o perlomeno dimostrerà che non è stata Betsy, io sono assolutamente convinto che il pubblico ministero, certamente in grave imbarazzo, sarà sottoposto a forti pressioni affinché ti riduca la pena. E Betsy di certo non vorrà che tu venga perseguito per essere entrato in casa sua. Dovrai vedertela solo con il fatto che sei stato beccato a entrare in quella casa di Saddle River. Ecco come la penso.»

Tony lo ascoltò attentamente, annuendo. «A sentire come la spiega lei, direi che è la mia opzione migliore.»

Maynard rispose: «Però ovviamente dovrai ripercorrere quel giorno insieme a me e raccontarmi tutto quello che sai. Solo così potrò decidere se chiamarti a testimoniare. In quel caso non voglio sorprese. Se fai il doppio gioco con me, ti farò incriminare anche per il furto del braccialetto. Hai capito bene?»

«Sì, certo. Dica alla bella signora di non preoccuparsi. Con quello che so, sono il suo nuovo migliore amico.»

Maynard approfondì ogni singolo dettaglio di ciò che Tony aveva raccontato alla polizia e al pubblico ministero. Dopodiché entrò nei particolari che Tony non aveva voluto fornire al pubblico ministero.

«Hai detto di aver visto un'auto lasciare la casa dei Grant nel cuore della notte. Che tipo di auto?»

«Una bella Mercedes. Forse di un paio d'anni.»

«Di che colore?»

«Era buio, ma mi sembrava nera.»

«Sei riuscito a vedere chi c'era al volante?»

«Ho visto qualcuno, ma non sono riuscito a distinguere i lineamenti.»

«E la targa?»

«Del New Jersey, questo è sicuro.»

«Hai visto qualche cifra o lettera?»

«No. Troppo buio. Proprio troppo buio.»

«E dopo cos'hai fatto?»

«Ho fatto quello che ero andato a fare. Mi sono intrufolato dalla finestra e ho preso il braccialetto dalla cassaforte. Ci avevo parlato con quella bella signora quando ero stato lì a lavare le sue finestre eleganti. Era carina. E poi avevo parlato con la governante: siamo rimasti a lavorare per un paio di giorni, e lei ci ha detto che durante la notte potevamo lasciare l'attrezzatura al piano di sopra, dove volevamo, tanto tutti dormivano di sotto. Non potevo credere alla mia fortuna. Quando sono tornato per aprire la cassaforte, ero sicuro che di sopra non mi sarei imbattuto in nessuno.»

Maynard sapeva che chiamare Tony a testimoniare era un azzardo, ma un azzardo che poteva ripagare enormemente. Sapeva anche che senza correre quel rischio Betsy sarebbe stata quasi sicuramente condannata.

«Tony, io consiglierò caldamente alla mia cliente di accettare che tu venga chiamato a testimoniare. Sono praticamente certo che accetterà il mio consiglio. Ora me ne vado e la informo, e anche il pubblico ministero. Avevamo concordato che se tu fossi stato chiamato a testimoniare avremmo immediatamente avvisato il giudice e organizzato il tuo trasferimento in tribunale nel pomeriggio, in modo che lui possa farti delle domande al riguardo: stai facendo tutto questo senza un avvocato, e so che il giudice vorrà prima vederti.»

«Va bene», acconsentì Tony. «Ho letto che il giudice è Roth. Lo saluterò volentieri. È lui che mi ha condannato l'ultima volta, quando ho preso quattro anni.»

«A più tardi, Tony», lo salutò Maynard, facendo cenno agli agenti che aveva finito.

La prima telefonata fu per Betsy. «Vieni in tribunale per le dodici e trenta. Ci vediamo nel posteggio, possiamo parlare in macchina prima di andare su insieme. Io, intanto, chiamo il pubblico ministero e il giudice.» Si interruppe un attimo. «Betsy, cerca di non riporre troppe speranze in questa cosa. L'istinto mi dice che Tony è sincero, ma è un balordo, su questo non c'è dubbio. È difficile prevedere quale sarà la reazione della giuria nei suoi confronti.»

«Va bene, Robert. Rischiamo. Forse questa è la mia unica possibilità, non credi?»

«Sì. Un'altra cosa, Betsy: conosci nessuno che possiede una Mercedes nera con una targa del New Jersey?»

Betsy tacque un momento, poi rispose. «Sì. Tanto per cominciare sia Kent sia Scott ne possiedono una. Però sarebbe assurdo pensare che uno di loro possa aver fatto del male a Ted. E, ovviamente, un sacco di gente in questa zona possiede una Mercedes nera.»

Maynard la ascoltò, cercando di non essere troppo ottimista. «A tra poco, Betsy.»

53

ALL'UNA del pomeriggio, Elliot Holmes e Robert Maynard erano in riunione con il giudice Roth. Betsy Grant era seduta su una panca fuori dall'aula con gli associati di Maynard, il viso in gran parte coperto da una sciarpa. L'udienza era sospesa per quel giorno, e lei era riuscita a entrare in tribunale senza essere notata. Ma quell'anonimato non doveva durare molto.

Tony Sharkey si trovava nella cella accanto all'ufficio del giudice Roth e, chiacchierando con gli agenti in modo che anche gli altri detenuti e i loro avvocati lo potessero sentire, si vantava di essere lì per dire al giudice che grazie a lui «il processo a Betsy Grant sarebbe saltato per aria».

In tribunale e in sala stampa cominciò a circolare la voce che di lì a qualche minuto sarebbe successo qualcosa di grosso.

All'una e mezzo le porte dell'aula si aprirono. Betsy Grant, ora circondata da una piccola folla tra cui anche l'addetto stampa del tribunale, entrò lentamente, ignorando le voci che gridando le domandavano perché fosse lì. Il pubblico ministero e l'avvocato difensore erano già seduti ai loro tavoli, Betsy si accomodò accanto a Robert Maynard e poggiò le mani giunte davanti a sé. Maynard le batté affettuosamente la mano sulla spalla e poi si mise a sfogliare gli appunti mentre aspettavano il giudice.

Due minuti dopo Roth entrò e prese posto. Il suo tono di voce era grave. «Per la causa dello Stato del New Jersey contro Betsy Grant, rilevo che gli avvocati dell'accusa e della difesa sono presenti.

«Signori della giuria, come prima cosa vi segnalo che l'udienza di oggi era stata sospesa. La difesa ha terminato ieri con i suoi testimoni, e le requisitorie finali erano previste per domattina alle nove.

«Ora vorrei fossero messi agli atti gli sviluppi delle ultime ore. Sono stato contattato stamattina alle undici e quarantacinque dagli avvocati di entrambe le parti e ho parlato con loro. Sono stato informato del fatto che più o meno all'una di stanotte un individuo di nome Tony Sharkey è stato arrestato dalla polizia di Saddle River nel corso di un tentativo di furto con scasso in una casa. Mi è stato detto che il signor Sharkey è stato interrogato prima dalla polizia, poi, dopo parecchie ore, dal pubblico ministero Holmes e infine dall'avvocato difensore Maynard. Il signor Sharkey si trova attualmente recluso nel carcere della contea di Bergen.

«Dopo aver parlato con entrambi gli avvocati, ho convocato questa seduta straordinaria in aula in modo da poter affrontare le questioni che sono insorte. Signor Maynard, la ascolto.»

«Grazie, Vostro Onore. In seguito agli sviluppi delle

ultime ore sono emerse prove determinanti per la difesa della mia cliente. Noi chiediamo di poter riaprire il caso e chiamare a testimoniare il signor Sharkey, oltre a richiamare Carmen Sanchez e Betsy Grant. Mi permetta di motivare la mia richiesta anticipando brevemente a questa corte l'oggetto delle loro deposizioni.»

«Prego», rispose il giudice.

«Il signor Sharkey dichiarerà che si trovava nell'abitazione del dottor Edward Grant e di Betsy Grant la notte dell'omicidio. Ammetterà di essere stato lì per rubare e spiegherà come ha potuto evitare che scattasse l'allarme, da lui manomesso mentre si trovava in quella casa a lavorare per una ditta di lavavetri, nei due giorni precedenti.

«Dopo l'arresto a Saddle River, il signor Sharkey ha acconsentito, e anzi richiesto con forza, che la polizia andasse nel suo appartamento di Moonachie a recuperare il braccialetto di diamanti che aveva rubato a casa Grant la notte in cui il dottore è morto. Dichiarerà che mentre si avvicinava alla casa, prima di entrarvi, ha visto una Mercedes nera allontanarsi dalle immediate vicinanze della casa. Ritiene che possano essere state più o meno le due di notte.

«Inoltre, Carmen Sanchez, la governante di casa Grant, informata oggi di questi nuovi sviluppi, per la prima volta ha ammesso di fronte a me e a Betsy Grant di aver rinvenuto dello sporco sul tappeto della camera da letto al primo piano, la mattina in cui il dottor Grant è stato trovato morto. Quello sporco si trovava proprio sotto la finestra dalla quale Tony Sharkey si era introdotto, come lui stesso dichiarerà. Infine Betsy Grant spiegherà che non ha mai denunciato il furto del braccialetto perché lo indossava raramente, e solo un paio di mesi dopo la morte del dottore si è resa conto della sua scomparsa. Sia lei sia Carmen Sanchez dichiareranno di averlo cercato dappertutto e di aver concluso che il dottore, affetto da morbo di Alzheimer, lo aveva probabilmente gettato via o nascosto da qualche parte.

«Vostro Onore, Tony Sharkey è stato informato dei suoi diritti in seguito al suo arresto a Saddle River, ma insiste a non voler essere assistito da un avvocato. Ci rendiamo ovviamente conto che la corte vorrà verificare la sua attendibilità prima che possa testimoniare.»

Il giudice si rivolse poi al pubblico ministero. «Signor Holmes?»

«Vostro Onore, ho personalmente interrogato il signor Sharkey, il quale pretendeva che gli promettessi la libertà condizionale in cambio della sua testimonianza. Testimonianza che noi riteniamo essere, per la maggior parte, totalmente falsa. Mi rendo conto che, date le enormi conseguenze di una condanna per omicidio, questa corte è praticamente obbligata a consentirgli di deporre. Noi ribadiamo con forza la convinzione che il signor Sharkey sia un bugiardo, e io non vedo l'ora di controinterrogarlo. Lo stesso dicasi per Carmen Sanchez e Betsy Grant.»

Il giudice Roth si rivolse all'ufficiale giudiziario di guardia alla cella. «Conduca qui il signor Sharkey.»

Il pubblico in aula mormorò mentre Tony veniva

accompagnato in manette al tavolo della difesa e fatto sedere.

«Silenzio in aula», disse il giudice severamente. Quindi si rivolse a Sharkey. «Signor Sharkey, per favore si alzi in piedi.»

«Certo, giudice. Si ricorda di me? Come sta?»

«Signor Sharkey, quanti anni ha?»

«Trentasette. Ne faccio trentotto martedì prossimo.»

«A che età ha smesso di studiare?»

«In seconda superiore.» Tony ridacchiò. «Non facevo mai i compiti.»

«Signor Sharkey, lei desidera testimoniare per la difesa in questo caso, è così?»

«Certo che sì, giudice. Io lo so che questa bella signora non ha ucciso il marito.»

«Signor Sharkey, lei sa che non è obbligato a testimoniare? In base al quinto emendamento lei ha il diritto di non deporre contro sé medesimo. Nessuna delle parti la chiamerà a testimoniare se lei non lo consente. Lo comprende?»

«Sì, giudice. Nel corso degli anni i miei diritti mi sono stati letti o elencati un bel po' di volte.»

«Lei sa perfettamente che se lo desidera io posso farle assegnare seduta stante un avvocato d'ufficio, in modo che possiate discutere insieme se sia opportuno o no per lei testimoniare a questo processo?»

«Non voglio avvocati, giudice. Credo di cavarmela meglio da solo.»

«Signore, lei si rende conto di essere accusato di tentato furto con scasso a Saddle River, e di poter essere accusato di possesso di merce rubata, in riferimento al braccialetto che sostiene di aver sottratto da casa Grant ad Alpine? Si rende altresì conto che la sua testimonianza potrebbe essere usata contro di lei nei conseguenti processi, e potrebbe prendere fino a cinque anni di reclusione per ciascuno dei due, per un totale di dieci anni di prigione?»

Tony deglutì visibilmente. «Sì.»

«E, per finire, le ricordo che il pubblico ministero non le sta facendo alcuna promessa, e che intende anzi farla processare regolarmente per tutte le accuse in questione.»

Elliot Holmes lanciò un'occhiataccia a Tony, mentre questo rispondeva: «Sì, ma credo che cambierà idea».

«Ma se non la cambiasse, e di sicuro non sembra averne alcuna intenzione, lei capisce che dovrebbe scontare tutto quel tempo in prigione?»

«Sì, sono consapevole di ciò che sto rischiando.»

Il giudice Roth tacque un attimo e poi proseguì: «Sono convinto che il signor Sharkey abbia liberamente e volontariamente deciso di testimoniare, nella piena consapevolezza dei suoi diritti. Ha trentasette anni, ha frequentato la scuola ma non si è diplomato, e ha avuto a che fare con il sistema giudiziario altre volte. Faccio riferimento ai suoi precedenti con lo scopo di sottolineare che conosce le procedure e i suoi diritti costituzionali.

«Gli è stato ripetutamente detto che un avvocato d'ufficio può essergli assegnato immediatamente, ma non lo desidera, e rinunciarvi è un suo diritto. Il mio dovere è assicurarmi che qualunque decisione prenda sia volontaria e informata. Ne sono convinto. Può testimoniare».

Robert Maynard si alzò in piedi. «Grazie, Vostro Onore. Vorrei presentare un'altra richiesta alla corte. Mi trovo ora, con pochissimo preavviso, nella posizione di dover chiamare a testimoniare il signor Sharkey e richiamare la signora Grant e la signora Sanchez. So che dovevamo riprendere l'udienza domattina, ma chiedo che ci sia concesso un giorno in più per prepararci, riprendendo l'udienza martedì, dopodomani.»

Elliott Holmes, esasperato, fece per obiettare, ma poi concluse rassegnato: «Vostro Onore, io sono pronto a riprendere domani, ma mi rimetto alla decisione della corte».

Il giudice rispose: «Non vorrei mai procurare ritardi alla giuria, ma queste circostanze non hanno praticamente precedenti. Il mio studio si metterà in contatto con ciascun giurato e lo informerà dell'ulteriore pausa di un giorno, riprenderemo la causa dopodomani alle nove del mattino. Sottolineo, ovviamente, che ai giurati non saranno date altre informazioni. Sono stati più volte dissuasi dal leggere i giornali o seguire i resoconti del processo sui media. Non ho dubbi che la notizia sarà riportata oggi in tutti i servizi sul processo. Questo è tutto, avvocati, la seduta è aggiornata».

54

Il dottor Scott Clifton arrivò allo studio di Fort Lee che un tempo aveva condiviso con Ted Grant e Kent Adams. Da allora aveva sempre esercitato da solo, e la sala d'attesa era deserta.

Aveva appuntamento con un nuovo paziente, il senatore Brian McElroy, alle nove del mattino, e mancavano ormai solo cinque minuti. A tutti i nuovi pazienti si chiedeva di arrivare con almeno venti minuti di anticipo per compilare i moduli necessari.

Guardò la nuova segretaria, Heidi Groner, e senza salutarla domandò: «Ha notizie del senatore McElroy? Vedo che non è ancora arrivato».

La Groner rispose timidamente: «Ha chiamato ieri sera quando c'era la segreteria telefonica e ha disdetto».

«Ha lasciato detto perché?»

La segretaria aveva ventidue anni e sembrava persino più giovane. Rispose esitante: «Ha detto che visto come è andato a finire l'intervento del suo amico, non si farebbe toccare da lei nemmeno da lontano».

Scott la fissò, lo sguardo sempre più inferocito.

«Mi dispiace, dottore, me lo ha chiesto lei.»

Scott si voltò di scatto, andò nel suo ufficio e sbatté la porta. Il che significa che ho solo un appuntamento in tarda mattinata, pensò amaramente. Eppure era sicuro di essere in ottima forma la mattina che aveva operato Darrell Hopkins.

Il senatore Brian McElroy era considerato una stella nascente della politica del New Jersey. Una vera sfortuna che conoscesse Darrell Hopkins, il paziente che era andato da lui un mese prima per una banale protesi al ginocchio. Scott sapeva di essere stato distratto, non aveva impiantato correttamente la protesi e ne era seguita un'infezione. L'intervento era stato eseguito nuovamente da un altro chirurgo ortopedico, il dottor Kent Adams.

Lo studio era in perdita, le spese generali erano enormi: oltre all'affitto alto e alla sua sempre più costosa assicurazione per negligenza professionale, Scott stipendiava un'infermiera, un tecnico di radiologia part-time e una segretaria a tempo pieno per gestire l'agenda e le pratiche assicurative.

Squillò il telefono. La voce di Heidi Groner disse all'interfono: «Dottore, c'è la sua ex moglie in linea».

Karen, pensò lui rabbioso sollevando il ricevitore. Finirà per dissanguarmi. Salutò la madre dei suoi tre figli con un «Quanto vuoi, stavolta?»

Nel pomeriggio aveva un appuntamento, ma non con un paziente. Era un giornalista del *Washington Post* che stava conducendo un'inchiesta sul problema della droga nel New Jersey. L'ultima cosa di cui aveva voglia era parlare con un giornalista, ma quando Jonathan Cruise aveva telefonato gli aveva detto di aver già discusso con il dottor Mario Iovino, un ginecologo, dell'impatto che l'abuso di droghe aveva sui bambini prima della nascita, e con il dottor Neil Carpenter, un reumatologo, del fatto che i farmaci contro il dolore davano dipendenza. Entrambi i medici erano molto apprezzati nelle rispettive specialità, e Scott non aveva motivo di rifiutare l'intervista.

Alle tre meno dieci la voce di Heidi all'interfono gli annunciò: «C'è il signor Cruise. Si scusa di essere in anticipo, ma gli ho detto che lei non è occupato e non ha altri appuntamenti oggi pomeriggio».

«Lo faccia entrare», disse Scott con malgarbo.

Quando Heidi accompagnò Jonathan Cruise nel suo ufficio, Scott tirò fuori il suo lato più cordiale. Sapeva già che cosa gli avrebbe detto: nella successiva mezz'ora gli spiegò che, ovviamente, la pratica della medicina ortopedica prevedeva che i medici prescrivessero antidolorifici ai pazienti che avevano subito interventi chirurgici. «Dobbiamo stare molto attenti a valutare quando è necessario rinnovare la prescrizione o no. Siamo molto prudenti con tutti i pazienti, ma dobbiamo esserlo soprattutto con i più giovani, che troppo facilmente sviluppano una dipendenza da antidolorifici oppiacei. La responsabilità è nostra, e quelli di noi che praticano l'ortopedia ne sono ben consapevoli.»

L'impressione che Clifton fece su Jon fu quella di un bell'uomo prossimo alla sessantina, apparentemente attento e scrupoloso come medico. Tuttavia quando attraversò di nuovo la sala d'aspetto vuota ebbe una sensazione simile alla desolazione. Vorrei sapere quanti pazienti hanno scelto il dottor Adams, quando hanno sciolto la società, pensò.

Appena la porta si fu richiusa alle spalle del giornalista, Scott si rivolse a Heidi Groner. «Signorina Groner, è evidente che lei è troppo immatura per questo ruolo», disse. «Quando la mia ex moglie ha telefonato, non avrebbe dovuto definirla così nell'annunciarla. E quando ricevo un visitatore non è opportuno fargli sapere quali altri appuntamenti ho quel giorno. Si consideri licenziata con effetto immediato. Verrà pagata fino alla fine della prossima settimana con un assegno a mezzo posta.»

Heidi Groner era già sul punto di dare le dimissioni lei stessa, c'era troppo poco da fare e il dottor Scott Clifton non le piaceva per niente. Alzandosi dalla scrivania si mise in tasca il biglietto da visita che il giornalista le aveva dato.

Se solo potessi dirgliene quattro, pensò, sorridendo tra sé e sé.

55

ALAN Grant aveva perso quasi cinque chili dall'inizio del processo. Testimoniare era stata un'esperienza straziante. Vedere Betsy al tavolo della difesa lo aveva indotto a domandarsi come si sarebbe sentito al posto suo. Perché papà non è semplicemente morto di attacco cardiaco? Perché è dovuta finire così?

Gli avevano proposto di andare in Georgia per un servizio fotografico prestigioso e molto ben pagato per la rivista *Happening*, in sostituzione di un fotografo che era stato trattenuto da un lavoro a Buenos Aires.

Alan sapeva che, nonostante il lavoro fosse pagato davvero bene e lui avesse senza dubbio bisogno di soldi, doveva rifiutare. In quanto testimone che poteva essere chiamato a deporre nuovamente, gli era stato ordinato di non presenziare al processo, ma una volta raggiunto il verdetto avrebbe potuto andare in aula a sentirlo. Betsy sarà giudicata colpevole, si disse. Non è possibile che la lascino andare. E allora l'incubo sarà finito.

Era arrivato al punto che ogni notte sognava il cranio

di suo padre sfondato da quel pestello. E spesso anche altri eventi affioravano dal suo inconscio. Lui che singhiozzava con il padre sulla tomba della madre. Suo padre che gli comprava l'appartamento e l'attrezzatura fotografica, ed esultava quando lui cominciava a ricevere ottime recensioni per i suoi lavori.

Quando si svegliava, era tutto tremante. Il problema è che anche se sono bravo a fare fotografie, odio farlo, pensò. Una volta ricevuta l'eredità avrebbe pensato a cos'altro fare. Si rese conto che non voleva mai più avere debiti e creditori che lo sollecitavano. Erano anni che non compilava una dichiarazione dei redditi, e aveva appena ricevuto un avviso dell'Agenzia delle Entrate in cui gli si diceva di contattare immediatamente gli uffici.

Questa pressione è eccessiva, pensò. Quando Betsy verrà condannata andrò subito in tribunale e mi farò dare soldi sufficienti per pagare tutti.

Si addormentò, ma l'incubo ricominciò da capo.

Alle quattro del mattino aveva preso due tranquillanti o forse erano tre? Dormì fin quasi alle due del pomeriggio. Accese il piccolo televisore in cucina e mise due fette di pane nel tostapane. Quando il presentatore disse «nuovi sviluppi nel caso Betsy Grant», si avvicinò e alzò il volume. Rimase inebetito nel sentire che un uomo arrestato per furto con scasso sosteneva di aver visto un'auto lasciare casa Grant alle due del mattino, la notte in cui suo padre era stato ucciso.

56

La voce femminile aveva un tono seducente quando disse: «Signor Cruise, spero si ricorderà di me. Ci siamo visti nello studio del dottor Clifton ieri. Quando è arrivato mi ha dato il suo biglietto da visita».

«Sì, certo che mi ricordo. Cosa posso fare per lei?»

«Non voglio parlarne per telefono, vorrei incontrarla. Ho delle informazioni molto interessanti che lei dovrebbe sapere.»

«Certo, vediamoci», disse Jon. «Preferisce un posto vicino allo studio a Fort Lee?»

«Non lavoro più lì. Sono stata licenziata subito dopo che lei se n'è andato.»

«Mi dispiace molto.» Ora Jon era ancora più curioso di sapere che cosa avesse da dirgli l'ex segretaria. Chi è stato licenziato di solito è molto più disponibile a parlare rispetto a chi teme di poter perdere il lavoro. «Dove vogliamo vederci?»

«Io vivo con i miei genitori a Tenafly. Al centro della città c'è il *Clinton Inn*. Potrebbe andare bene?»

«Sì. Stasera alle sei?»

«D'accordo, e dopo che avrà sentito quello che ho da dirle mi vorrà offrire la cena.»

Terminata la conversazione con la Groner, Jon chiamò Delaney. «Dobbiamo vederci un po' più tardi stasera», iniziò. «Poco fa mi ha chiamato Heidi Groner, la segretaria che Scott Clifton ha appena licenziato. Sostiene di avere informazioni importanti da darmi. Non ho idea di che cosa si tratti, potrebbe essere il solito caso dell'impiegato arrabbiato che vuole sfogarsi, e a essere sincero credo che sia un po' svampita...»

«Jon, la devi incontrare», disse subito Delaney. Aveva deciso che quella sera a cena avrebbe detto a Jon che Betsy Grant e Peter Benson erano i suoi genitori, ma poteva aspettare. «Sono ancora sconcertata per quel tizio che hanno arrestato a Saddle River e che sostiene di essere stato a casa Grant la notte in cui il dottore è morto.»

«Uno sviluppo inaspettato», disse Jon.

«So che il pubblico ministero non gli crede, ma l'avvocato della difesa lo chiamerà a testimoniare comunque. Ti rendi conto di cosa potrebbe voler dire per Betsy Grant?»

«Me ne rendo conto. E so quanto tieni a lei. Però, Delaney, ci sono tanti matti che amano stare sotto i riflettori, e Tony Sharkey potrebbe essere uno di loro. È gente che direbbe e farebbe qualunque cosa pur di attirare l'attenzione.»

«Lo so, hai ragione», rispose Delaney, «ma io credo che stavolta ci sia davvero qualcosa.»

57

Il martedì pomeriggio Lisa Clifton incontrò l'agente immobiliare a Morristown e trovò un appartamento di quattro locali in un nuovo e lussuoso condominio, a un affitto accettabile. Era esattamente quello che cercava, due camere da letto e tantissime finestre.

Firmando il contratto si sentì pervadere da una sensazione di sollievo. Perché ho insistito così a lungo con questo matrimonio? si domandò. Sono triste da almeno due anni. Adesso voglio solo farla finita al più presto.

Risalì in auto, soddisfatta di aver portato a termine la caccia all'appartamento. Qualche giorno ancora, pensò, non vedo l'ora. Non vedo l'ora di andarmene da quella casa con i suoi spaventosi mobili moderni. E il fatto che Scott si mostrasse tanto affettuoso peggiorava le cose. La sera prima, dopo che lei era stata a casa di Betsy, si erano visti con degli amici a cena, e lui l'aveva chiamata «cara» così spesso da sembrare uno sciocco. Temeva forse che separandosi lei avrebbe preteso più di quanto concordato nell'accordo prematrimoniale? Dopotutto aveva rinunciato a un lavoro ben pagato proprio perché lui glielo aveva chiesto esplicitamente. Vorrei potergli dire che non deve preoccuparsi, pensò. Io non voglio i suoi soldi, voglio solo andarmene via!

Tornando a casa sentì alla radio di questo ladro che sosteneva di essere stato a casa di Betsy la sera dell'omicidio di Ted, e di aver visto una Mercedes nera che si allontanava. Lisa strinse forte il volante. Ricordava perfettamente quella sera. Quando erano tornati a casa, Scott le aveva detto di essere troppo agitato per andare a dormire, dopo quella scenataccia a cena. La mattina, scendendo al piano di sotto, Lisa lo aveva trovato addormentato sul divano in salotto. Non aveva messo in dubbio nemmeno per un attimo quello che Scott le aveva detto: sosteneva di aver bevuto qualche drink per calmarsi e per questo motivo si era addormentato lì.

Scott era veramente agitato quella sera.

E aveva una Mercedes nera.

Ma per quale motivo avrebbe dovuto fare del male a Ted? La loro società si era sciolta da anni, ormai.

La domanda se ne portò dietro un'altra: Ted quella sera si è lanciato al di là del tavolo, pensò Lisa. Io ero seduta di fianco a Scott. Forse Ted si stava gettando contro Scott, e non contro di me? In quel suo povero cervello malato, sapeva forse qualcosa di Scott che lo aveva fatto infuriare?

Non si era resa conto di quanto fosse stato rapido il viaggio finché non entrò nel vialetto di casa.

Casa!

Con sua sorpresa, trovò Scott in soggiorno, che la

salutò con uno dei suoi baci affettuosi. «Ehi, ti ho cercata ma non hai risposto al telefono.»

Lisa si sentì gelare quando le braccia di lui la strinsero. «Ho dimenticato il telefono a casa», disse, «e sono andata a fare compere. Ci sono i saldi sia da Nordstrom sia da Neiman Marcus.»

Scott la lasciò andare. «Spero che tu ti sia fatta dei bei regali.»

«Sì, ho ordinato due completi che devono essere ritoccati. Saranno pronti fra una settimana.»

E per allora io sarò fuori di qui, pensò.

58

DOPO l'incontro con Kathleen Gerard, Delaney era tornata a casa e aveva trascorso gran parte della giornata e di quella seguente a rileggere gli appunti presi in tribunale, i resoconti che aveva scritto e le notizie sul processo apparse sul web, per controllare di non aver trascurato niente che potesse essere d'aiuto. Poco prima che Jon chiamasse, stava cercando di decidere se telefonare o no a Lisa Clifton: lei era dalla parte di Betsy, mentre suo marito Scott le era palesemente ostile. La cosa stava avendo delle ripercussioni sul loro matrimonio?

Come può non esserci tensione fra loro? si domandò. Forse se dicessi a Lisa che Betsy è mia madre lei si aprirebbe di più con me. Che male c'è a provare? pensò. Nessuno, se può aiutare Betsy.

Nel cercare il numero di telefono scoprì con sua sorpresa che ce n'era uno intestato a Lisa Clifton a Ridgewood, nel New Jersey, ma nessuno intestato a Scott Clifton. È strano che il telefono di casa sia a nome della moglie, o forse è così che fanno i medici? si domandò.

Lisa rispose al primo squillo: Delaney non poteva saperlo, ma stava aspettando una chiamata dell'impiegato della ditta di traslochi per sapere esattamente a che ora sarebbero venuti il venerdì mattina.

Delaney si presentò e poi andò dritta al punto: «Signora Clifton, da quello che ho visto in aula lei è decisamente dalla parte di Betsy Grant».

«Lo sono e lo sono sempre stata. Deve esserci una spiegazione per ciò che è successo quella sera, e io credo di conoscerla.»

«Signora Clifton, posso venire a parlare con lei?»

«Mi chiami Lisa. Sì, certo. Seguo sempre i suoi servizi sul processo e trovo che sia stata molto onesta. Però oggi non posso, nel pomeriggio ho un appuntamento e poi mio marito e io ceneremo con degli amici.»

«Signora Clifton, Lisa, questo processo si avvia rapidamente verso la conclusione. Se lei ha delle informazioni che potrebbero scagionare Betsy Grant la prego di dirmele subito.»

«Non ho prove, solo una sensazione. Ma sarò felice di incontrarla domani.»

«A che ora possiamo...»

«Senta, devo andare. Mi chiami domattina.»

Delaney riagganciò e si sentì impotente e smarrita. Scommetto che si riferiva ad Alan Grant, pensò. Certo, è l'opzione più logica. Però non c'è nessuna prova contro di lui e ha un alibi di ferro avendo trascorso la notte a casa di una ex fidanzata, con tanto di telecamere di sicurezza a dimostrare che non è uscito durante la notte. Delaney si domandò se Alan avesse più rivisto quella donna. O magari l'aveva pagata perché gli permettesse di stare da lei?

Per non trascurare nessuna pista, Delaney riguardò gli appunti: Josie Mason, la donna in questione, faceva la parrucchiera da *Louis & David*, un salone sulla Cinquantesima Strada Est. Cercò il numero e telefonò. Una voce che divenne irritata appena lei nominò Alan accettò malvolentieri di vederla per bere qualcosa insieme alle cinque del pomeriggio. La Mason propose il *Peacock Alley*, il bar del *Waldorf Astoria*.

La popolare sala da cocktail era quasi piena. C'è sempre un'atmosfera molto festosa qui, pensò Delaney. Quanto vorrei essere in vena di festeggiare!

Josie la stava già aspettando a un tavolino a sinistra del bancone, Delaney la riconobbe perché l'aveva vista testimoniare in aula: una bionda di belle forme, sulla trentina, con i capelli lunghi fino alle spalle, indossava una camicetta bianca scollata e dei pantaloni neri.

La raggiunse e sedette accanto a lei. Ora che la vedeva da vicino si rendeva conto che il viso privo di rughe aveva probabilmente beneficiato di qualche iniezione di Botox, e le minuscole linee intorno alla bocca suggerivano che fosse un'accanita fumatrice.

«Salve, Josie, grazie per aver accettato di vedermi», le disse mentre una cameriera veniva a prendere la sua ordinazione. La Mason stava già bevendo un Apple Martini, e Delaney le fece compagnia.

Josie si mise a frugare nella borsetta e poi smise.

«Non riesco a capire questa stupida regola di non fumare quando si va a bere qualcosa. Mi fa impazzire.»

«Io non ho mai fumato, ma ho degli amici che la pensano esattamente come lei», disse gentilmente Delaney.

«Mi piace come sta parlando del processo», disse Josie. «Voglio dire, è onesta, non come certi stupidi alla radio che si credono Dio in terra e continuano a sbraitare che Betsy Grant ha spaccato la testa al marito.»

Una favola raccontata da un idiota, piena di rumore e di furore, che non significa nulla, pensò Delaney ricordando il *Macbeth* di Shakespeare, tuttavia rispose: «Non potrei essere più d'accordo».

«Quella gente sta proprio incastrando Betsy Grant», continuò Josie. «Voglio dire, tutti che versano lacrime perché lei ha ucciso il marito inerme e malato per poter stare con l'amante. Ho visto una foto di lui sui giornali, è fantastico. Ed è vedovo!»

Stiamo parlando di mio padre, pensò Delaney, ma poi cercò di arrivare al punto che le premeva e disse: «Alan ha dichiarato in tribunale che voi due avevate organizzato di vedervi alle dieci di sera per bere qualcosa, dopo che lui era tornato dalla festa a casa di suo padre».

«È andata più o meno così», confermò Josie.

«Che cosa intende con 'più o meno'?»

«Alan e io ci eravamo frequentati per un po', poi avevamo rotto. Lui mi ha richiamata di punto in bianco e abbiamo ricominciato a vederci. Circa sei mesi prima che il padre morisse abbiamo avuto una brutta discussione: voglio dire, lui è bello ed elegante, però sta sempre a lamentarsi che è al verde. Avevo persino cominciato a pagargli i conti. Le mie amiche mi dicevano che ero stupida, e alla fine ho capito che avevano ragione. Perciò gli ho detto di andare a guadagnarsi dei soldi e allora poteva richiamarmi. Ma alcuni mesi dopo ci siamo di nuovo visti a cena e cose così. Più o meno una settimana prima della cena a casa di suo padre mi ha detto che per lui sarebbe stata durissima vederlo in quelle condizioni. Mi ha chiesto se potevamo bere qualcosa verso le dieci, dopo che era tornato dal New Jersey.»

«Quindi avevate un appuntamento quella sera?»

«Sì, per bere qualcosa insieme. Io ero già lì quando è arrivato. All'inizio stava bene, ma poi è diventato veramente triste, era depresso e si è quasi messo a piangere. Mi ha detto che si sentiva molto solo, e forse gli stava venendo un esaurimento nervoso, ed era tanto preoccupato per il padre e la moglie di suo padre, e suo padre era così malato e lui se la squagliava via... Ha detto che non voleva stare da solo quella sera, e ha chiesto se poteva stare con me.» Josie si strinse nelle spalle. «Io abbocco sempre alle storie strappalacrime, quindi ho detto 'Certo, va bene'.»

Delaney scelse le parole con cura. «Josie, so che le telecamere di sicurezza lo hanno ripreso mentre entrava con lei verso mezzanotte e se ne andava attorno alle otto del mattino successivo. Quindi lei è assolutamente certa che lui sia rimasto nel suo appartamento tutta la notte?»

«Oh, certo che è stato con me tutta la notte. Ha passato la metà del tempo a piangere, credevo di impazzire.»

«Lo ha visto spesso nell'ultimo anno e mezzo?»

«Un po'. Senta, io lo so che erediterà un sacco di soldi,

e chi lo sa se quando li incasserà e smetterà di parlare dei suoi problemi io sarò ancora interessata a lui. Ma visto che sono mancata al lavoro per andare a testimoniare, e gli ho fornito un alibi di ferro per la notte che suo padre è morto, non le pare che avrebbe almeno potuto telefonare per ringraziarmi? Voglio dire, se se ne fosse andato da solo a casa sua, chi gli avrebbe creduto?»

Josie bevve l'ultimo sorso di Martini piegando la testa all'indietro. «Ce ne vuole un altro», disse facendo cenno alla cameriera.

Delaney era impaziente di andare via. A quel punto era molto probabile che Alan avesse deliberatamente circuito la sua amante occasionale in modo da ottenere un alibi, perché sapeva che qualcuno avrebbe ucciso il dottor Grant quella notte.

Mentre pagava il conto, Josie si mise a ridere. «Quella sera è successa una cosa molto buffa. Appena due giorni prima avevo adottato un gatto da un rifugio.»

Ti prego, vieni al sodo, non ho tempo per le storie di gatti, pensò Delaney.

«Non lo sapevo, ma Alan è veramente allergico ai gatti.»

«Eppure è rimasto lo stesso per la notte?»

«Sì, ha preso parecchie pastiglie e ha starnutito tutto il tempo.»

«Questo lo ha detto alla polizia?»

«No, non ne ho fatto cenno. Perché mai alla polizia dovrebbero interessare le allergie di una persona?»

59

CERCANDO di non mostrarsi impaziente, Jonathan Cruise aspettava Heidi Groner al *Clinton Inn* di Tenafly. Aveva già dieci minuti di ritardo, e lui cominciava a domandarsi se si sarebbe fatta vedere. Cinque minuti dopo arrivò.

«Mi dispiace, ho fatto tardi», disse. Non aveva affatto l'aria di volersi scusare, né nel tono di voce né con quel grande sorriso. In ufficio portava i capelli raccolti, ora erano sciolti e le ricadevano lunghi ben oltre le spalle. Si era truccata con cura, mettendo in risalto gli occhi nocciola.

Jon dovette riconoscere che era molto graziosa, cosa che non aveva notato durante il loro breve incontro allo studio. Immaginando che avrebbero cenato lì, aveva pensato di mantenersi inizialmente su una conversazione generica, invece Heidi andò dritta al punto: «Le ho detto che ieri sono stata licenziata».

«Sì, mi dispiace.»

«Non è il caso, avevo intenzione di farlo io, quel posto era un mortorio. La sera prima che lei venisse, il senatore

McElroy aveva telefonato e lasciato un messaggio per cancellare il suo appuntamento. Il dottor Clifton ha operato un suo amico qualche settimana fa, una protesi al ginocchio. Ha sbagliato l'intervento e quel tizio ha dovuto essere operato di nuovo.»

«Queste cose succedevano spesso?»

«Non lo so, non sono stata lì molto a lungo. Ma le posso dire che la sala d'aspetto l'avremmo potuta tranquillamente affittare a qualcun altro.»

Un cameriere venne al tavolo. «Cosa posso portarvi da bere?»

«Oh, un bicchiere di Chardonnay, andrà bene. Non sono un'amante della roba forte.»

«Ne porti due, per favore», disse Jon, poi si rivolse di nuovo a Heidi. «A quanto ne so, gli studi medici hanno spese generali molto alte.»

«Oh, certo che sì. Io ero a tempo pieno, e c'erano anche un'infermiera e un tecnico di radiologia part-time. Il dottore non fa abbastanza visite e interventi per pagarci lo stipendio. Sono sicura che spaccia farmaci.»

Jon si irrigidì. «Cosa glielo fa pensare?»

«Ha un telefono usa e getta. Sa, di quelli che si usano solo per una certa quantità di minuti.»

«So cosa sono.»

«Be', lo sentivo suonare due o tre volte al giorno. E una volta, la scorsa settimana, la porta del suo ufficio era aperta e l'ho sentito dare appuntamento a qualcuno nel posteggio vicino all'ufficio.»

«E lei pensa che si incontrasse con persone a cui vendeva farmaci?»

«Certo. O quantomeno ricette di farmaci. Altrimenti perché incontrare qualcuno in un posteggio?»

Jon pensò a quanto gli era sembrato desolato lo studio di Scott Clifton.

«Ma il meglio deve ancora arrivare», disse Heidi con aria cospiratoria. «Ha letto del figlio di quel regista di Hollywood morto di overdose la scorsa settimana?»

«Sì, conosco bene quella storia.»

«Non si chiamava Steven?»

«Sì.»

«Be', la scorsa settimana, quando il dottor Clifton era al telefono, prima di chiudere la chiamata ho sentito che diceva 'Ciao, Steven'.»

60

DOPO la cena con Heidi Groner, Jon andò dritto a casa di Delaney. Erano le dieci. Lei gli disse che Josie Mason poteva essere stata circuita in modo da fornire ad Alan un alibi per la notte in cui il padre era morto.

«Avrebbe senso, Jon, non ti pare? In questo modo lui è praticamente al sicuro.»

«Avrebbe senso», confermò lui, «ma vorrebbe dire che è stato qualcun altro a commettere l'omicidio. Ora lascia che ti racconti cosa ho scoperto oggi.»

Delaney lo ascoltò. «Vuoi dire che il dottor Clifton vende farmaci illegali?» domandò.

«Molto probabilmente vende ricette per farmaci legali. Certi farmacisti lo capiscono che un medico sta facendo troppe ricette, ma non lo denunciano e non gli fanno domande. Le persone che ottengono queste ricette, i drogati, pagano in contanti. È una grossa fonte di guadagno per il medico e per il farmacista.»

«Ma nulla di tutto ciò avrebbe dato motivo a Scott di uccidere il suo ex socio.»

«No», ammise Jon. «A meno che domani Tony Sharkey tiri fuori qualcosa di più di quella semplice Mercedes nera che ha visto, non credo che la sua testimonianza aiuterà Betsy Grant.»

«E il pubblico ministero e Maynard faranno le loro requisitorie venerdì e il caso passerà alla giuria», disse Delaney, con gli occhi che si riempivano di lacrime.

Jonathan la circondò con il braccio. «Ehi, mi sorprendi. Hai seguito tantissimi processi, non posso credere che tu ti faccia coinvolgere così tanto da questo.»

Era arrivato il momento di dirglielo. «Jon, che effetto ti farebbe se tu avessi appena scoperto che Betsy Grant è tua madre?»

61

Il giovedì mattina il processo riprese. L'aula era stipata di giornalisti e spettatori, il giudice entrò e fece chiamare i giurati.

Quando si furono accomodati, disse: «Signore e signori, lunedì vi avevo detto che questa mattina gli avvocati avrebbero presentato le loro requisitorie. Ma martedì mi è stato comunicato che a causa di ulteriori sviluppi l'avvocato della difesa desiderava riaprire il caso, e io ho deciso di acconsentire.

«So che sarà chiamata al banco dei testimoni una persona che prima non aveva deposto, si chiama Tony Sharkey e vive a Moonachie. Se qualcuno di voi lo conosce, per favore alzi la mano». Dopo una breve pausa il giudice riprese. «Va bene, nessuno lo conosce. Il signor Maynard richiamerà anche Carmen Sanchez e Betsy Grant, che hanno già testimoniato.

«Signore e signori, il signor Maynard interrogherà questi testimoni e poi il pubblico ministero Holmes li controinterrogherà. Poi il signor Maynard dichiarerà di aver concluso e noi ci aggiorneremo a domani mattina, quando gli avvocati vi presenteranno le loro requisitorie. Dopodiché io vi illustrerò le norme di legge e voi comincerete a deliberare.

«Signor Maynard, può chiamare il primo testimone.»

«Sì, Vostro Onore. La difesa chiama Tony Sharkey.»

Tony Sharkey entrò in aula dalla porta della cella e si guardò intorno. Indossava un completo e una cravatta che gli associati di Maynard gli avevano comprato in tutta fretta, ed era scortato da due ufficiali giudiziari. Prestò giuramento e si sedette al banco dei testimoni.

Maynard iniziò chiedendogli quanti anni avesse e dove abitasse, e del suo lavoro come lavavetri. «Signor Sharkey, quando e dove è stata la prima volta che ci siamo incontrati?»

«Martedì. Al fresco. In prigione.»

«Lei era stato arrestato la sera prima a Saddle River?»

«Già, mi hanno beccato mentre stavo entrando in una casa. Il poliziotto mi ha visto sul balcone.»

«Dopodiché è andato alla stazione di polizia?»

«Sì. È lì che ho parlato con un detective e gli ho detto che avevo delle informazioni utili.»

«La polizia, su sua richiesta e con il suo consenso, è andata nel suo appartamento a Moonachie?»

«Sì, gliel'ho detto io di andare, hanno preso la mia chiave.»

«Cosa cercavano?»

«Il braccialetto che ho preso a casa Grant l'anno scorso, la notte che il dottore è stato fatto fuori. Gli ho detto che stava sotto una piastrella in bagno.»

Betsy fece una evidente smorfia sentendo Tony dire che il marito era stato «fatto fuori».

«Signor Sharkey, le mostro un braccialetto che è stato archiviato come prova N.10 per la difesa. È questo il braccialetto che stava sotto quella piastrella?»

«Sì, senza dubbio. Guardi le iniziali: TG e BG. Lo hanno portato alla stazione di polizia e il detective me l'ha mostrato.»

«E lei che cos'ha detto al detective.»

«Che secondo me quella bella signora non aveva ucciso il marito. Gli ho detto che il braccialetto lo avevo preso quella notte, e prima di entrare avevo visto una Mercedes nera, proprio accanto alla casa, che se ne stava andando.»

«Che ore erano?»

«Le due, forse le due e mezzo del mattino. Mi sono domandato che accidenti facesse.»

«E poi cos'è successo?»

I giurati parevano ipnotizzati nell'ascoltare Tony che raccontava del lavoro da lavavetri, della manomissione dell'allarme e del furto del braccialetto.

«Signor Sharkey, perché ha preso solo il braccialetto dalla cassaforte?»

«Io faccio sempre così, prendo solo un buon pezzo, magari due. Così quelli a casa non si rendono conto che è entrato qualcuno. Quando si accorgono che manca qualcosa non chiamano la polizia perché pensano di essersi dimenticati di metterlo al suo posto. Così nessuno viene a frugare per tutta la casa in cerca di impronte digitali.»

«Signor Sharkey, le è stato promesso qualcosa in cambio della sua testimonianza qui, oggi?»

«No. Il pubblico ministero non sgancia niente. Lei mi ha detto che la bella signora, qui, avrebbe chiuso un occhio sulla questione del braccialetto.»

«Vostro Onore, non ho altre domande.»

«Pubblico ministero, il teste è suo», disse il giudice.

«Signor Sharkey, non è forse vero che lei ha già sei precedenti di reato?»

«Sì, e non ne vado fiero. E di sicuro nemmeno mia madre.»

«E lei sa che il giudice spiegherà alla giuria che possono tenere in considerazione questi precedenti nel valutare la credibilità della sua testimonianza, ossia se crederle o no?»

«Sì, lo so. Ci sono già passato.»

«Signor Sharkey, quando è stata la prima volta che ci siamo incontrati?»

«Martedì mattina presto. Lei sembrava proprio felice di vedermi.»

«E mi ha raccontato alcune delle cose che ha detto qui oggi, vero?»

«Vero.»

«Ma quando le ho chiesto di descrivermi l'auto che sostiene di aver visto andare via da casa Grant, lei non mi ha risposto, è vero?»

«È vero.»

«Anzi, lei pretendeva che io le garantissi la libertà condizionale in cambio della sua testimonianza, e solo dopo mi avrebbe detto di più. È giusto?»

«Sì. Ho pensato che fosse giusto, se dovevo venire qui.»

«E io le ho detto che, sulla base di quello che mi aveva raccontato, non le avrei promesso altro che un regolare processo per il tentativo di furto con scasso a Saddle River, e un regolare processo per il furto con scasso a casa Grant, anche se adesso la signora Grant la perdona perché sta cercando di aiutarla a venire fuori da questa accusa di omicidio. È così?»

«Esatto.»

«Signor Sharkey, lei dice di aver rubato il braccialetto nel marzo dello scorso anno, giusto?»

«Sì, proprio allora.»

«Sono andato a rivedere la documentazione di alcune sue precedenti condanne. Non è forse vero che lei ha un grave problema con il gioco d'azzardo e che lavora solo sporadicamente per le ditte di lavavetri?»

«Non lo nego, vado ad Atlantic City ogni volta che ho un po' di contante. Lavoro per le ditte di lavavetri quando hanno del lavoro da darmi. Non è che siano proprio indaffaratissime.»

«E allora, se è a corto di soldi, perché si è tenuto il braccialetto tutto questo tempo? Perché non lo ha venduto a un ricettatore ricavandone migliaia di dollari?»

«Perché ho pensato che potevo ritrovarmi in un guaio come ora. Ho pensato che potevo usarlo per ridurre un po' la pena.»

«Quindi lei sta solo cercando di aiutare se stesso, giusto?»

«Certo. Però sto dicendo la verità su quello che è successo.»

«Ma se lei non fosse stato arrestato a Saddle River l'altra notte, non sarebbe qui a preoccuparsi per Betsy Grant, vero?»

«No, questo no. Però mi è sempre dispiaciuto per lei fin da quando l'hanno arrestata.»

«Signor Sharkey, lei non ha prove di essere stato in quella casa proprio quella notte, vero?»

«No, ma faccia due più due: sono andato a lavare i vetri due giorni prima, e lo so che la ditta le ha fornito questa informazione. E ho preso il braccialetto. E dia un'occhiata a quell'allarme: è più vecchio di me, chiunque potrebbe aggirarlo.»

«E casualmente ha visto una misteriosa auto che si allontanava da lì?»

«Non era misteriosa. Era solo buio. Le ho detto quello che ho visto.»

«Vostro Onore, non ho altre domande.»

Tony lasciò lentamente il banco dei testimoni con la sgradevole sensazione che non fosse andata bene. Robert Maynard aveva la stessa sensazione.

«Chiami il suo prossimo testimone, signor Maynard», disse il giudice.

«La difesa chiama a testimoniare Carmen Sanchez.»

Carmen entrò e prese posto. Il giudice le disse che aveva già giurato ed era ancora sotto giuramento. Maynard le fece raccontare passo per passo la questione dello sporco sul tappeto, e di come lei avesse aiutato Betsy a cercare il braccialetto.

Elliot Holmes iniziò poi il controinterrogatorio.

«Signora Sanchez, parliamo di questo ipotetico sporco sul tappeto. Lei si vanta di essere una governante meticolosa, vero?»

«Se intende dire che pulisco bene, sì.»

«E lei afferma di aver visto dello sporco sul tappeto la mattina che il dottore è stato trovato morto.»

«Sì. Ma ero così agitata.»

«Però lei ha detto di aver pulito e passato l'aspirapolvere in quella zona uno o due giorni prima.»

«Sì. Per quello ero così sorpresa.»

«Signora Sanchez, lei è molto legata a Betsy Grant, vero?»

«Sì, è sempre stata buona con me.»

«E ci tiene molto a lei, vero?»

«Sì, sì. Moltissimo.»

«E Betsy Grant è stata arrestata per l'omicidio del marito due settimane dopo il decesso?»

«Sì. Ero così triste.»

«E lei sapeva che quella sera Betsy Grant era sola in casa con il marito, vero?»

«Sì, lo sapevo.»

«Ma era convinta che fosse stato qualcun altro, vero?»

«Sì, è così.»

«Quindi questo vorrebbe dire che qualcuno si è introdotto in casa durante la notte, giusto?»

«Immagino di sì. Non lo so.»

«E non le è mai venuto in mente di parlare di quello sporco sul tappeto che sarebbe stato lasciato dallo sconosciuto intruso?»

«No. Non so perché. Non lo so. In realtà ci ho pensato solo quando ho fatto la mia deposizione. Ma il giudice ha detto che dovevo solo rispondere alle domande.»

«Però anche dopo lei non ha detto niente alla signora Grant o al signor Maynard, finché il signor Sharkey non è improvvisamente saltato fuori due giorni fa, giusto?»

«Cosa intende dire con 'saltato fuori'?»

«Intendo dire che lei non ha parlato finché il signor Maynard non ha saputo del signor Sharkey, due giorni fa.»

«No. Non lo so perché. Ero imbarazzata perché non avevo visto quello sporco quando avevo passato l'aspirapolvere il giorno prima.»

«Signora Sanchez, passiamo a un altro argomento. Lei dice di aver aiutato la signora Grant a cercare questo braccialetto per un sacco di tempo, è vero?»

«Sì. Non siamo riuscite a trovarlo.»

«Però non sa quando è stato rubato, giusto?»

«No.»

«Non ho altre domande, Vostro Onore.»

Robert Maynard si alzò in piedi. «Vostro Onore, chiamo ora a testimoniare Betsy Grant.»

Quando Betsy si fu seduta al banco dei testimoni, Maynard le parlò dolcemente. «Signora Grant, questo è il suo braccialetto, vero?»

Betsy rispose con la voce rotta. «Sì. Ted me l'ha regalato per il nostro primo anniversario.»

«Quelle incise sono le vostre iniziali?»

«Sì.»

«Quando si è resa conto che era sparito?»

«Poche settimane dopo la morte di mio marito.»

«Ha fatto denuncia di furto?»

«No, non avevo ragione di credere che fosse stato rubato, non mancavano altri gioielli.»

«Ne ha denunciato lo smarrimento all'assicurazione?»

«No. Ho pensato che magari Ted lo aveva preso e messo da qualche parte. Non volevo denunciarne lo smarrimento, prendere i soldi dell'assicurazione e poi trovarlo in seguito. Carmen e io abbiamo cercato dappertutto. Volevo tanto ritrovarlo, significava molto per me. Proprio l'altro giorno avevo deciso di denunciarne lo smarrimento, ma prima che potessi farlo è successo tutto questo.»

«Non ho altre domande, Vostro Onore.»

Elliot Holmes si avvicinò al banco dei testimoni. «Signora Grant, lei non ha idea di quando il braccialetto sia stato rubato, vero?»

«Non con precisione. Era ormai un anno che non lo indossavo, quando mi sono accorta che era sparito. Ted non poteva più uscire, quindi non avevo molte occasioni di portare un braccialetto del genere. Credo di averlo messo l'ultima volta a una cena di beneficenza.»

«Ha mai indossato questo oggetto così importante per lei una delle decine di volte che è andata a cena a New York con Peter Benson?»

Betsy avrebbe voluto mettersi a urlare. «No, mai!» gridò.

«Quindi poteva essere stato rubato in qualunque momento di quell'anno, giusto?»

«Non mi sono accorta che era stato rubato, quindi

ovviamente non so quando è successo esattamente. Ma il signor Sharkey non aveva mai lavorato a casa mia fino a quel giorno, due giorni prima che Ted morisse. Come poteva conoscere casa mia prima di allora?»

Holmes ribatté brusco: «Signora Grant, si limiti a rispondere alle domande».

«Gliel'ho detto. Non lo portavo da un anno quando Ted è morto, e non mi ero resa conto che fosse sparito.»

«E dopo che lei è stata arrestata, la sua governante non le ha detto dello sporco trovato sul tappeto sotto la finestra al piano superiore. Giusto?»

«No, fino a ieri. Vorrei che lo avesse fatto prima. È molto dispiaciuta per questo.»

Con un sorrisetto, Holmes disse: «Non ho altre domande».

Betsy scese dal banco dei testimoni e lentamente tornò al tavolo della difesa. Robert Maynard le scostò la sedia per farla accomodare.

«Giudice, la difesa ha concluso.»

«Qualche obiezione, pubblico ministero?»

«No, giudice.»

Il giudice si rivolse ai giurati, disse che l'esposizione dei fatti era terminata e che dovevano ripresentarsi lì alle nove del mattino dopo per le requisitorie e le istruzioni di legge.

62

Giovedì era il giorno di riposo di Josie. Dormì fino a tardi, ma quando si alzò pensò che era molto contenta di aver parlato con Delaney Wright, le aveva fatto cambiare prospettiva sulle cose.

E se chiedessi di vedere il pubblico ministero e gli dicessi che dopo averci pensato mi sono resa conto che Alan mi ha circuita in modo che gli procurassi un alibi? Mentalmente elencò le cose che avrebbe detto. Prima di tutto erano sei mesi che lei e Alan non si sentivano nemmeno, quando lui all'improvviso l'aveva chiamata e le aveva detto che gli mancava molto. Per circa un mese prima della morte del padre erano usciti insieme almeno tre volte alla settimana, e una sera, di punto in bianco, si era messo a lamentarsi perché era preoccupato per lui e perché si sentiva molto solo. Sapeva – aveva detto – che sarebbe stato depresso dopo la cena per il compleanno del padre, e avrebbe avuto bisogno di qualcuno con cui parlare. Io mi sono resa disponibile, pensò Josie, e ci siamo messi d'accordo per andare a bere qualcosa all'*O'Malley's*, un locale poco lontano da casa mia. Lì, per un'ora e mezzo, ho ascoltato la sua storia lacrimevole, poi lui ha detto che non voleva restare da solo, mi ha pregata di andare a casa sua, ma sapendo che razza di disordinato è gli ho detto di venire lui da me.

Come ho raccontato a Delaney Wright, pensò, non sapevo che Alan fosse allergico ai gatti, e lui non sapeva che ne avevo adottato uno. Ha iniziato ad ansimare appena ha varcato la soglia di casa, eppure è rimasto ugualmente. E per coincidenza suo padre è stato ucciso proprio quella notte. Tombola: sono il suo alibi!

Dopo la morte di suo padre, Alan e io ci siamo visti almeno una volta alla settimana, ma era solo una messinscena. Cioè, io non sono nata ieri e lo capisco se un uomo è interessato, pensò. Non mi ha nemmeno ringraziata.

Posso raccontare tutto questo al pubblico ministero, pensò Josie. Mi richiameranno a deporre. Gliela faccio vedere io a quel piagnone bastardo, tanto affezionato al padre ma pronto a ereditarne i milioni.

Accarezzando il gatto, Josie pensò: adesso chiamo Alan e gli dico di sganciare un milioncino altrimenti telefono al pubblico ministero. Gli dico di chiedere un prestito. Si prenderà tutti i soldi del padre quando la matrigna verrà condannata, ma dubito che io ne vedrò un centesimo una volta finito il processo.

Credevi che fossi troppo stupida per arrivarci, Alan. Mi ci è voluto un po', ma adesso è tutto chiaro.

Sorrise, e il gatto cominciò a fare le fusa.

63

QUANDO il telefono squillò, il giovedì pomeriggio, e sul display comparve il numero di Josie, Alan fu sul punto di non rispondere. Però lei lo aveva sostenuto al cento per cento con l'alibi, e questo adesso era più importante che mai. Doveva fare in modo che continuasse a essere ben disposta.

«Ciao, Josie», disse affettuoso. «Come sta la mia ragazza preferita?»

«La tua ragazza preferita ha riflettuto parecchio», rispose lei, allegra. «Adesso lascia che ti dica una cosa.»

Ad Alan cominciarono a sudare le mani mentre lei gli spiegava cosa voleva. «Josie, non ho nessuna possibilità al mondo di procurarti un milione di dollari entro ventiquattro ore. E non posso firmarti niente che attesti che ti devo una cifra simile.»

Fecero un po' di tira e molla per altri dieci minuti finché Alan riuscì a convincerla ad accettare un compromesso. Le disse che avrebbe preso appuntamento con il suo avvocato, si sarebbero visti là e lui le avrebbe cointestato l'appartamento. Era sicuro che sarebbe stata una cosa semplice, e se qualcuno avesse chiesto qualcosa lui poteva sempre dire che amava Josie e voleva dimostrarle come prendesse sul serio il loro rapporto. Finito il processo e incassati i soldi, le avrebbe dato anche l'altra metà.

Quando Josie riagganciò, Alan sbatté il cellulare sul tavolo. Che altro doveva succedere? Anche se avesse ottenuto tutti i quindici milioni, ne aveva già promesso un venti per cento a Scott. Che oltretutto aveva fatto un lavoro approssimativo, pensò Alan. Avrebbe dovuto ritornare in casa dopo la cena e iniettare a suo padre qualcosa che simulasse un attacco cardiaco. Invece suo padre si era svegliato e lo aveva preso per il collo. Scott aveva afferrato il pestello e gli aveva sfondato la testa.

Alan prese il telefono e chiamò l'avvocato, poi richiamò Josie e le disse che l'appuntamento era per le quattro.

64

Delaney avrebbe voluto andare in aula il giovedì mattina per sentire la testimonianza di Tony Sharkey, ma le premeva ancora di più incontrare Lisa Clifton. Era rimasta sorpresa quando, alle otto del mattino, Lisa le aveva telefonato per proporle di non vedersi a casa sua ma prendere un caffè in un ristorante di Allendale, due centri abitati più in là.

Se nel prendersi cura di Betsy, Lisa aveva avuto un'espressione di compassione, adesso era in ansia. I suoi occhi scrutavano la sala come se stesse cercando qualcuno.

Alle dieci, quando Delaney arrivò, la maggior parte della clientela venuta per fare colazione se n'era già andata. Lisa era in un séparé in fondo.

Da brava giornalista, Delaney osservava sempre le persone che doveva intervistare: in aula aveva già visto che Lisa era snella e aveva i capelli corti di un biondo scuro, ora vide che il suo viso spigoloso era attraente. E non si poteva non notare la tensione nella sua voce.

«Delaney», iniziò lei, «come sicuramente avrà capito

ieri, sono molto preoccupata per Betsy Grant. È una mia cara amica, e non può aver ucciso il marito più di quanto possiamo averlo fatto lei o io.»

«Sono assolutamente d'accordo», confermò Delaney. «Mi sembra chiaro che il dottor Clifton ritenga invece colpevole Betsy. A essere sincera mi sono domandata se la cosa abbia creato tensioni fra di voi.»

Lisa Clifton scrutò ancora la sala. «Delaney, il mio matrimonio è finito. È stato un errore fin dall'inizio. Ho preso un appartamento in affitto a Morristown, ho riavuto il mio vecchio lavoro alla Johnson & Johnson, e domani porterò via le mie cose dalla casa di Ridgewood.»

«Mi dispiace», disse Delaney.

«Non è il caso», rispose Lisa. «Prima che io vada avanti, Delaney, mi dica chi è secondo lei l'assassino di Ted.»

Delaney non esitò: «Alan Grant. Lo so che ha un alibi perfetto, ma è proprio questo il punto. È troppo perfetto. Lui organizza un'uscita con una vecchia fidanzata la sera della cena, insiste perché lei gli lasci passare la notte a casa sua dicendo che si sente solo, e così facendo le telecamere di sicurezza e lei stessa diventano il suo alibi. Alan non ha ucciso il padre, ma per me non c'è il minimo dubbio che sia complice di chi lo ha fatto».

Lisa si guardò di nuovo intorno, ma non disse niente.

Sa qualcosa, pensò Delaney. Questa potrebbe essere la mia unica possibilità di farla parlare. «Lisa, avrà saputo anche lei che un topo d'appartamento giura di essere stato in casa di Betsy e di averle rubato un braccialetto la notte che il marito è morto. E afferma di aver visto una Mercedes nera che lasciava la proprietà.»

«Sì, l'ho sentito alla radio.»

«La sua testimonianza è troppo vaga. Ho abbastanza esperienza di processi per sapere che il pubblico ministero se lo mangerà vivo.»

«Temo che succederà proprio questo.»

«E domani l'accusa e la difesa faranno le loro requisitorie e il caso passerà alla giuria, e Betsy Grant sarà condannata», disse Delaney alzando via via la voce.

Aspettò. Dato che Lisa non diceva niente, sbottò: «Lisa, di certo lei non sa che io sono stata adottata. Certi miei amici hanno cercato di rintracciare i miei genitori biologici, e lunedì mi hanno detto che Betsy Grant è mia madre e Peter Benson è mio padre».

Sconcertata, Lisa osservò il viso di Delaney. «Riesco a vedere la somiglianza», disse. Di nuovo si guardò intorno timorosa. «Delaney, io ho giurato che mio marito è rimasto a casa tutta la notte, quando Ted è morto. Ma ero andata di sopra a letto, e lui aveva detto che sarebbe rimasto a guardare la televisione in salotto, a bere qualcosa e a calmarsi. Quando sono scesa la mattina dopo, lui dormiva vestito sul divano. Potrebbe benissimo essere uscito e rientrato nel cuore della notte, io proprio non lo so. E lui deve aver capito che ho in ballo qualcosa: quando sono tornata dall'appuntamento con l'agente immobiliare, era già rientrato dal lavoro e voleva sapere dov'ero stata. Per questo le ho chiesto di vederci qui anziché a casa.»

Delaney la fissò. «Lei pensa che suo marito possa aver ucciso Ted Grant?»

«Io penso che sia più di una possibilità. Nelle settimane prima che Ted morisse, Scott e Alan Grant si sono visti a pranzo parecchie volte. Ora mi domando se Alan gli abbia offerto dei soldi per uccidere Ted. Alan può tranquillamente aver saputo il codice dell'allarme dal padre e aver preso quella chiave per darla a Scott.»

Nulla di tutto questo verrebbe accettato in aula, pensò Delaney. Sono solo supposizioni. Lisa aveva già testimoniato che Scott era a casa quella sera: quando si fosse saputo che stavano divorziando, lei avrebbe dato l'impressione della ex moglie malvagia che cercava di danneggiare la reputazione dell'ex marito inventandosi il dettaglio di lui che aveva dormito vestito sul divano quella notte.

«Lisa», le domandò, «potrebbe accettare di rimanere con Scott intanto che un investigatore cerca di scoprire se aveva qualche ragione per voler uccidere il dottor Grant?»

Lisa scosse la testa violentemente. «Non ci riesco. Scott ha qualcosa, io ho paura di lui. E adesso mi scusi, ma devo andare, non posso più restare qui.»

Delaney sapeva di non poter assolutamente chiedere a Lisa di fermarsi. «Capisco. Però, per favore, si tenga in contatto con me.»

«Lo farò, è una promessa»

Delaney doveva accontentarsi di questo.

65

La speranza di Betsy che la testimonianza di Tony Sharkey avrebbe cambiato le cose era ormai svanita. Quella sera, a letto, cercò di dare un senso ai fatti della giornata.

Anche se Sharkey ha dimostrato di essere stato in questa casa, non significa che fosse presente contemporaneamente alla persona con la Mercedes nera. E se non ci fosse mai stata una Mercedes nera?

Andrò in prigione. Lo so. Sentì un groppo in gola immaginando il momento in cui le avrebbero detto di alzarsi in piedi e avrebbe ascoltato il portavoce della giuria pronunciare il verdetto. Se sarà omicidio premeditato mi daranno da trent'anni all'ergastolo. Se sarà omicidio colposo aggravato, me ne daranno dieci.

Io so di essere innocente. Sarebbe poi così grave decidere di non voler finire così? Un po' delle pillole di Ted sono ancora nel bagno della biblioteca. Sarebbe tanto orribile prenderne una manciata e farla finita?

Quel pensiero le fu stranamente di conforto, e si addormentò.

66

Peter Benson non riusciva assolutamente a starsene seduto tranquillo a guardare in televisione i servizi sugli ultimi due giorni di processo. Se non poteva stare con Betsy, doveva almeno esserle vicino. Cercò un albergo accanto al tribunale, si mise un paio di occhiali scuri e un berretto da baseball, e prese una stanza il giovedì mattina presto. Appena si fu chiuso la porta alle spalle, accese il televisore. Il processo aveva suscitato un interesse talmente clamoroso che le sedute degli ultimi due giorni sarebbero state trasmesse in diretta sul canale locale, News 12 New Jersey.

Pieno di speranza, Peter guardò Tony Sharkey che cominciava a testimoniare, ma la speranza svanì quando il pubblico ministero, con pungente sarcasmo, fece a pezzi la storia di Sharkey.

La telecamera inquadrò Betsy, e Peter fu angosciato nel vederla così apparentemente impassibile, come se si stesse costruendo una corazza. Ma poi assistette alla sua testimonianza, e gli sembrò molto più coinvolta emotivamente.

Quando il giudice aggiornò la seduta e disse che la mattina dopo sarebbero iniziate le requisitorie, Peter cercò di decidere se andare o no ad Alpine a trovare Betsy. La prudenza vinse. Se i media lo avessero inquadrato mentre entrava in casa di lei il giorno prima della chiusura del processo, la cosa avrebbe dato una pessima impressione.

Però poteva telefonarle. Alle dieci di sera immaginò che fosse da sola e la chiamò. Dal display del cellulare doveva aver visto che era lui, ma non rispose. E la segreteria telefonica che teneva sempre in funzione era invece staccata.

Continuò a chiamarla ogni pochi minuti, finché una voce assonnata rispose: «Peter?»

«Betsy, perché non rispondevi? Stai bene?»

«Ho preso un sonnifero, ne avevo bisogno.»

«Certo che ne avevi bisogno. Ma sei sicura di stare bene?»

Betsy guardò la boccetta di pillole che aveva cercato di trovare il coraggio di inghiottire.

«Sto bene, Peter, te lo assicuro.» Si stava riaddormentando. «Sto bene, ti assicuro che sto bene.»

67

«PERCHÉ sei così nervosa?» domandò Scott a Lisa il venerdì mattina. «Non riesci a mandare giù un boccone di pane tostato e ti tremano le mani.»

Lisa era sicura che la verità fosse la risposta migliore. «Scott, sai certamente che oggi o al più tardi la prossima settimana Betsy sarà probabilmente giudicata colpevole di omicidio. E dovresti sapere che le sono molto affezionata e sono sicura che sia innocente.»

«E tu di certo capisci che lei ha ucciso il mio caro amico, socio e collega, quando gli ha spaccato la testa.»

A tavola, uno di fronte all'altra, si guardarono, poi Scott disse: «Lisa, anche se non siamo assolutamente d'accordo su questo argomento, io ti amo moltissimo e non vedo l'ora di lasciarci alle spalle tutto questo e andarcene via insieme».

«Anch'io», rispose Lisa, e cercò di sorridere. Soprattutto per quanto riguarda l'andare via, pensò. Aveva voglia di gridare: vattene a lavorare e, per l'amor di Dio, rimani là! I traslocatori saranno qui alle dieci, pensò.

«Mi sorprende che tu non vada in tribunale a sentire le requisitorie», disse Scott, studiando attentamente la sua espressione.

«Non ce la faccio», rispose lei semplicemente. «Non voglio ascoltare quel pubblico ministero che cerca di sbatterla in prigione.»

«Be', la prossima volta che avrai modo di vederla sarà nelle patrie galere.» Scott buttò giù l'ultimo sorso di caffè e si alzò. «In un certo senso ammiro la tua lealtà, anche se è mal riposta.»

Lisa si augurò che Scott non si accorgesse di come si irrigidiva mentre le accarezzava la guancia e la baciava sulla fronte.

E poi, finalmente, uscì. Lei si precipitò di sopra per farsi la doccia e vestirsi. Le valigie erano in soffitta. Doveva andarsene da lì. Corse in soffitta e accese la luce: il set di valigie coordinate era ammucchiato in un angolo in fondo, oltre i tappeti e i mobili che intendeva portare via. Prendendo la valigia più grande colse un bagliore in alto, sulla trave. Curiosa, allungò la mano e prese l'oggetto, poi rimase senza fiato.

Era un pestello di marmo nero.

Capì senza ombra di dubbio che era quello sparito dalla camera da letto di Ted Grant.

68

Alle nove e un quarto del mattino, Delaney viaggiava verso il tribunale su un'auto Uber, quando le squillò il telefono. Stupita, salutò subito: «Salve, Lisa».

La voce di Lisa era stridula e tesa. «Delaney, stavo facendo i bagagli per andarmene, devo uscire di qua oggi stesso, i traslocatori arriveranno tra un'ora. Mentre prendevo le valigie dalla soffitta, ho visto qualcosa su una trave. Delaney, è il pestello. Sono sicura che è quello del mortaio in camera di Ted. Ecco perché Scott è rimasto al piano di sotto la sera in cui Ted è morto: aveva intenzione di ucciderlo.»

«Lisa, si calmi. Dov'è Scott, adesso?»

«In studio. Aveva un paziente alle nove.»

«Salga in macchina e venga in tribunale.» Poi pensò, è così agitata che potrebbe avere un incidente. «No, aspetti, sono sulla Route 4, posso essere da lei in dieci minuti. Ci andremo insieme. Mentre mi attende, scatti una fotografia al pestello in modo che sullo sfondo si veda qualcosa della casa, così possiamo dimostrare che era lì. La richiamo e le do un numero a cui inviare la foto.»

Telefonò all'ufficio del procuratore e le rispose la Squadra Omicidi. Spiegò brevemente chi era, poi disse: «Sto per mandarvi un sms con una foto. È essenziale per l'esito del processo di Betsy Grant. È l'arma del delitto».

L'assistente del pubblico ministero, scettico, rispose: «D'accordo, lo invii a questo numero, daremo un'occhiata. La requisitoria della difesa è già iniziata».

Pochi istanti dopo Delaney era di nuovo al telefono con Lisa. «Mandi la foto al pubblico ministero. Le do il numero, lo impara a memoria?»

«Credo che potrei, però lo scrivo. E per favore venga qui al più presto.»

Dovrei dirle di uscire da quella casa e andare da un vicino? si domandò Delaney. Ma erano solo le nove e venticinque, e lei aveva detto che Scott aveva un paziente alle nove in punto nel suo studio a Fort Lee.

Alle nove e mezzo il conducente si fermò davanti al 522 di Cleveland Avenue. «Ci metto solo un minuto. Mi aspetti, per favore.»

Mentre percorreva in fretta il vialetto, Lisa spalancò la porta. Aveva in mano il telefono e la borsetta. «Delaney, devo aver capito male il numero che mi ha dato, ho cercato di mandare la foto ma non ci riesco.»

«È tutto a posto, posso spedirla io.»

Lisa tirò fuori il pestello dalla borsetta. «Qui il cellulare prende poco», disse con voce tremante. «In cucina è meglio.»

Ho in mano l'arma del delitto, pensò Delaney precipitandosi lungo il corridoio. Appoggiò il pestello contro una serie di barattoli e scattò la foto. Premette invia, ma il primo tentativo fallì e il secondo anche. Finalmente il terzo andò a buon fine. Stava per tornare fuori quando sentì la porta principale che si apriva e Scott Clifton domandò: «Stai uscendo, Lisa?»

Delaney compose il 9-1-1. «Aiuto! C'è un assassino al 522 di Cleveland Avenue. Mandate qualcuno e rimanete in linea e registrate quello che sta succedendo qui.»

Prima che l'operatore potesse rispondere, Delaney allungò il telefono verso il punto dove Lisa e Scott stavano parlando. Riusciva a sentire benissimo le loro voci. Lisa cercava di non mostrarsi agitata. «Oh, Scott, credevo avessi un paziente.»

«Ha spostato l'appuntamento. Dove stavi andando?» Il tono di voce cominciava ad alzarsi.

«Dal parrucchiere. Qualche filo d'argento in mezzo al biondo.»

Lui la guardò. «Non così tanti, Lisa. Ti ho chiesto dove stavi andando.»

Delaney pensò che Lisa stava facendo un ottimo lavoro, continuando a trattenerlo. «Scott, speravo di evitare questa scenata. Il camion dei traslochi sarà qui alle dieci per portare via le mie cose che sono in soffitta. Ho lasciato la fede e l'anello di fidanzamento sulla cassettiera.»

«Me lo immaginavo che stesse succedendo qualcosa. Perché non andiamo a controllare la soffitta per essere sicuri che tu non ti sia presa qualcosa di mio?»

Mentre spingeva Lisa su per le scale, Delaney sgattaiolò silenziosamente nell'ingresso e sentì Scott gridare: «So che lo hai tu. Dov'è?»

Lisa corse giù gridando: «Assassino. Sei tu che hai ucciso Ted». Delaney fece un passo indietro e tornò nel soggiorno per non essere vista. Le batteva forte il cuore e pregava: «Per favore, per favore, fate in fretta».

Lisa cercò di aprire la porta principale ma Scott la fermò, le mise le mani intorno al collo e cominciò a stringere. «Perché non ti sei fatta i fatti tuoi?»

Delaney infilò il telefono nella tasca della giacca e si precipitò nell'ingresso.

«Alan mi aveva promesso più di un milione di dollari. Il doppio se Betsy fosse stata condannata.»

Delaney capì che poteva fare solamente una cosa: sollevò il pestello e lo sbatté sulla testa di Scott. Lui mollò il collo di Lisa, si voltò e si gettò su di lei. Dalla ferita sulla fronte cominciò a uscirgli il sangue.

Disperata, Delaney lo colpì di nuovo e stavolta lo prese in faccia. Lui, con un grugnito gli strappò il pestello e lo sollevò per colpirla a sua volta. Lei arretrò barcollando e Scott la mancò di poco. Poi, mentre si preparava ancora a colpirla, la porta si spalancò e tre agenti si precipitarono dentro con le armi in pugno.

«Rimanga immobile e alzi le mani», gridò uno di loro.

Delaney tirò fuori il telefono dalla tasca. Controllandosi a malapena, chiese: «Ha sentito tutto?»

L'operatore del 9-1-1 rispose: «Sì, signora, forte e chiaro».

Delaney sospirò. «Mandi la registrazione di questa chiamata al numero che le do. È l'ufficio del procuratore.»

69

Elliot Holmes, pregustando la vittoria nel caso più pubblicizzato della sua carriera, stava ascoltando l'accalorata requisitoria di Robert Maynard. Non vedeva l'ora che finisse per potersi alzare e presentare la propria.

A un tratto la porta dell'aula si spalancò e un suo assistente si precipitò da lui. Furioso ringhiò: «Sarà meglio che sia davvero importante».

Evidentemente infastidito, il giudice Roth disse: «Avvocato Holmes, il suo comportamento è scorretto nei confronti dell'avvocato difensore e della giuria».

Il pubblico ministero si alzò in piedi. «Mi scuso davvero sinceramente con la corte, la giuria e la difesa. Vi prego di concedermi solo un momento.»

Quindi, prese il cellulare che l'assistente gli porgeva e vide una fotografia di Scott Clifton circondato dalla polizia di Ridgewood. Uno degli agenti aveva in mano il pestello. L'sms spiegava quello che era successo.

«Vostro onore, chiedo una pausa di quindici minuti

per ascoltare una registrazione che è su questo telefono. Potrebbe essere vitale per la risoluzione di questo caso.»

Il giudice si rese conto che doveva essere successo qualcosa di grosso. «Faremo una breve pausa. Raccomando ai giurati di non parlare di ciò che hanno appena visto.»

Robert Maynard sedette accanto a Betsy durante la sospensione. «Non so che sta succedendo, ma l'istinto mi dice che è una cosa buona per noi. Altrimenti non avrebbe osato interrompere la mia requisitoria.»

Venti minuti dopo un Elliot Holmes completamente sconcertato si rivolse alla corte. «Vostro Onore, l'ufficio del pubblico ministero cerca sempre di garantire la giustizia. Sono venuto a sapere che il dottor Scott Clifton è stato arrestato a casa sua meno di un'ora fa, e che lì è stato ritrovato il pestello di marmo. Ho anche ascoltato una registrazione dei momenti precedenti e seguenti il suo arresto, quando il dottor Clifton ha fatto delle ammissioni riguardo all'omicidio del dottor Edward Grant. Ha confessato il coinvolgimento suo e di Alan Grant.»

Gli si incrinò la voce. «Vostro Onore, devo concludere che ci sia stato un grave errore giudiziario, lo Stato non ritiene più che Betsy Grant abbia ucciso il marito o sia stata in qualunque modo coinvolta nell'omicidio. Lo Stato si rammarica profondamente per le sofferenze che le ha causato e intende ritirare le accuse.»

Ci fu un'esplosione di entusiasmo in aula, e il giudice ordinò al pubblico di fare silenzio.

Betsy non riusciva a pensare ad altro che alle pillole della sera prima, e a quanto era stata vicina a ingoiarle tutte.

Il giudice Roth parlò. «Ho ascoltato il resoconto del pubblico ministero sugli sviluppi dell'ultima ora, quindi, a questo punto, dichiaro l'imputata Betsy Grant non colpevole del reato ascrittole. Il pubblico ministero ha riconosciuto che c'è stato un terribile errore giudiziario. Si interruppe un attimo. «Questa accusa viene ritirata. Signora Grant, con i migliori auguri della corte, lei è libera.»

Mentre il pubblico esultava di nuovo, Betsy cercò di assimilare quella parola. Libera. Libera.

Si alzò lentamente in piedi, con il braccio di Robert Maynard che le cingeva le spalle, e ringraziò il giudice. Peter Benson, che stava assistendo alla requisitoria di Robert Maynard dalla sua stanza d'albergo, era corso in tribunale appena Elliot Holmes aveva chiesto la sospensione, e si era infilato nei posti in fondo proprio mentre Holmes iniziava a spiegare al giudice cos'era successo.

Appena il giudice disse a Betsy che era libera, Peter si precipitò verso il tavolo della difesa. Un ufficiale giudiziario tentò di intercettarlo, ma il giudice Roth gli fece cenno di no. Betsy e Maynard si avviarono all'uscita e dopo qualche passo Betsy vide Peter che veniva verso di lei. Maynard si fece da parte quando Peter la prese sottobraccio e disse: «Mi occuperò io di lei, adesso». Guardò Betsy negli occhi. «E per sempre.»

70

DELANEY attese tre giorni prima di telefonare a Betsy e chiederle se poteva passare a trovarla.

«Ma certo che può», disse Betsy. «So che ha fatto il tifo per me. Mi domandavo come mai non si fosse più occupata lei del processo nell'ultima settimana.»

«Le prometto che glielo spiegherò, quando ci vedremo», rispose Delaney. «Per caso ci sarà anche il signor Benson?» Come si aspettava, la risposta fu sì.

Durante il tragitto per raggiungere Alpine aveva il cuore in gola ed era nervosa.

Una volta arrivata, salutò Betsy e Peter che la invitarono ad accomodarsi in salotto.

Esauriti i convenevoli, Delaney si allungò in avanti, giunse le mani e con la voce tremante di emozione disse: «Devo dirvi una cosa importante. Una cosa che ho scoperto solo pochi giorni fa. Betsy, al banco dei testimoni lei ha detto di aver desiderato sua figlia ogni giorno della sua vita. Esattamente allo stesso modo in cui io ho desiderato la mia madre biologica.»

Delaney guardò prima l'uno poi l'altra. «E adesso ho trovato non solo lei, ma anche mio padre.»

Mentre Betsy e Peter, increduli, cercavano di capire cosa stesse dicendo, Delaney continuò: «Sono nata al 22 di Oak Street, a Filadelfia, il 16 marzo di ventisei anni fa. I miei nonni erano Martin e Rose Ryan...»

Epilogo

Sei mesi dopo

Alan Grant e il dottor Scott Clifton furono accusati di omicidio premeditato ai danni del dottor Edward Grant. Il dottor Clifton fu anche accusato di tentato omicidio ai danni di Lisa Clifton. In attesa del processo, i loro avvocati cercarono un patteggiamento proponendo loro di testimoniare l'uno contro l'altro. Entrambi rischiavano l'ergastolo.

L'indagine di Jonathan dimostrò che era stato il dottor Clifton a fornire a Steven Harwin i farmaci che lo avevano mandato in overdose. Il dottore era in attesa di un ulteriore processo con questa accusa.

Tony Sharkey fu condannato a tre anni di prigione per il tentato furto con scasso di Saddle River. Su richiesta di Betsy Grant, non fu incriminato per il furto a casa sua. Al momento della sentenza Tony disse al giudice: «Tutto sommato non è andata poi così male».

Una settimana dopo la fine del processo, nell'imballare i testi di medicina da mandare al dottor Adams, Carmen ne trovò uno con un buco al centro, in cui erano contenuti tre ricettari a nome di Ted Grant, tutti apparentemente compilati e firmati da lui. Erano forse quei ricettari ciò che il dottore cercava disperatamente?

Alvirah telefonò a Sam per dirgli che in realtà non aveva alcun bisogno di mettere delle piastrelle nuove nel suo appartamento, però insistette per mandargli un assegno di cinquemila dollari a titolo di ringraziamento per le preziosissime informazioni. Sam la ringraziò tanto e ribadì che nel caso avesse avuto davvero bisogno di piastrelle...

Le nozze di Betsy e Peter furono celebrate da monsignor Quinn nella chiesa di St. Francis Xavier, lei in abito di pizzo color champagne, lui bello e distinto in completo blu scuro e cravatta argento. Quando si scambiarono le promesse, Delaney trattenne lacrime di gioia. Mia madre, mio padre, pensò.

Delaney fu la damigella d'onore di Betsy, mentre il professor Frank Reeves, il migliore amico di Peter, fu il testimone dello sposo.

Il ricevimento si tenne a casa di Betsy ad Alpine. Come regalo di nozze, Jennifer Wright raccolse in un album le fotografie di Delaney fin da quando aveva pochi giorni di vita. «Così puoi seguirla fin dall'inizio», disse sorridendo nel porgerlo a Betsy.

Delaney domandò a Betsy e Peter se per loro andava bene che li chiamasse con i loro nomi di battesimo, e loro capirono e accettarono. Il volto di Jennifer era raggiante di felicità quando si rese conto che sarebbe stata l'unica persona che Delaney avrebbe mai chiamato «mamma».

Quella serata fu la celebrazione di un matrimonio e

anche una grande riunione, tutte le persone a cui Delaney teneva di più erano presenti: Jennifer e James Wright, i suoi fratelli maggiori con le loro mogli, la madre di Peter, Alvirah e Willy che avevano reso possibile quella giornata, Lisa Clifton e l'adorata tata Bridget O'Keefe. La mia famiglia, pensò Delaney piena di gioia.

Jon la raggiunse con due bicchieri di champagne. «Meglio di così non potrebbe andare», commentò.

Poi, mentre sorseggiava lo champagne, Delaney vide Bridget dall'altra parte della sala che chiacchierava fitto fitto con Alvirah. Le tornò in mente quello che la tata le diceva sempre: «Quando le cose vanno troppo bene, c'è qualche guaio in arrivo».

Non stavolta, Bridget, pensò felice. Come dicevi sempre quando eri sicura di qualcosa: «Me lo sento nelle ossa».

Ringraziamenti

ANCORA e sempre, sono grata al mio insostituibile editor e caro amico Michael Korda, che mi ha guidata durante questo viaggio dalla prima pagina fino alla meravigliosa parola «fine». Che fortuna è averlo avuto come editor in tutti questi anni.

Vorrei ringraziare Marysue Rucci, direttrice editoriale di Simon & Schuster. È stato bellissimo lavorare con lei in questi ultimi anni.

La squadra di famiglia è sempre una gioia. Mio figlio David è diventato un prezioso collaboratore e ricercatore a tempo pieno.

Gli altri miei figli si sono offerti volentieri come primi lettori e cavie a ogni tappa del percorso.

E come sempre grazie a John Conheeney, marito straordinario, che per vent'anni mi ha sentita dire sospirando: «Sono sicura che questo libro non funzionerà».

Nadine Petry, la mia assistente e braccio destro da tanto tempo, ha il dono di saper interpretare la mia impossibile calligrafia. Grazie, Nadine.

Quando *Dove sono i bambini?* è stato pubblicato, più di quarant'anni fa, non avrei mai creduto che dopo tutto questo tempo avrei avuto la buona sorte di continuare a scrivere. Io adoro creare nuovi personaggi e nuove situazioni in cui collocarli.

Come ho già detto, «fine» è la mia parola preferita. Ma non lo sarebbe se non ci fosse un inizio che vi invita, cari lettori, a leggere le pagine del libro che avete fra le mani.

Grazie di continuare ad apprezzare le storie che racconto.

Cari saluti,

MARY

Della stessa autrice

Nella notte un grido

La culla vuota

Incubo

Non piangere più, signora

Mentre la mia piccola dorme

La Sindrome di Anastasia

Le piace la musica, le piace ballare

In giro per la città

Un giorno ti vedrò

Ricordatevi di me

Domani vincerò

Un colpo al cuore

Una notte, all'improvviso

Bella al chiaro di luna

Testimone allo specchio

Sarai solo mia

Accadde tutto in una notte

Ci incontreremo ancora

L'appuntamento mancato (con Carol Higgins Clark)

Uno sconosciuto nell'ombra

Prima di dirti addio

Sapevo tutto di lei

Ti ho guardato dormire (con Carol Higgins Clark)

La figlia prediletta

Dove sono i bambini?

Una luce nella notte

La seconda volta

Quattro volte domenica

La notte mi appartiene

Furto al Rockefeller Center (Il ladro di Natale) (con Carol Higgins Clark)

Casa dolce casa

Una crociera pericolosa (con Carol Higgins Clark)

Due bambine in blu

Ho già sentito questa canzone

Dimmi dove sei

Prendimi il cuore

Il biglietto vincente (con Carol Higgins Clark)

L'ombra del tuo sorriso

Nessuno mi crede

La lettera scomparsa

Sei tornato, papà?

La notte ritorna

Quando la musica finisce

Così immobile tra le mie braccia (con Alafair Burke)

Mentre il tempo brucia

La sposa era vestita di bianco (con Alafair Burke)

Sola sull'oceano